U0909901

王世安作品

裸山

最后的吼声　第一卷

王世安◎著

中国财富出版社

图书在版编目（CIP）数据

裸山／王世安著．—北京：中国财富出版社，2021.1
（最后的吼声；第一卷）
ISBN 978-7-5047-6832-2

Ⅰ.①裸…　Ⅱ.①王…　Ⅲ.①民间故事—作品集—中国—当代　Ⅳ.①I277.3

中国版本图书馆 CIP 数据核字（2018）第 283219 号

策划编辑 郝婧婕　**责任编辑** 齐惠民　蔡　莹
责任印制 梁　凡　**责任校对** 张营营　**责任发行** 董　倩

出版发行 中国财富出版社
社　　址 北京市丰台区南四环西路 188 号 5 区 20 楼　**邮政编码** 100070
电　　话 010-52227588 转 2098（发行部）　010-52227588 转 321（总编室）
010-52227588 转 100（读者服务部）　010-52227588 转 305（质检部）
网　　址 http://www.cfpress.com.cn
经　　销 新华书店
印　　刷 天津市仁浩印刷有限公司
书　　号 ISBN 978-7-5047-6832-2/I·0305
开　　本 710mm×1000mm　1/16　**版　　次** 2021 年 1 月第 1 版
印　　张 18　**印　　次** 2021 年 1 月第 1 次印刷
字　　数 267 千字　**定　　价** 52.00 元

王世安　（王伟摄于二〇一七年十一月）

王世安感言：

裸，是血性汉子的敞亮胸怀。

山，是庄户人家的铮铮铁骨！

裸山，蕴藏着说不尽的家族兴衰，人情世故。

裸山，寄托着道不完的家国情怀，硬汉担当！

【序一】

精品传记文学 顶起一片蓝天

周建新[①] 邓 刚[②]

历史能探究多深，未来的路才能延伸多远，这是王世安撰写这部传记的初衷。本书以一个家族五代人的奋斗历史，折射出一个民族灿烂辉煌的文化进程。以家族史书写民族史的作品屡见不鲜，国外影响深远的名著有《百年孤独》《喧哗与骚动》等。中国作家写家族史实，比较有影响力的作品也比比皆是，如阿来的《尘埃落定》、李佩甫的《李氏家族》，而展现辽宁风土人情，又是辽宁本土作家，原汁原味写家乡、写家族，较有影响力的长篇作品却不多见，特别是在家族故事的基础上进行的文学创作之佳作，十分少见，弥足珍贵。王世安敢于突破，进行了一次有益的尝试。

忘记过去就意味着背叛。王世安以贴近人性和真实的生活，深挖人物特色，传承和发扬“家”的精神，定会激励更多的人去收集、撰写、传播家族历史，为后代积攒更多的文化遗产。

我们欣喜地看到，作者以其独特的家史、独家故事情节，打造了平民化、接地气、朴实的人物形象。全书故事描写幽默，行文节奏鲜明，尤其对家族成员形象的刻画传神、生动。整部作品如在一眼望不到边的沙漠中突然遇到小小绿洲一般，让人解渴。

王世安将作品中的草根形象推至幕前，独辟蹊径，亮点频频。创造性的

---

① 周建新：著名小说家，辽宁省作家协会副主席，创作联络部主任。

② 邓刚：著名作家，辽宁省作家协会顾问，辽宁省作家协会原副主席，大连市作家协会原主席。

思维牢牢扎根于生活之中，唤起了民间作品旺盛的生命力，乡味、土味、人情味浓郁。更叫人拍案叫绝的是，作品以新颖的题材跳出局限，创意多多。讴歌已故先辈的人性光辉和自强不息的拼搏精神，勇于为后人立传，深入人性，重笔描绘当代人的崭新形象，很有独到之处。作者走出家族，面向社会，敢亮家丑，并提出了“没有家丑，构不成家书”的新理念，以独家视角，透视人生。

我们深知，传统民俗文化有断代和遗失的倾向，为弥补遗憾，大家应该积极行动起来。现在国家昌盛，黎民富裕，文化氛围大好，是撰写家史的大好时期。虽然看完本书，脑海里浮现出的久违的记忆催促我们赶快拿起笔来，但不知怎样去书写。本书的出现，给我们提供了范本。在生活的道路上，任何人都不可能一帆风顺，每个人都有自己的酸甜苦辣，都有可能写出精彩纷呈的家史。从本书中不难看出，草根文学也绝不逊色于其他文学作品。

时代变了，我们应该为无名之辈著书立传，提高全民文化的软实力，这是特别重要也是非常及时的，也许会起到四两拨千斤的作用。本书源于深厚的文学土壤，具备时代担当。

人活一世，草木一秋。一本完整的史书，承载着家族历史和平民轶事，可读性强。这些经典的故事，为中国的民俗文学增添了新鲜的血液，为史学研究和开拓新文学道路提供借鉴，值得称道。为迎接新草根史的春天尽快到来，我们愿草根文学，伴随人们的精神生活，像雨后春笋般茁壮成长，深根固柢。

【序二】

窥探《裸山》奇人逸事

钟祥斌[1]　刘永泰[2]

近年来，由于工作关系，结识了很多文友，拜读过成千上万篇文稿，像著名记者王世安这样接地气的草根佳作，还是首次读到。

王世安既是在新闻战线奋斗一生的资深记者，又是世界创富企业联合会主席，身兼数职，工作繁忙程度可想而知。尽管如此，他仍忙里偷闲，先后编著了十几部著作，发表了大量文章，其中有很多文章获奖，成果在业内堪属一流。他奉献了一辈子，本该停下歇息修身养性，但如今却转变思路与时间赛跑，笔耕不辍。经过三年磨一剑的功夫，竟能让这部草根传记文学作品这么快与读者见面，难能可贵！

当我们一口气读完初稿时，敬佩之情油然而生。王典家族历经艰难险阻，薪火相传，从辽阳小屯的下麦窝村，一路探索，一路颠簸，一路挫折，一路坎坷，一路披荆斩棘，一路翻山过河，终于发出了最后的吼声。

本书向我们展示了王典家族五代人的生活点滴。有对爷爷的深情描写——狂风暴雨把爷爷从房顶掀翻在地，摔成重伤。有对纯朴的奶奶的赞美——她拉着孙子在不停地呐喊：咱不是疯子！还我清白！充分表现了奶奶的平凡而伟大，这些故事催人泪下。当大马车拉着石头，要冲进院内的

---

① 钟祥斌：中国企业文化研究专家、中国企业文化设计奠基人，在国内外举办讲座300余场，著书40余部。

② 刘永泰：资深媒体人、社会活动家、世界创富企业联合会常务副秘书长，文章多发表于《求是》《中国企业报》等。

千钧一发之际，王尖子用高大的身躯，挡在前面，惊心动魄，让人突然感到这个朴实的汉子像是现代的施洋，不禁竖起大拇指连连称赞：英雄盖世，实属罕见！

这里不仅有大掌柜、王尖子、儿子、孙子、外孙子，还有穆桂英似的儿媳——小白丫，为捍卫自家的劳动果实，巧设了连环计，擒拿“三只手”，促其悔悟，让村中再无“三只手”。这些细节的描述让人深思，也令人拍案叫绝。

又如《悟出真谛　秘方泄真言》一篇，让人反思，老人应该给后人留下丰厚的遗产，还是给予他们足够的智慧？书中还数次描绘了下麦窝村的风流人物，让人感受到乡村人的独特魅力，促使人们想去看看那里的人，还有那里颇丰的遗产。这一连串有智慧、有胆量、有亲情、有乡情的故事十分接地气，让我们的灵魂得到洗礼。如久旱逢甘雨般爽快、过瘾，堪称参加了一次人生的精神盛宴。

书中彻底破除了“家丑不可外扬”的古训，大胆暴露王典家族的“丑事”：扇儿子大耳光、打死也不说、干涉儿子婚事等许多不能面世的家丑，均一一被晒在了太阳底下。据我们深入调研，直到现在，农村仍有很多农民，好歹都不愿说出自己的家事，更别说是丑事了，生怕别人借此大做文章，引来麻烦。就是少数爱张扬的人，也总爱给自己的脸上贴金抹粉，没有说自己不好的。然而我们看完本书，深思良久，会不由得醒悟：王家敞亮大气，是一群顶天立地的汉子，是“裸山精神”的真实写照。金无足赤，人无完人，这些难以看到的“秘史”，似筋头巴脑很有嚼头，也有着教育意义。

本书意欲告诉人们，什么是真正的成功和富有。不是说你拥有多少座楼房就是成功，你买了多少辆汽车就是富有，这些都是转瞬即逝的过眼烟云。真正的成功和富有，是精神文明的力量，是道德的力量，是人格的魅力，更是人性传承的力量。

从文盲到知名记者，从土疙瘩到职业作家，从被人瞧不起到被人尊敬，这些蜕变都成了人们十分想探究的谜团。

本书不是小说，是传记文学，正因它接地气才能增人气。家有金山银山，不如有一部家史，本书也不失为一部难得的好书，是值得珍藏的经典之作。

今天，作者把家族的故事用自己的方式讲给我们听，是多么有创意的事情。当我们翻开本书时，会立即被它吸引，读之令人神清气爽、回味无穷。

目　　录

缘 起

突发奇想 一次从未有过的冲动

起来！不愿做奴隶的人们！把我们的血肉，筑成我们新的长城！中华民族到了最危险的时候，每个人被迫着发出最后的吼声。起来！起来！起来！……

每天早上七点三十分，咱家大院东侧的大连市沙河口区黑石礁小学的校园内外，所有学生不管是拿着清扫用具的还是背着书包的，都立在原地，举起右手，面向国旗行礼。伴随着雄壮的《中华人民共和国国歌》，边唱边注视着鲜艳的五星红旗冉冉升起……

自从咱家搬至此地，十八载飞驰而过。除节假日外，每逢此刻，咱的心情就特别激动，随即目视国旗高歌——

我们万众一心，冒着敌人的炮火，前进！冒着敌人的炮火，前进！前进！前进！进！

唱着铿锵有力的国歌，精神倍增，热血沸腾，让咱有了紧迫感、危机感、使命感，让咱想起曾经多灾多难的祖国，让咱想起坎坷的王典家族，不由得陷入了沉思之中……

咱老家的房子，位于辽宁省辽阳市①文圣区小屯镇下麦窝村前街，距离辽阳市内的历史文化名人曹雪芹、王尔烈的故居不远。由于深受名人熏陶，乡亲们大都热爱生活，很有才干；村民虽读书不多，但善于发现总结，常心血来潮，跟咱聊起村中往事，“孤雁单飞难成群，独木孤芳难成林”的原创诗句层出不穷，让人受益颇多。

群山环抱，绿树成荫，太子河水奔腾不息，家乡这片神奇的土地，孕育了一代又一代人。

虽然咱是身处底层的草根，但是，每当国歌奏响，咱这毫不起眼的“土疙瘩”唱起国歌，就感到底气十足，发誓要让广大的“土疙瘩们”昂起头颅，扬眉吐气，让世人亲眼见证，草根人的铮铮铁骨，浩然正气……

为此咱还做了个奇梦，梦中的声音熟悉又清晰——

咱是人体架起的裸山，早把自己的血肉筑成长城，到了最危险的时候，咱都会发出“最后的吼声”……

从来就没有什么救世主，也不靠什么神仙皇帝，要创造小康生活，全靠咱们自己……

这梦让咱产生了强烈的写作欲望，翻来覆去，最后下定决心，要撰写一部草根史，讲述王典家族五代人跨越一个世纪的真人真事，一部荡气回肠的平凡的著作，一曲铁骨柔情、儿女情长的颂歌……

空对空无用，必须要原装。铁匠打石匠——实打实的纯朴。收集素材，书写家史，让人们看看，这五代土疙瘩，是怎样经风雨、见世面，锤炼筋骨；是怎样凭血性的硬气站立起来；是怎样从一棵弱小的树苗，几经风雨成长为大树；又是怎样经过岁月的积累，逐渐成为高耸入云的大山。

这是多么美好的憧憬，也是一种抹不去的乡野情愫。许多人看了都会戏说：“这个农家娃真是脸盆里扎猛子——不知深浅（下麦窝村方言土

① 辽阳市：曹雪芹、王尔烈等众多名流都曾在此生活。

语），简直是痴心妄想，白日做梦，绝对不可能的事情。”

日有所思，夜有所梦，如痴如醉，魂牵梦萦，美梦诞生，得其所哉！就在此时，知心文友于江①悄然而至，不由得疑问：贤兄何事萦怀？咱老实地尽情倾吐……

于江听闻爽朗献词：

非是旧时王谢孙　百姓难比大宅门
感佩兄长齐天志　拼将余生著雄文

咱深受启迪，灵感迸发，没走七步，回敬于江仁兄：

家史何必出豪门　草民之家蕴忠魂
人情世故君莫笑　史书继世育后人

这不可能，实在是不可能……然而，国歌犹在耳边响着，有祖国做坚强后盾，为草根家族著书立说提供可能。脑中灵光乍现，金点子蹦出，豁然顿悟：千万别忘，如今的时代已经彻底地变了，什么梦想都有可能实现，一切皆有可能。

此时的空中，飘起一朵又一朵白云，仿佛仙人高声朗诵《浪淘沙·戊戌除夕叹五代家史》，让梦境更精彩。

窗外雪飘飘天漫琼瑶金花银雪闹春宵
星移斗转又一载静思前朝
五代涌狂潮多少暗礁劈波斩浪方逍遥
晚霞微笑盼日出后辈妖娆

鉴于咱的梦想和雄心壮志，以及村委会和乡邻的大力支持，在下麦窝

① 于江：1965 年生，副教授，大校军衔，长期从事理论教学工作，曾参与多项国家级科研项目，成果斐然。

村的老钟楼①原址，特设了金疙瘩大侃台，仿佛“王尔烈回家乡——荣归故里”那样，让王典家族头顶明灯，大胆自曝家丑：鄙人今天在此有礼了，先做个开幕式道白，你可别急，一个世纪的波澜起伏、连台好戏，即将开始。实践证明，美梦可以成真！

天更蓝，太阳更暖；心更热，情意更浓。此时此刻，国歌奏起，心潮起伏，仿佛万物都在热血沸腾中欢呼着。于是乎，阳光明媚，鸣锣开道，耗子拉木锨——大头在后边呢。恳请咱的爷爷王典大人，首先登台，返璞归真，施展才华，演绎一场“家史教宝宝，真情永相传”的人生大戏。

---

① 老钟楼：全称钟鼓楼，是下麦窝村中标志性建筑之一。作者少时爱钟有加，淘气时没少攀上去玩耍。钟楼用大青条石筑成，宽八尺，高九尺，上方有四根木柱，悬挂一口巨大的老钟。多年失修后倒塌，已不存在。

天灾无情　勇救乡邻却殒命

中国的东北，称得上是亚洲最富饶、最有活力的地区之一。

东北素以“人参、貂皮、鹿茸”这三大宝，吸引了世界人民的眼球；以“窗户纸糊在外、大姑娘叼着大烟袋、养个孩子吊起来”这三大怪，闻名于世；又以黝黑肥沃的土地，五行齐全为标志。东北蕴藏着丰厚的资源，让人们垂涎三尺。

在众多集政治、经济、军事、文化于一体的历史名城中，东北地区南部的襄平值得一提，就是如今的辽宁省辽阳市。

距离辽阳城东的不远处，是发掘出青铜时代遗址的唐户屯①，山峦起伏，树木参天，物产丰厚。

1931 年 8 月 19 日下午，唐户屯村发生了一起触目惊心的事故。当时黑云密布，电闪雷鸣，狂风暴雨瞬间猛烈袭来。风雨中，村西头一个女人用嘶哑的嗓子，不断地呼喊着：“不好啦！咱家房上的苫草被风掀跑了。”

撕心裂肺的喊叫声，不时被疾风暴雨打断、淹没……闻此，村民们纷纷披着蓑衣，冒着风雨，朝着喊叫的方向跑了过去……

当众多村民赶到时，老单家房顶的苫草，已被狂风一片接一片地掀起，众人不知所措，一时全愣住了。

随着风雨越来越急，眼见房顶上的苫草被大风掀得越来越少，单老太太凄惨的呼喊声，伴随阵阵风雨，让人焦急万分。在危急关头，围观的村

---

① 唐户屯：王典家族从山东迁移至辽阳的落脚地之一，当时住在辽宁庆阳特种化工有限公司的厂区内。

民，没有一人敢冒险上房……

房顶的苫草，一旦被大风全部掀起卷飞，那么老单家将损失惨重……

房子、土地是农民的命根子，老婆、孩子是农民的生存依靠。这是辽阳小屯下麦窝村村民常唠的家常嗑。意思是说，男人有房子、有土地，才能娶到老婆，也才能续上香火，繁衍生息。

在当地苫草奇缺，秋末收割，翌年春末夏初苫房。十几号人经和泥、找平等工序，忙碌两三天，才能苫上三五间。苫好的房子御寒防雨，冬暖夏凉。但缺点是房顶滑溜不易维修，最怕狂风，一有大风就会把苫草掀飞，露出光秃秃的房顶。

眼前，面对贵如命根子似的土房子，村民们几乎傻了眼，一时间大眼瞪小眼，急得没了主张，都愣在那里。危急关头，都盼望能有个顶梁柱来拯救眼前的危机。

也就在大家没招之时，忽听一声大喊“咱来了——”，从人群中冲出一位中年汉子。长方形的脸庞，眉宇间显得异常焦急。他从拥挤的人群中快速冲出，扛着一个木制梯子，急速来到老单家的房檐下，快速架上梯子，朝房顶上爬去。

在周围村民一阵又一阵“不能上，太危险”的阻拦声中，这位中年汉子竟毫不犹豫，快步登上了梯子。

此时虽然已天昏地暗、狂风暴雨，但从他的身影和动作看得出，这是个急性子的人。一见此人，人们的脑海里立刻迸发出他破冰救儿童、车轮下抢险、替别人冒险、勇扑烈火等众多惊险画面……

焦急的村民不约而同齐声呐喊：“快下来！太危险……”

听到喊声，汉子猛地扭过头来，毫不在乎地说：“没关系！咱有把握，没事的!”

说时迟，那时快，汉子不顾个人安危，“嗖嗖嗖”一鼓作气，快速地蹿上了房顶。

此刻，风大雨急，房顶湿滑得很，人很难站起来，他只能抓住苫草，猛蹬脚下，弓腰慢慢爬行。风雨肆意地抽打在他的身上和脸上，他全然不顾，向着房脊梁奋力攀登，上下左右，来来回回。又不断拼命地俯压，全神贯注地控制险情。

房顶上的汉子迎风斗雨，下边的村民们目不转睛地看着，大气也不敢出，耳边除了呼呼的风雨声，就只听到自己“怦怦”的心跳声。

此时此刻，风雨更加猛烈，围在老单家房前房后的村民们，虽然终于看到这位汉子骑在了房脊梁上，但仍有人在不停地呼喊：“太危险了，快下来吧……”

险情似火，这位救灾狂人哪顾得了这些！他一次又一次地将被掀翻的苫草压在身下，把身体当作一座山，试图把整个苫草压在身下护住，不让它再度掀起。然而，狂风暴雨仿佛故意与他作对一般，越来越凶猛，再加上房顶面积较大，按下了这个葫芦，又起了那个瓢，让人焦急万分。

汉子边干边想：一根苫草，永远也抛不过大山；一根木头，永远也架不起整个房梁。众人拾柴火焰高，必须借助大家的力量，才能成功，他挥起满是老茧而又粗糙的手，大声高喊：“下边的人听着……快去找石头和绳索……把它们绑在一块，甩到房顶上来……再用绳索拦住房顶，压住苫草……赶快去……赶快去……”

在汉子的指挥下，屋下众人心领神会，迅速行动起来，配合汉子抢险。

房上，汉子将绳头抛向房子的前后两侧，再让众人将绳绑在地面的大石头上，这样反复操作了多次，苫草终于被驯服了……大家这才松了一口气。

狂风暴雨，不甘心失败，正像老话说的那样，天有不测风云，人有旦夕祸福。让房上的汉子没有料到的是，村民正准备回去时，又一股狂风，夹着大雨点，突然从北面席卷过来，异常凶猛。汉子还没站稳，还没抓到绳索，忽然间就从高高的房顶上滚落下来，重重地摔在地上，地似乎被砸出了一个坑，顿时泥水四溅……

汉子忽然被高高的房顶上的狂风掀了下来

人们的心“咯噔”一下，立刻意识到：完了！人彻底摔完了！

太震惊！太意外了！刹那间，汉子突遭劫难，横祸从天而降……

当即，吓傻了在场的人，大家愣在那里不知所措。一切仿佛都静止了。

待人们猛地醒过神来，纷纷扑上前去，连喊带叫，七手八脚地把汉子扶起，迅速地背着他跑回家，将其慢慢地放在炕上……只见他脸色铁青，没一丁点儿血色，表情十分痛苦，拳头紧握，双眼紧闭，一声不吭。浑身湿透，不知是汗水、泥水，还是血水，家人擦了又擦，仍然是湿乎乎的……

这下子可把家人吓坏了，忙着要去襄平城，请最好的郎中前来抢救。

“不许哭！不许找郎中！王家人皮实，大病小灾一挺就过去了。”家人的话语触动了他的神经，这位汉子猛然睁开眼睛。全家人听了这话便不敢再言语了。

翌日清晨，这位汉子轻声地说：“咱们庄户人家，受点伤，哪有那么娇贵？不碍事的。干泥瓦匠的人，从房上、墙上摔下来，是家常便饭，没什么值得大惊小怪的。本可安然无恙，都怨咱一时疏忽。事情既然这样了，就不要声张，在家养几日会好的，放宽心，不必上火。”

话虽这么说，但汉子的眉毛却拧在一起，扭曲得不成形，额头的冷汗涔涔落下……他深吸几口气，嘱咐家人：“千万不要让老单家知晓。老单家不容易呀，男人长年生病下不了炕，日子过得挺紧巴，若知道了实情，他们的心里一定会很难受，一定会来看咱，又要请郎中过来，让人家破费，咱心里实在过意不去，这事儿千万别对外声张……”

稍微歇息了一会儿，汉子望天长叹：“天意难料。大江大浪咱没少见，都是有惊无险，万万没料到，如今却翻在小河沟里。自以为艺高人胆大，什么事都敢干，真应了那句话，淹死会水的，打死犟嘴的。事已发生，咱要坦然面对，自己扛起，死而无憾……”

这位明知山有虎，偏向虎山行，行善惩恶，总在替别人着想的刚强硬汉，正是咱爷王典。凡事为别人考虑，勇于担当，胸怀坦荡，却因没有及时治伤，于1931年8月29日傍晚，在家中坦然地走了，时年45岁。

肉体虽然离去，但精神永存。有文人赋诗一首：

王典辞世已百年　传世流芳众人赞
家族本是庶民户　优良品德代代传
勤劳创业家殷实　教子从严后辈贤
仗义为人扶危困　因伤误治奔黄泉

追根溯源 撅腚不服的硬汉

村里有个姓爨的老年人，是个吃苦耐劳的勤快人，也是全村每天最早起来的人，人送外号爨特早。他起得第一早，是唐户屯村民有目共睹的，可今天遇到一件意想不到的怪事，让他彻底失算了。原来，竟有比他起得还早的人。

玉皇派来神兵天将?

1910 年 4 月 7 日，农历二月廿八日。清明节翌日，天蒙蒙亮，爨特早拎着粪箕，拾粪走到村西的山岗下，向上一看，不由得一惊：山岗怎么一夜之间，彻底变了模样?他揉了揉眼睛再细瞅，被眼前雾气缭绕的奇观震惊了。

爨特早记得，这个在唐户屯村石碑后的山岗，昨天还杂草丛生、乱石成堆，是个谁都看不上眼的弹丸之地，怎么在一夜之间，就彻底地改变了原来的样子。乱石被清理得一干二净，凸凹不平的地方，被平整成了井然有序的梯田。山坡地段被人挖出了深深的垄沟，覆盖了一堆又一堆的黑土。他深知黑土是用来当肥料堆放在垄沟里的。远远望去十分规整，让人一看绝对是庄户人家干的利索活儿。

吱啦吱啦的响声不断地传来。定睛望去，在羊肠小道上，一位硬汉似的农民，用肩膀拉着人造木板车，车里装着黑土，正往山岗上行进，那样子仿佛是一头辛勤耕耘的拓荒牛。爨特早想看清那人的模样，不由得快步走过去，说道：“咱说呀，快歇歇吧！这么昼夜地玩命地干，累坏了身子，怎么了得?”

“没看到有累死的，只听说有病死的！”接话的人不是别人，他正是咱爷王典。爷略微抬了抬头，虽没停车，但却很有礼貌地回应。

爨特早紧跟一句：“别人戏言，可千万别当真。劝你还是改一改‘撅腚不服’的老毛病。”

凭实干做事，永远是赢家。爷猛地哈腰，两腿再度用劲儿，腿上的绷带绷得更紧了，他拉着板车，上了山坡……

开荒这个事，是有源头的。当年，大家对爷的开荒是有争议的，他们认定全屯的荒山已开尽，真的没地方再开了。

爷说：“没人要的地方，那就看你想不想去开。只要想开，还是会有许多乱石岗子，可以再去开的。”

听了爷的话，在场的人七嘴八舌，说他站着说话不腰疼，哪里还有多余的荒地，让你去开？你看村西的岗子，乱石成堆、杂草丛生，连兔子都不拉屎，谁都看不上眼，到现在也没人敢再去折腾。

如果在这样兔子不拉屎的疙瘩，你都能开出好地来，那咱们这个村就会满山遍野一片葱郁，村民生活也会逐渐改善，咱就为你建个功德碑，让全村人都佩服你。这时有人专拉横车，有人专撇着嘴说风凉话，话里带刺。

此话当真？爷当时 20 多岁，血气方刚，浑身是劲儿，跺跺脚，一百个不服。一言既出，驷马难追！乡里乡亲，常常戏言耳，何必当真。说风凉话的人太多，做真事的人太少。

然而，爷是个做事非常较真的主儿，下麦窝村民刘志合说：“言必信，行必果，老爷子做什么事都要讲究个信誉。”回家准备准备，睡个好觉，次日丑时，爷从锅里取出上顿剩下的大饼子，又取来大葱、大酱、咸菜条子等包裹在一起，扔在板车上；到下屋取出各种农具，一切都准备停当，头顶星辰，拉着板车上了西边的山岗。爷把板车停放在一旁，脱下长裤和衣衫往旁边一扔，搬起石头，甩开了膀子，自个儿大干起来……

这个地方是谁也看不中的乱石岗子，白给都没人要的破烂地方，可是，爷偏偏选中了这块地，就是为了实现自己的诺言。爷先站在高处，这样一来，整个乱石岗子尽收眼底，爷心中有了规划，先填后平，省时省劲儿。首先，把石头从乱石岗中捡起，扔进深坑，再将深坑填平；其次，如果遇到土里埋的石头，狠劲儿抠出来，扔到大坑里；最后，将高处的积土移向低处，平整土地……

爷披星戴月拼命地干，饿了，抓起饼子就着大葱吃；吃完再继续干，饿了再接着吃……就这样，西边的山岗被平整成了有斜坡的土地。爷又用镢头刨出了深深的垄沟，形成了新的农田。平整后的黄泥板缺少肥力，爷就拉着板车到干涸已久的水泡子，挖掘数年淤积下来的黑泥，拉到西山坡地做肥料，进一步改良土壤。就这样，西侧山坡一大片足有一亩多地的乱石岗子被开垦出来，通过给土地增加新鲜的肥料，定能实现大丰收。乡亲们从中深深地体会到了实惠，情不自禁地对爷竖起了大拇指，连连赞叹：“王典真是撅腚不服的一条硬汉！”

看到旧貌换新颜，爨特早不由得惊讶：“硬汉王典真是一座裸山，了不起呀”当年，这种情况甭说有人见过，连听说也从没听说过。岂止震惊，简直让人大开了眼界。就连爷自己回头一看，也不由得犯疑，这么多活儿，难道都是自己一个人干的？可是，在铁的事实面前，他也不禁一脸得意。正验证了下麦窝村一句俗语：“眼睛是懒汉子，手脚是好汉子。”

此事一传十，十传百，被乡亲们传得神乎其神（其实没有开发那么大的面积，只是一大片而已）。后来又有人说，爷不要命地大干特干，感动了玉皇大帝，大帝派来了神兵天将，帮他连夜不停地开垦荒地……这个说法至今还在流传。

谁踢了他人的小肉蛋

时光倒流，由近及远。话说 1896 年 5 月 20 日，爷当年在襄平（辽阳）城东的东京陵私塾读书，那时才 10 岁，由鄢先生任教。有一天中午，爷突然被人告了状，先生特别生气，发誓非要痛打爷的小屁股不可，甚至宁愿被辞掉，不当那狗屁先生，也要主持公道。到底发生了什么事，让他大发雷霆呢？

原来，在他们的班级里，曾有葛、刁、隗三位顽皮学生，不用功学习，常常搬弄是非，上午抢先告状，说他们在玩耍时，爷专门踢他们的小肉蛋（睾丸），疼痛难忍，有苦难言。还说，爷以为他们害羞，不好意思跟先生报告。鄢先生听了，认为爷太调皮，于是找爷对质。爷一听，当场否认，说自己是被诬陷的。爷说根本没那回事儿。

先生气急了："这事儿还能造假吗？今天，咱要看你嘴硬，还是咱的板子硬。"于是，要强扒爷的裤子，以便板子伺候。

爷愤怒地说："诬陷，完全没那回事儿。你就是把咱屁股打烂，咱也撅腚不服！"先生气得七窍生烟，心想如若不教训一番，日后还怎样管教？针尖对麦芒，爷来了横劲儿，不用别人去扒裤子，自己麻溜脱光，让先生揍。先生没见过世上还有这般倔生，气愤万分。此时，仨学生一直站在旁边观看，抑制不住内心的喜悦，竟然捂着嘴巴在暗里咯咯直笑，解恨至极，高兴得不得了。

爷用眼睛的余光，看他们流露的卑劣表情，义愤填膺，当大板子将要落到腚上的千钧一发之际，爷突然握紧拳头一挥，大吼一声："先生且慢！咱有冤要诉！"大板子在空中立刻停住，先生不由得扬头问："你还有什么冤屈要诉？"

爷大声地说："你让他们说，咱在什么地方踢了他们的小肉蛋？当时在场的人还有谁能作证？"先生教了这么多年的书，也绝不是傻瓜，立刻被点醒，深感爷说的在理。不由得放下板子，随即下令，把在场的学生统统叫来，让仨学生到另外一间教室回避，分别对当时在场的学生进行了仔细询问。

几位在场的学生离这儿不远，还不知发生了什么事，在先生讯问下，都一五一十如实道来。先生一听大怒，立刻与证人对质。在众多证人面前，仨学生不管怎样狡辩，最终没了退路，只有乖乖地承认了诬陷同门、构陷他人的事实，仨学生承认错误，甘愿受罚。

原来，他们几个同学，在一起玩嘢叽①的游戏，当时爷赢得最多，谁也玩不过他。仨学生想跟爷借嘢叽继续玩，然而仨学生不想借，只想伸手白要。面对不劳而获者，爷历来不惯毛病。于是斗起嘴来，仨学生没占到便宜，窃窃私语，用这个损招来对付爷，才上演了这场搬起石头砸自己脚的闹剧。

听了爷详细的叙述，再加仨学生对事实供认不讳，事情很快来了个一百八十度的大反转。先生把原来愤怒的火焰立即转向仨学生，让他们自己脱裤，露出白嫩的屁股并排趴下。先生为还爷的清白，拿起板子，使劲猛揍，还让其他学生上前继续揍，揍得仨劣生的屁股挂了彩，疼得“嗷嗷”直喊爹叫娘，连连求饶，保证悔过。

有句俗语说得好：从小立志，三岁看老。王典是一位坚持正义、不畏诬陷、了不起的学子，很值得先生骄傲。从幼时就显露出坚韧、刚毅、诚实的品质。要不是王典撅腚不服，恐怕会让先生犯错误。先生还说：“要是真的冤枉了一个好学生，咱会一辈子不得安生。”王典“撅腚不服”的做事典故由此产生。

还有一件“撅腚不服”的小事，令人回味无穷。

那时的爷年纪尚小，刚满九岁。在一天晌午，几个孩子跑到咱家，硬说咱爷的小凳子是偷来的。爷怎样磨破嘴皮，他们还是闹腾个没完没了，弄得人脑瓜“嗡嗡”乱响。

就在这时，正赶上太爷回家取农具。太爷见状，夺过爷手中的小凳子，反复细看，光滑得很，封口严密，做工精致讲究，不是一般人能做出来的。倘若说九岁小孩，能做出这般精巧的小凳子，若不是亲眼所见，恐怕打死也不会有人相信。

---

① 嘢叽：东北常见的儿童游戏，来自满语的译音。

太爷一生最恨撒谎、偷窃之人。不听邻居和家人劝阻，当即不容分说，一脚将爷踢倒在地，气愤地说：“小兔崽子，不给老子争个脸面，也绝不许给老子丢人现眼。”说话间，拿出特制的小木板，对准爷的小屁股，猛地一顿痛揍，打得爷伤痕累累、血迹斑斑。爷不但不求饶，还扬起脖子连连高喊：“不服，一万个不服!”

太爷打累了，坐下来直喘粗气，爷强忍疼痛，咬紧牙关爬到太爷的膝下说：“爹，您真的冤枉咱了，这个小凳子，确实是咱亲手做的。实在不信的话，咱给您现场做一个，让您消消气，您看行不行?”

一旁的孩子们随之起哄：“对！就让这小子现场给大家做一个看看，是真是假，一做便见分晓。”太爷一想也对。太爷带着爷和孩子们来到了邻居家的木匠铺。爷揉了揉疼痛的腚根儿，选了人家剩下的几块边角料，拿着工具，精心地制作起来。

几块小板子，被他用刨子刨了面，拿铅笔把大小不等的几块小木板的尺寸细心地标记好，凿了几个大小不同的卯眼，再把部分木块锯成了凸形，将每个斜面刨光，仔细修理后进行组装，将不合适部分再行修饰，用砂纸打光……就这样，一个崭新的小凳子，奇迹般地展现在大家的面前。

他们将这个凳子与刚才说爷偷来的那个小凳子做了个比较，小凳子自然悄悄地说了真话。如一个慈母生出的双胞胎，几乎一模一样。在场的人都惊愕得无言以对，简直不敢相信这个小凳子，竟能出自九岁顽童之手。孩子们好奇地围着爷，很想探究其中的奥秘。

太爷看自己的儿子能够做出如此精美的小凳子，十分高兴，不由得竖起了大拇指，连连地称赞儿子真棒，责怪自己一时鲁莽，不分青红皂白地胡乱打人，冤枉了好孩子，眼圈一红，眼泪掉了下来。爷赶紧上前帮太爷擦去泪水说：“您别难过，您老教训孩儿是对的，再怎样打孩儿屁股，孩儿也能坚持，直到您老看到真相为止。”

太爷破涕为笑说：“好孩子，有大山的性格，有王家的傲骨，是咱的种。也有王家人的血性，只要认定自己是对的，就要坚持到底，宁折不弯!”

太爷对儿子能做出精美的小凳子的事，感到特别意外。爷是多么聪明的孩子，一眼看出太爷和小朋友们的疑惑，便主动介绍说："咱看到邻居木匠铺里，打出的一排排小凳子特别好看，特别喜欢，想要一个来玩儿。可伸手和人家要东西，那是多么丢脸的事，还不如自己动手做一个。于是咱常去木匠铺玩，细致地观察做小凳子有哪些步骤及要领，很想亲手做几个。试做了几个都不看好，让人有些泄气……经过反复观察、琢磨和操作，又经反复地试做，足足用了半年多的时间，功到自然成，终于亲手做成这个小凳子。这时候才敢拿出来'显摆'……"

触动灵魂　打赌孕育“王典祖训”

1925 年春天，在唐户屯村曾经发生过一桩打赌换祖训的新鲜事。

想当年，咱爷可是位文武双全、不服软的硬骨头，可在这些文人①的面前，却破天荒地走了麦城，被羞辱得面红耳赤，无地自容。按现代人的话来说，这一次，咱爷真的掉链子啦。

事情是这样的。有一天，仨文人有备而来，要摸摸咱爷的底细，题写了“髻、瘃、鄹、颛”四个多笔画的字，让爷辨认了半天……它们可能都认识爷，可爷却偏偏一个也不认得。爷是位实事求是的人，从来就不蒙人，凭的是实际水平，不会就是不会，不找任何理由。下麦窝村老师蒋维广说：一分钱憋倒英雄好汉，一个字能丢掉人的尊严。爷却不要虚伪的面子，要真实诚信的自我，不找任何理由，主动认了输。

仨文人文化水平不低，起的名字各具特色——缑禁、贾真、匡财，社会经验丰富，个头也都偏高，铁嘴钢牙，咬人不见血腥，一个比一个厉害，的确不好打发。他们虽是穷苦文人，骨头却硬得很。当年，爷是文武双全的能人，各路人马都来拜访。爷从不吝啬，只要是来访者他都会拿些银两厚赠。但他们却恰恰与众不同，白给的米饭不吃，白赏的金钱不拿，非要与东家来个文墨论道不可。这样做事，会难倒一方土豪，让人实在不好对付。没点儿墨水的人，真拿他们没丁点儿办法。

前不久，仨文人对爷的名气有所耳闻，想出点歪主意。他们有备而

① 文人：文人在古代是雅称，“文人雅士”是也。其名声败坏，不过百年，时代环境使然。但其中也有不乏真才实学者，没被重用或不得志的人。本文中的文人，是有真才实学者。

来，要考考爷，是否认识那四个字。来者不善，善者不来，打赌论道就在眼前。所打的赌注：如果认识并能解读其中两个字的含意就算赢。如果爷赢了，他们不仅不再“论道”，还要给爷家中挂上“墨客之家”的金牌子，承认王家是有文化的人家，不许任何人再打扰王家的生活。这场特殊的打赌，受到官僚、土豪、村民的关注，从来不参赌甚至反对赌的爷，有生以来首次被逼入了死胡同，实在没了退路，不得不应战。

对打赌，爷不是心疼血汗钱，确实是没时间与他们磨牙，实在没有办法才答应的。爷是读过私塾的人，一般问题是考不倒他的。

这四个字实在没见过，爷脑海一片空白，认不出任何一个字。真是书到用时方恨少，不知一处迷一处。面对事实，爷也开明讲理，首次参赌，首次服输，很认真地承认了自己不会，说文化有限，还需认真进修。

仨文人不甘心，便得寸进尺起来，还振振有词：“你是什么鲁班王典？徒有虚名！鲁班也是文化大师，你有什么资格当他的徒儿？”

仨文人要起嘴皮子可毫不逊色，面对咄咄逼人的言辞，谁听了也受不了，若换作一般的有钱人家，肯定会大怒，非让家丁用乱棒把他们打跑不可。

爷果断让厨房点火做饭，以当地最高礼节款待这仨文人。人一旦坐在一起喝上了小酒，感情自然就升温了，席间彼此熟悉起来，渐渐地也都不再见外。文人们七嘴八舌，轮番对爷“进言”：“你自认为是有文化的儒家，家里却连个家史、家谱、家训都没有，怎能算得上是书香门第？”

对此事，爷深感惭愧，长叹一声。自从记事起，双亲就不在了。四代单传，家族香火的继承艰难异常。严父没给晚辈留下任何文化底蕴，墨水不多是铁的事实，一定认这个账，不需要打肿脸充胖子——做表面事，认输，认输，彻底地认输！

爷低调服软，引起文人的浓厚兴趣，他们便开始刨根问底，若是一般人，绝不轻易泄家底，给人以神秘之感。可爷坦诚相见，直率敞亮，毫不忌讳地说："王氏家族，原籍是山东顺天府王家庄人，清顺治八年，逃荒至辽阳的上岗子，又很快迁到唐户屯村。听祖辈讲，到了独苗家父王家俊时，已是第八代人；王典为第九代人，小六子王冠山是第十代人……"

通过爷的讲述，文人得知王家拼搏奋斗才有了今天，他们感慨万分。在其他士绅、土豪家中，他们从来没有与主人有如此贴心的交流。王典是个草根布衣，家中从来没有人有过一官半职，全凭自身努力成为小乡绅。对此，他们特别感慨，将其视为知己。

爹生前曾说，当年的仨文人擅长卖弄文墨，喜欢出难题，让人难堪甚至出丑，一般人都躲着他们走。爹还说，仨文人曾经请爷为其正名。经过几次接触，爷看他们有真本领，在征求了其他乡绅、土豪的意见后，在唐户屯街面举行了郑重而简短的仪式，视他们为正经的文人，对此他们兴奋不已。

可是不久，仨文人又来到王家谈文论道，这回可不同，爷平日时时查老式字典，字的含义早已了然于胸，又学了不少新知识。爷也不客套，将上次打赌输时没认出来的四个字，重新跟他们交流。当时，爷郑重站起，像教书匠一样挺直腰板，一本正经地解释道：

> 上次的四个字，其实很简单。髻字音"jì"，指在女人头顶或脑后盘成各种形状的头发；瘃字音"zhú"，指冻疮；鄹字音"zōu"，春秋时鲁国的地名，今在山东曲阜东南；颛字音"zhuān"，颛为姓氏，传说是上古帝王的名字……

此时此刻，大家都肃然起敬。爷声音洪亮，吐字清晰，有板有眼，大大出乎了文人的意料：怪不得说王典有"鲁班"之称，在这么短的时间内，他竟然对字音、字意以及字的用法等熟悉得如此快。

还没等文人反应过来，爷来了个先发制人，提出与仨文人进行第二轮新的赌局，辨识皑、戆、罅、勰四字。赌标：谁能认识并能解读其中两个字，就是赢家。赌注：王家赢了，仨文人免费编纂《王典祖训》，教王家孩子读书，帮助他们考取功名，终生做王家的先生；如果王家输了，王家愿赠每人一千银圆，足够文人用来养老。这个赌注下得太大了，简直像天上掉下了大元宝一样，令人咋舌。

惊讶了好半天，仨文人才缓过神儿来，看那四字写在黑板上，似乎都认识，但一激动，脑海里竟然一片空白。爷连连说：“别急别急，再冷静一会儿。”过了很长时间，他们还是大眼瞪小眼，猜来猜去没认出一个字。

爷笑道：“上次你们是怎么数落咱的？这回反过来，由你们自个儿来数落自个儿。人无论学问怎样大，都不能骄傲自满，做什么事情，都要留有充分的余地。”仨文人一时狂妄，为自己挖下陷阱。羞，羞，羞，仨文人狼狈不堪，恨不得找个老鼠洞钻进去。

匡财还算聪明，解出一个皑（ái）字——形容洁白。爷见状异常高兴，鼓励他再认出一个字就算赢。爷庄严承诺，当场兑现，绝不食言。又等了仨文人一个时辰，还是没人说出其他字的字音和字义。真应了一句老话：书到用时方恨少，事非经过不知难。仨文人长叹一声，像泄了气的皮球，彻底“瘪”了，不得不主动认输。

仨文人窘态大露，不知其义，爷直率地将四个字分别讲述了一番。皑字由匡先生解释过，不再说了。这个戇字音“zhuàng”，指憨厚、刚直；罅字音“xià”，指缝隙或者裂缝；勰字音“xié”，指和谐之意，多用于人名，大文豪刘勰就取这个字。

四个小字却难倒了仨文人，岂不怪哉？这件事告诉人们，再有文化，也应该谦虚，千万不要狂妄自大。大家猛然醒悟，为爷的精彩解读喝彩。

咱爹多读了四年私塾，比一般农民有文化，这与后来仨文人在咱家谆谆教诲王家孩子有很大关系。爹当时还太小，不懂事理，贪玩耽误了学业，他为没有当上满腹经纶的文人而懊悔一生。

后来，仨文人根据爷的经历和自述，综合汇总有关资料，撰写了《王典祖训》，祖训参考了古体诗写法。爷说不要一味参照旧式祖训，要另起炉灶，把王家凭本事赢美名的故事，用朴实的语言展现出来，要让人懂得继承和弘扬家族文化才是正道。

说得简单，可对仨文人来说，并不容易，他们绞尽脑汁，第二稿反反复复地写了十多遍才写出新的词句。对这些新词句，爷基本满意，但在内容表述上，仨文人争论不休。缑禁生气地说：“不靠天地违背天理，顺天而行才是正道，才能全凭耕耘在田间。”贾真说：“写得太直白，显得王家没文化底蕴。”写古体诗匡财是内行，随笔一挥写出《王典祖训》第三稿，但没被采用。爷言明：“三分读书，七分实践，书读得再多，也是书本上的‘死知识’，没有实践只是空中楼阁!”爷从大量实践中获得灵感，一直低调的他亲自补充完成了《王典祖训》第四稿。

他打破常规，率先提倡用白话文写祖训。经过反复斟酌，最终确定了白话文的《王典祖训》，全文如下：

勤劳自励苦耕耘　粗茶淡饭甜中甜

一世赤诚仁义信　终生纯朴孝慈廉

吃亏是福增寿禄　礼让他人天地宽

祖训功德垂千古　王典家业代代传

爷对《王典祖训》还比较满意，把它作为家族为人处世的范本。

在高兴之余，麻烦事又接踵而至。仨文人不甘心上次受挫，非要找回脸面不可，硬逼爷打第三场赌：在之前八个字的基础之上，再来个更难的，才能比出水平，才能看出高山流水与平地长金。

缑禁突然先发制人道：“开轩面场圃，把酒话桑麻。”

爷先是一愣神，也不示弱，随后脱口而出：“待到重阳日，还来就菊花。”

缑禁引用的是唐代诗人孟浩然《过故人庄》中的名句。

贾真道：“北山种了种南山，相助力耕岂有偏。”

语音还未落，爷说道：“愿得人间皆似我，也应四海少荒田。”贾真引用的是宋代诗人王禹偁《畬田词》中的佳句。

匡财道：“新筑场泥镜面平，家家打稻趁霜晴。”

爷一挥手，语调高扬：匡财引用的是南宋诗人范成大《四时田园杂兴六十首》中的诗句。咱替你补上后两句：“笑歌声里轻雷动，一夜连枷响到明。”

爷特别在“一夜连枷响到明”这句中拉起了长调，余韵悠然，把大家的目光勾了过来，汇聚到自己的身上。当诗句脱口而出时，在场所有人不禁喝彩！

爷以“三比二”的成绩，赢了仨文人，王家成了“墨客之家”。这让在场的人们不由得顿悟。《王典祖训》独树一帜，富有不懈的奋斗精神，王典全凭实力赢得了这一场比赛的胜利。王典是好庄稼把式，又是泥瓦匠、土木匠中的高手，更是文化草根群体中，闪亮的旗手。

赢了仨文人，洒脱好风光。在日常生活当中，人们都说爷是个神人……作为孙子，咱要说真话，其实都不是，爷吃尽天下之苦，自小生在农村，白天耕耘，夜晚习文，真真地靠头悬梁，锥刺股的精神取胜。他喜欢传统文化，对农谚尤为热爱，反复与实践相结合，使得他能将这些农谚倒背如流，有熟读善讲之能力。在读古代名句时，常常对深奥晦涩的词句，认真钻研，到了如痴如醉的地步……

对付仨文人刁钻古怪的赌约，要是一般人肯定被他们搞蒙了，爷不然，像伟岸的大山一样，实实在在凭实力，从容应答，漂亮至极。

虽然仨文人聪明，但总也有他们察觉不到的地方。他们自以为题出得巧妙，然而，上天助力，正中爷下怀。对特别熟悉的内容，爷当然回答得不费吹灰之力，信手拈来，很轻松夺“冠”。

初露锋芒　单挑“八大怪”

爹说过，当年在某地，曾有这样一群人，号称八大怪，颇有名气，各个都有独特的看家本领，他们在一起瞎捣鼓，狂妄自大，从来不把任何人放在眼里。表面上沆瀣一气，背地里各怀鬼胎，钩心斗角，谁也不服谁，一个总想压倒另一个，恨不得自己称王称霸。

古语云：“君子坦荡荡，小人长戚戚。”经过下麦窝村人的观察和验证，这句话颇有道理。有个星期天，八大怪竟然聚在一起，煮酒论英雄，调侃起当今行业上的英雄来。他们东拉西扯，话题越说越远。

有人说辽阳近几年出了个牛人，竟斗胆以“鲁班王典”之名行事。其实事实并非如此，是有人在中间挑拨。他们一听，半信半疑，立即“炸”了锅，越说越激愤，那真是七个不平，八个不忿，心里一百个不服，口中还时不时发出不屑的呸呸声。

1929 年春季，八大怪经过谋划，齐刷刷地来到辽阳，为造声势，在既没有打招呼又没有人接待的前提下，来到咱家的大门口，咄咄逼人。

咱爷历来低调做人，不想出风头，见此十分生气。八大怪找上门来不想接招儿，恐怕也不行了。

下麦窝村原书记樊德生常说，人怕猛逼，马怕常骑。爷咬紧牙关，心一横，果断做出决定，敞开王家大门。爷走出大门向八大怪鞠躬道：“敝人迟钝，慢迎为歉。既然各位大师如此赏脸，敝人只好与各位大师当面鼓，对面锣，切磋切磋手艺。”

爷一改常态，身着贵气的唐装，大摇大摆地走出大门，好不气派。请乡邻在广场中央的坡上，摆擂台，拉开了阵势。爷仰天大笑：“来者不善，善者不来，诚请哪位大师，先来与敝人过上一招？玩把绝活儿，过把手瘾，沾沾你们的喜气如何？”

这一举动，让八大怪没有预料到，熟悉的乡邻们也没想到。莫非王典真的获得了鲁班大师的指点不成？人们猜不出爷葫芦里到底装着啥药。一时都静了下来，四周围观的人越来越多。

首赛，比一比泥瓦匠手艺——垒小墙。自称天下第一的竹木泥瓦匠大师陈虎，精神抖擞，系上专用围裙，用随身带的大铲，三下五除二，转眼工夫，就垒好一段小墙，速度之快，质量之好，令人拍手叫绝。

爷则不慌不忙，既不系围裙，也不拿铲刀，让人万万没想到的是，爷让人用黑布蒙上双眼，大家都觉奇怪，从来没见过这样的手艺人。只见爷的双手来回穿梭、熟练自如，像画家在轻松惬意地画着一幅写意山水，仅一袋烟的工夫，相仿的一段小墙，便呈现在人家的眼前。

大家哈腰向前，仔细一瞧，爷做工干净利落，身不沾灰，手不动铲，更不用眼，仅凭一双手，比陈大师的速度还要快，质量更胜一筹！众人惊叹：“鲁班王典，真乃天造神人也！”

紧接着第二场比赛，比石匠手艺——雕刻一座袖珍雄狮。号称无所不能的石匠大师窦鑫，用毕生精力钻研雕刻艺术，自吹已达到登峰造极的地步，此项是他的拿手项目。闻听赛此，他欣喜若狂。只见他拿起带来的锤子、钎子等工具，敲、挫、磨、削……很快雕成一座袖珍雄狮。雄，雄心勃勃；狮，似在扬脖怒吼。惟妙惟肖，栩栩如生，仿佛向人们猛扑过来。在场的人无不惊叹，连连叫绝。

凿子能凿眼，还要凭人眼。轮到爷上场了，只见爷亮出一项绝活儿，偏偏不用锤子，两手各拿一把钎子，游刃有余地左右开弓，“当当”的声音富有节奏悦耳动听；雄狮的关键在于神气，神气的关键在于狮眼，狮眼的关键在于闪光逼人的瞳孔。爷双手飞速运动，很快就雕出一个活灵活现、灵气逼人的“活”物，把东方的精气神，全部集中在这座袖珍的雄狮身上，雄狮张牙舞爪、似在奔腾向前。形象逼真，招人喜爱。让在场看热闹的人万分惊异，无不欢呼。

如果说前两项都是石瓦匠绝活儿的话，那么第三项比试是所有木匠师傅心中的大绝活儿。卯口的精确度和窗棂花纹的绝技，号称天下无敌、第一木匠大师的龚智，可是木匠中的精英，凭手艺专给大户人家做活儿，以打造名贵家具而闻名。他带来了应手的小锤子、小凿子等多种工具，甚至还有专用的木料，一看就知道是有备而来，他大方地将拉来的工具和优质的松木料，分一部分给爷使用，爷点头致谢，也不客套。

工欲善其事，必先利其器。勤快人的刀锋，既快又雪亮。爷常练刀法，得心应手，但仍然对所有人谦让有方。激烈角逐之际，双方争先恐后，分秒必争，几乎同时完成。细看质量，难决雌雄，几乎打了个平手。

怎样能评出优劣？连与爷朝夕相处的咱奶，也分不出胜负。她想出一个方法，因为比试的是木匠卯口的精确度和窗棂花纹的技艺，在窗棂花纹的凹处，假若沾上灰尘，恐怕很不好擦洗。奶建议，用此处能否卸开作为评判优劣的标准。不管什么事都难不倒人，一般人是看不出这里的玄机的。下麦窝村有人说："王典太强势，总是看不上弱势的奶，总嫌弃她拙笨。但在这关键的事情上，让人不由得对她刮目相看。"

费尽心思，评判官员也想不出什么新的办法来进一步评判，大家不约而同地接受了奶的建议。以能否卸开擦洗来评判，比较合情合理，龚智也赞成这一方法。

在无争议的情况下，开始卸窗棂花纹。龚智做得非常牢固，不管谁上前怎样拆，最终都没能拆开。

爷做得更牢实，不管怎么拉怎么拆都卸不下来。但只要使用了爷的隐藏按钮一按，一块又一块的小木块儿，就会先后自动地脱落下来，似乎在变魔术。这种做法，让在场的人意想不到。此前，窗棂花都做得死死的，用是否牢固来衡量其做得好坏。爷熟知《三国演义》中的故事，受诸葛亮"木牛流马"暗藏玄机的启发，给窗棂花添加了机关，发明了可拆卸的窗棂花，让人大开眼界。对此，经济文化学家钟祥斌很有感慨，他说："工匠精神的核心是创新，王典堪为鬼斧神工。”

听到这里，咱好奇地请教爹：“奶是怎么知道的?”爹说：“按常理，咱不应该告诉你这个秘密。但如今决不保守，也会毫不保留。爷传承了太爷的家训，做什么事情都要留两手，以此作为看家本领。”

知夫莫若妻，咱奶很了解爷，不管在做什么事前，都会留有充分的余地。人只有缜密的思维，才能高人一筹。这也是爷从老一辈那里学到的道理。

紧接着又比了几项，绳工比细腻，棚匠比巧吊，雕刻比速度等。八大怪细心观摩，通过几个回合的较量，深感自己的手艺与王典相比所差甚远。本想看别人的热闹，自己却演砸了，反倒让别人看了自己的笑话……如再继续比下去，会留下更多的笑柄，他们纷纷以谦虚之态退却，让赛场很快静了下来。

奇闻逸事　“鲁班”钦点咱爷

如果没有“鲁班”的钦点，就没有人们津津乐道的咱爷的传奇故事。咱在乡间多次走访，许多乡邻都如此说。这样的说法，咱认为戏言成分较多，但是有关爷的事，总想了解多些。

辽阳城东十里有个村庄叫唐户屯，村南一里地有条很有名气又很有灵气的大河——太子河。太子河的河水清澈见底，周围的空气清新，令人神往。

为寻爷的历史足迹，咱几经辗转终于找到这儿。即使过去了多年，仍然记得慈母曾经说过，这条河流的北岸居民，流传着爷和鲁班的一些故事。其中“鲁班”钦点咱爷的故事，已历经百年，是真是假也无从考证。想来想去，也不必较真，大家权当听一段民间故事罢了。

远在1894年8月的一天上午，曾经有人看到，一个七八岁的小男孩在太子河的岸边玩河卵石，玩得疲乏困倦，躺在河边不知不觉睡着了……

到了晌午，这个小孩才睡醒。睁眼望去，隐隐约约地看到，一位老者飘然而至。老者看这个小孩虎头虎脑，脑门发亮，很是喜欢。上下打量一番，深感小孩聪明之中还带着几分灵气，是个可造之才。于是老者低声问道：“孩儿，你是哪里人氏？为何躺在这里睡大觉？”

“咱是唐户屯人，姓王，三横一竖的王，在河边玩累了，不知不觉就睡着了。”小孩边说边眨巴眼，眼前的老者脑门闪亮，两鬓有着稀薄的白发，留有过胸白须，鹤发童颜，让人感到慈祥可爱。见到老者问话，小孩不由得连连回答。小孩反问：“您召唤小儿？有何话尽管说。”

老者蹲下来，在小孩前面的地上，用手比画道：“这是什么？”

小孩看了看，说：“这是房子。”

老者又画了另一物，问道：“这是什么?”

小孩不由得笑了：“这是咱村木匠拉大树时用的大铁锯!”

老者接着问这又问那，小孩对答如流。看到孩子如此聪明，老者进一步给他讲解，这些工具应该怎样使用，如何能巧妙地创造奇迹……

老者的谆谆教导，令小孩茅塞顿开，十分兴奋，全身心地投入其中，一时竟然忘了过得飞快的时间，不知不觉唠到了黄昏。

老者看这孩子全神贯注，称赞不止，越来越喜欢这小孩，不由得脱口而出：“看你有股灵气，收你为徒儿如何?”

小孩曾经听过评书《西游记》，其中有唐三藏先后收孙悟空、猪八戒、沙僧为徒的故事。这三个徒弟，个个神通广大，武艺高强。小孩想若要做个徒弟，想必也会学到不少武艺。此时小孩早已被老者的魅力所打动。现在能遇到这样的师父肯收自己为徒，真是天上掉下来的大馅饼。小孩不由得曲身双膝着地，恭恭敬敬地连连磕了三个响头，施了拜师大礼。老者欣喜，见状摸着白胡子连连点头称好，好生快活。

老者说：“从今天起，你就是咱的徒儿。只要你刻苦钻研，不断发明创造，定能成为了不起的泥瓦匠、土木匠……”

小孩一笑，还没等他反应过来，老者已经飘上云端，很快消失得无影无踪。望着远方，小孩长叹一声，后悔地直捶大腿，还有许多话要问，可惜师父已经走远了。垂头丧气的他，只好往回走。此时，恰巧遇上了当地的土地爷。

听完小孩所讲的事，土地爷高兴地连连说：“好孩子，你可走红运啦。那位大师父，就是传说中的工匠鼻祖——鲁班大师。”

小孩疑惑地问：“鲁班大师，咱咋不认识，他是干什么的?”

听罢，土地爷不但不怪罪，反而哈哈大笑，然后严肃地说：“鲁班就是中国工匠的鼻祖，是位非常了不起、人人称赞的大能人。”

说了半天，小孩挠了挠脑袋，还是不太明白，自个儿反复琢磨，刚才在无意之中，竟成了“鲁班”钦点的徒弟？再慢慢细想，才恍然大悟……

这个聪明的小男孩，就是咱的亲爷王典。

许多当地人听完这个故事，连连肯定地说：“有那码事，真的有那码事……”

这下让咱愣住了，难怪别人总是以“鲁班王典”来称呼咱爷，原来咱爷还有这么一段久远而美好的奇闻逸事。

这个故事咱有时也在琢磨，如果不是鲁班，那是不是另有其他大师曾与他偶遇，给他指点迷津呢？就算当年不是鲁班，那咱爷也是经高人钦点过的，不然怎么会那么厉害呢。

爷常说，要学习，起点就要高，向智者靠拢，才能取到真经。咱一生最崇拜的大师就是鲁班，他是咱人生的榜样。

在访问村里老人时，他们说爷发明建造实用家舍的硬活儿，就是受鲁班大师用粉末做墨斗的启发。当年爷巧设烟道，是善学鲁班依据茅刺草发明出锯齿。

爷另辟蹊径巧设烟道，根据自然风向建造出三套不同的排烟道。正如下麦窝村人所说，烟要乱窜，满屋烟气，让人活遭罪……爷神奇地解决了风向不稳定、冷热不均等难题。人可以控制风向，让风有来有往，各行其道，解决了风不顺呛烟的问题。冬季严寒，将柴火放在上格的锅灶道里，这样热度自然来得快，暖和的时间长，温度也不会降得太快；夏季炎热，将柴火移到锅灶道旁边，炕面微温，不热不凉；春秋两季不冷不热，将柴火放在中间锅灶道里，让人感觉温暖如春……

爷一点一滴从泥瓦匠做起。别人睡觉时，他在画图纸；别人休息时，他还在摆弄模型；别人干活时，他边干边琢磨。他争分夺秒的钻研劲儿，一般人比不了；他打破陈规，通过对土窑上百次的翻新，最终将青砖、青瓦烧制出来，让落后的村落，逐步用上了青砖、青瓦，还烧制了红砖、红瓦；将泥水匠，逐渐演变成泥瓦匠，虽仅是“水”与“瓦”一字之别，但是经历了很大改变。爷的创新意识强，建造了防盗房、少女房、串堂房等多种农家小房大院……

相传，爷在智斗八大怪时的众多绝招儿，大多来自生活实践。这些个人的实践与做法，为爷日后走向成熟，打下了牢固的基础。很多人都说爷的技术好，全是从鲁班那里学来的。但到底是怎么学来的，让人琢磨不透。

在深入了解爷的过程中，咱被爷那刻苦钻研的精神深深打动。爷是座山，以务实起家，试过“头悬梁，锥刺股”的方法，从大量的实践中获得成功。直至今日，爷智斗八大怪、巧设烟道、建造实用家舍等事都被人津津乐道。

不朽挽联　爷是乡民一座“碑”

谁的家乡
在中国东北最好的地方
那里四季分明
冬季最漫长
春有百花盛开
夏有稻花飘香
秋有明月高照
冬有白雪盛妆……

很久以前，东北曾有这样一首民歌，让人记住了古城辽阳。那优美而又激昂的旋律，让人听后久久不能平静……

辽阳四季分明，气象万千。1925 年至 1931 年，咱爷王典正值壮年，样样活儿都打头阵。咱爷说：“做人不做鬼；帮人不看热闹；耕自己的田种自己的地，本本分分实干才能兴业。”拿庄稼活儿为例，春耕夏锄，秋收冬藏，农家院里的十八般武艺可以说爷样样精通。正是爷的拼搏，加上全家人的勤俭节约，财富日积月累，才能购置多达四十垧①的瘠薄土地。后来咱听爹说，当年爷从不雇人干活，全凭自己起早贪黑地猛干。怕把衣服磨坏，竟然不穿上衣光着膀子；为了赶进度，常常歇牲畜不歇人，也就是说，牲畜到地头吃草，人则拎起簸箕干活……虽大部分是山坡薄地，但

① 垧：土地面积单位，各地不同，东北地区，过去一垧地一般合一公顷（15 亩）。当时土地私有化，王典逝世，家族破产。

也算富裕，还被纳入了当地小财主之列……在爷病逝时，不少乡邻心里着急，不知道怎样表达悲哀之意，用什么形式来抒发对王典的真挚感情。

这时，从村口羊肠小道上，晃晃悠悠地走来了一位白胡子老头，左胳膊挟着一卷宣纸，右胳膊挂着一桶笔墨。白胡子老头把宣纸铺在村头的磨盘上，一边蘸墨汁，一边自言自语：“王典已仙逝，赠他悲壮挽联可好？”

“那可敢情好。”众乡邻闻讯围了上去。白胡子老头不由得撸胳膊挽袖子，拿着饱蘸墨汁的毛笔挥笔书写，一副副挽联，跃然纸上：

助人赠物　雪中送炭情深似海
扶邻度困　虽死忧生重如泰山
开天辟地　鲁班再现古色新创
新星鲁班　丹墙红墅百代留芳
巧妙构图　移山筑厦浑然一色
宁折不弯　倔强真直股肱豪情
率先垂范　德荫后辈传承技艺
扶贫在前　广厦清庐普惠苍生

他的字力透纸背，词意真挚感人。写着写着，厚厚的一卷宣纸很快用尽，人们啧啧称奇。当人们反应过来想要酬谢老人时，再三寻找，却怎么也找不到他的踪迹。有人传说，怪不得说王典是鲁班的徒弟，人活着时多做善事，树立了威望，连归天也受到如此高规格的礼遇。这不，玉皇大帝都派神仙下凡，送来了仙人书写的挽联。还有的人大胆推测，这是大文豪曹雪芹，或者是大文人王尔烈显灵，专为王典书写的一副副挽联。

王典，生于光绪十二年（1886），念过四年私塾，算是有文化又很体面的庄户人。然而，王典却正值壮年永远地离开妻小，驾鹤西去，大家无不惋惜，纷纷前来奔丧、吊唁。

王典出殡时，不少感谢他的人，在路旁摆上丰盛的路祭，哭诉王典的往事和帮扶自己的实事；有人把一件件的事说出，以表对王典英年早逝的哀悼和深切的缅怀，有不少路人驻足观看……

目睹者这样描述：王家得的供果，装了一屋又一屋，堆成小山。让人难忘，送别王典的多副挽联中的字字句句感天动地，催人泪下：

时时驱前　心性豪爽意趣广博

处处领先　闯字当头敢为人先

克己奉公　刚正不阿堪称典范

直言不讳　耿介无畏光明磊落

三更伏案　勤勉好学博闻强记

寒暑不辍　拜师求艺风雨无阻

爱我中华　铁肩担道匡扶正义

为民捐躯　满腔热血侠肝义胆

这些话语让人感到王典并未驾鹤西去，仍然活在现实中，让咱觉得：爷高大的形象，顿时鲜活起来……有人感慨地说："人在世间，多做好事会成仙，王典就是辽阳神仙，立在人心永牢记……"

对于爷救死扶伤的善举，爷在世时反复地教导咱们说："咱绝不能做'灶坑打井，房顶开门'的事情，别看咱受了伤，谁家有事，咱还会拼命去帮，这个'家风'永世不改。"爷很乐观，他对生活充满无限的憧憬，让爹背诵他写的一副对联。爹倒背如流。

知事担事做好事才存真本事

让人容人不欺人方能做善人

横批：做人之道

村民每每看到这副对联，感慨万千。爹也深有体会，至今还清楚地记得爷说过："咱看好辽阳这块宝地，坚决不返关内。"并再三叮咛爹，"咱国力薄弱，经济不发达，武器不精。软弱挨人欺。你长志气，软的决不欺，硬的决不怕。昨晚奉天来了友人悄悄说，小鬼子以维护北满铁路为借口，源源不断地往东北派兵遣将。小鬼子看好咱这块肥肉，妄想吃掉。咱们要长心眼儿，要提防，不做孬种，要拔刀，要战斗！”

这些话语，还是头次听爹说，咱不由得问：“小鬼子能到咱家抢劫吗？”爷眼睛一瞪：“你都14岁啦，咋还像个小孩子，没心没肺的？要是小鬼子打过来，你不先想国家，竟想小家庭，这怎么能行？”说到此，他一挥手：“谁要当汉奸，咱先劈了他的头。”

爷说：“告诉你一个秘密吧，咱赚钱不是为自己的小天地，是为助力抗日救国，咱早将钱财捐献给抗日积极分子了。中日一旦开战，你就把咱家余下的钱，全部拿去买武器。谁打小鬼子打得狠，咱就把武器交给谁。咱王家决不当软蛋，更不做孬种！”

下麦窝村的人不由得伸出大拇指说：“王家拥有一种不畏列强的民族气概！”这种气概也融入了爹的血脉之中……

满腹经纶的爷，以王家大主笔的气概，不断地朗诵着他的新作：

人生耕耘几十年　丰衣足食凭勤俭
乡亲睦邻相帮衬　心助他人天地宽

爹缠着爷再来几段，爷兴致所至，喝了一口淡茶，清清嗓门，拉长了声音，脱口而出：

王家祖训记心间　战时报国血浸衫
几代烽烟百年随　宏伟长城谁能抵

爷总是将富日子当穷日子过，平时为了节俭，像一般人都不注意的缝缝补补的细小活儿，咱爷对此也有独到之处，他比奶做的还细还快。对此，奶曾经跟咱聊起一些细节，但她不让咱往外透露任何一个字。奶深情地说：“王家缝补衣服的细活，几乎让你爷承包了，补了又补继续穿。还把全家衣服洗得干干净净，被褥等每年必须浆洗两三次，还特别要求必须熨得平平整整。”有人看到不由得说：像军营里的战士一样，所叠的被褥有棱有角，非常整齐。抽旱烟时爷不肯用火柴，只用火镰。那些火镰，是拣的炮弹皮锻造的，“吱”一下就在火石上打出火星来。为让屋内光线更加明亮，咱妈多点了五盏小煤油灯，好让受重伤的爷心里更加敞亮。可爷生气，直骂点着那五盏小煤油灯是败家子的做法……爷一生勤俭，不改当初，爹妈常跟咱们讲这些故事。

“天塌有高个儿，过河有矬子，哭什么……不许哭！要有骨气……”爷用眼睛瞪人，强撑着身体高声道，“拿笔墨来……”爹赶紧“笔墨侍候”，爷咬着牙，刚强挺起，一笔一画，慢慢地、认真地、沉稳地写出：心领祖训，勤俭持家；集中做事，实力说话。这 16 个大字，爷庄重地一字一句念了一遍，然后抬手一直指向前方，再也不能动弹了……

爷在大家心目中，树立了一座丰碑。村里人都默默念叨他的好处：老闫家孩子多，媳妇患有严重的痨病，家中八张嘴，真是墙倒房漏锅无米，几乎无法生存，被困境所逼，携妻带小走进太子河欲投河自尽。爷闻讯，立即扔下自己手中的活儿，跑到河边，跳下水把他们救上岸，挽救了一家人的性命。还用自家木料、砖瓦石块，重新给他们盖起了敞亮的新式大瓦房，还给了他们二百斤粮食和不少的银票。郝辉有九个孩子，念书一个胜过一个好，他不但不高兴，反而愁眉苦脸。他被逼无奈，竟做出“卖儿鬻女”的荒唐事情。当时，正急需用款买钢筋、水泥、木料等，爷的资金一时周转不开，硬是冒着被罚款的风险，从采购用的工程材料款里，挪出一百两银票，捐助给郝辉一家。为回报爷，郝辉发誓今后生活再怎么贫穷，也绝不做傻事。裴树春多年患有中风，长年卧床不起，还欠下一屁股外债，多次欲一死了之。一天，爷赶车到裴家，看到他家穷得连锅都露了底，耗子都饿死了，心头酸楚，情绪失控，大哭起来。经多方筹集，爷施舍衣服、被褥、锅碗瓢盆、粮食、木材等，并慷慨解囊捐赠一千元银票……

爷是乡邻心中的一座丰碑，令乡邻不胜感慨。爷是座拥有宽广心胸的大山，拥有山的豪迈，山的巍峨，山的气魄，山的品格，山的勇敢与山的永恒。

舍命相拼　小脚女人惊跑“壮汉”

70 多年前，在辽阳小屯下麦窝村咱家大门口前，曾经发生咱奶差点儿被人踢死的事儿。时至今日，90 岁以上的老人，只要提起王疯子差点儿被人踢死的事儿，他们肯定会说：“记得，都记得，那次王疯子好悬哪，命真大，要是命短就被人踢死了，哪还会有后来许多的精彩故事？”

这件事过去多年，但留给世人的印象颇深。为全面客观准确地探究，咱拜访了家住辽阳市的大姐王素荣。咱姐提及此事，记忆犹新。

1946 年 6 月，辽阳灯塔铧子乡的葛朝胜①，是当地有名的人尖子。在葛氏家族排行老二，人称葛二爷。他脑瓜灵活，善于经商，看咱爹诚实可靠，主动勾搭爹做生意。爹年轻头脑简单，看他诚意而来，不好意思回绝，便答应了他。

有一天，两人在罗大台牲畜大集②上看好一头黑牛。体形壮硕，无半根杂毛，浑身上下，如煤油冲洗过一般透黑发亮。四条腿骨骼健壮，肌肉丰满，那双灯泡似的眼睛，不时透露出温驯，又不失一股灵气。两人一拍即合将它买了回来。

起初，葛朝胜生怕牛吃自己的草料，很婉转地说将黑牛交给咱爹代养。爹诚实便把牛牵了回家。乡邻人见人爱，赞不绝口。喂养一段时间后，黑牛比以前更膘肥体健，两家都想留用。但一头牛岂能劈成两半分？实在没法，只好采用传统“抓阄”的损招儿。谁抓到谁就给对方钱，谁就

① 葛朝胜：化名。都是过去陈谷子烂芝麻的往事，作者不愿揭其伤疤，隐藏其真实姓名。

② 大集：辽阳东北方向一个大集镇。在历史上，这里有庞大的牲畜大市场，在东北颇负盛名，经济也比较发达。

是牛的主人。两人都想要，谁也没有过多的疑虑。

很快，葛朝胜手气好抓到了，笑得露出了一排牙齿，将早已讲好的两百块钱递给爹，还主动伸出手指头：“拉钩上吊，一百年不许变。”葛朝胜似大赢家一样，高高兴兴地拉着黑牛，哼着小调，大摇大摆地走了，所有看到的人都很眼馋。

按理说，这件事就这样结束了。可几个月后的一天，葛朝胜鼻子不是鼻子，脸不是脸地找上门来，吵吵闹闹地来要两百块牛钱。

通过聊天，爹终于听明白了他的来意。耐心地说：“这回你真的错了。当时你的手气好，抓到了，又是你主动给的牛钱。现在你的牛被国民党军队征用，你应该去找他们要牛或者要钱才对！怎么反过来跟咱要牛钱？你再仔细想一想，是不是这个理?”

“没错！咱的牛是让当兵的拉走了，也实在要不回来，更别说要钱。实在没办法，咱只好从你手中要回那两百块。”葛朝胜胡搅蛮缠，横竖不走正道，真是秀才遇到兵，有理难说清。

一方说牛被兵无偿拉走，强行与爹索要牛钱；另一方坚持不应再给牛钱。两人都是硬汉，各执一词，互不相让，越吵越凶，很快急起眼来，撕破了脸皮，扭打在一起。

忽然间，有人高喊：“王疯子来了!”

本文的主人公，突然在众人面前亮相。她长着一双小脚，走起路来摇摇晃晃；个头儿偏高，精神头十足。三里五村都晓得她是疯婆娘。她是咱奶，有个响亮的绰号“王疯子”。在场的人目光不约而同地聚集到了她的身上。她立马成了焦点，成了中心人物。

乡邻们平时都忙自家的事，大多数人对王疯子只闻其名，未见其人。具体疯到怎样的程度，还是不甚了解。只是听说，老郝家小孩哭闹时，用她做吓唬孩子的怪物。“别闹，再闹招来王疯子，挖你的眼睛，再也见不到妈了。”你甭说，孩子听后不敢再闹腾。老单家有个调皮捣蛋的孩子就是不好管，家长也用王疯子来吓唬：“再闹腾，王疯子打死人可不偿命。”

甭说，调皮的孩子深知爹妈舍不得打自己，要真的招来王疯子，那就太可怕了。她才不管那些，是个整死人不要命的主儿！这一招儿真好使，孩子真怕了，不敢再调皮捣蛋。王疯子成了吓唬小孩的反面教材，反倒为乡邻们做了一件好事。

在现实的生活中，王疯子到底疯到什么程度？她真的打死人不偿命吗？肯为儿子的事情来拼命吗？一般人还真不晓得。是人间真佛还是假佛，人们真的拿不准，谁也不敢妄断。乡邻都在看着，极少数胆小的人，见状早已先行溜回家。

话说王疯子猛冲过来，还没来得及喘气，便站在葛朝胜的面前；双手叉腰，居高临下威风凛凛。她的下巴高高扬起，伸手直指：“你这个连狗都不如的臭狗屎，欺负这又欺凌那，现在竟然敢欺负到咱儿的头上，咱跟你拼命来了！”边说边空手冲了上去。大家都说，王疯子突然像支出弦的利箭，“嗖”地飞了出去。

葛朝胜从心底害怕王疯子，心想，这回坏了，如果被她弄死算是白死；如果弄死她，自己的小命也就玩儿完了。他心中暗想，千万别让王疯子贴在身上，若贴在身上，非让她咬死不可。

说时迟，那时快，王疯子冲了上去。还没等靠近，她就被葛朝胜猛地一脚踢飞……王疯子没防范，这一大脚下去，正踢中了她的致命处。

一位小脚女人，岂能扛住大老爷们凶狠的一脚。只见王疯子一下子被踢了个仰面巴叉，脑袋“咕咚”一声，磕在硬地上，还没有来得及呼喊，便一下子昏厥过去，只见她两眼泛白，嘴里往外直冒白沫……

大家纷纷叫喊：“葛二爷踢死疯子啦……”一时间，人们慌了起来。有人谴责道：“你不学好，太‘损’了，竟然要踢死人！”人们纷纷谴责，吓得葛朝胜长脸唰地变白了，像个死驴脸。他一看不好，要出人命了，立刻慌了神，再没了那个牛劲，猛地抛开了爹，像个三孙子似的，撒腿跑得比野兔还要快。

在场的人，哪还能顾得上狼狈不堪的他，急忙救人要紧。有人连呼带喊，有人按人中，有人又顺顺肚气……忙活了好久，王疯子终于从鬼门关返了回来，渐渐地苏醒过来，长长地出了一口粗气。

人被救了过来，虽在家治疗了一年多，但还是落下了严重的病根，一直到逝世也没治好。弱不禁风的她，勇敢地站出来，以鸡蛋碰石头的拼命劲，与壮汉搏斗，这事儿很快被乡邻们传开。传来传去，又被赋予了戏剧色彩，民间竟然戏说一疯女，是如何战胜了五大三粗的壮汉。一时间，奶成为神话般的传说，成为村民茶余饭后街谈巷议的新话题。可咱们知晓，事实并不是那么一回事，可以说是悲哀，是家丑。

当时在家中，乌云压顶，姐愤愤不平，多次嘟囔："欺人太甚，君子报仇十年不晚。"爹沉默了许久，看来想了很多。他略有所思地长叹："不必了不必了，穿新鞋不踩臭狗屎。动物都是欺软怕硬的，何况人乎？道理都是一个样。咱要强盛也可能会欺负他人……"少年的姐，似懂非懂，不由得问："那么，什么时候咱也欺负欺负他？为奶出出这口冤枉气。"

奶是座山，憋了一肚子冤枉气，怪就怪自己没本事。从此以后，奶吸取了这次深刻教训，没武器、没体力是绝对不行的。她开始起早贪黑练飞刀、飞棒等技能，日后演绎了多次飞刀杀狗、吓得四个二流子屁滚尿流、铁树开花等精彩纷呈的民间乡土故事。

生死搏杀　女疯子与四个二流子拼生死

奶的故事真多，一时不知该从哪儿说起。

为追踪奶的传奇故事，咱再次拜访了王素荣大姐。记得在那天晚上，天上竟然没一颗星星，像锅底一样瓦黑瓦黑的。姐在追忆她切身经历时，眼睛闪烁着光芒，绘声绘色地描述许多鲜为人知的往事。奶的魅力让姐讲活了，让人头发倒竖。

1950 年 9 月，下麦窝村西边，几棵像老人弯腰似的大柳树下，微微的小风吹来，让人感到十分的爽快。

当时只有 15 岁的大姐带着刚满 5 岁的弟，正无忧无虑地跳着格子，玩兴正浓时，谁也没有料到，已有四个张牙舞爪的歹人，正向姐弟俩悄悄地包抄过来。

讲起当年，在村里曾有葛、晟两个二流子，勾结邻村的滕、贾合成一团，成为臭味相投的四人帮二流子。他们策划周密，早已从四面八方包围上来，正想找时机欺负姐弟。他们美滋滋地想：天赐良机，不费周旋，定能手到擒来，做成这事儿非气死王疯子不可。

“小芹子（姐的乳名），你给咱做媳妇怎样？咱让爹用毛驴车把你迎娶到咱家如何?”其中的葛先说起话来，接着动手动脚。

“小国子（弟的小名），你就是咱借光的小舅子，你的小肉蛋就是咱的喽!”晟二流子说着说着，竟然弓腰伸手去掏蛋，以此挑逗，开心取乐。

“小美女，咱不要你，只要你的小脸蛋儿，每天能让咱亲上一小口，再拧一下小屁股，能认咱是个男人就中!”滕二流子耍威，妄想占女孩的便宜。

"呦呦，咋不好意思了？没关系，今晚七点，在太子河边大柳树下，咱俩单独幽会如何?"嘿嘿，贾二流子嬉皮笑脸，满嘴秽语……

想当年，姐是何等的长相？她，村中一朵鲜花，亭亭玉立，艳而不俗，是有名的"小辣椒"，辣得一般人受不了，让那些垂涎三尺的臭男人想入非非，但迫于奶的威慑力望而却步。

此时的姐，突然抬头看到了他们。真是仇人相见，分外眼红，恨得牙齿咬得"嘎嘎"响，早已横下决心，誓与歹人拼个鱼死网破。她一边护着小弟，一边找家伙，准备痛击四个不要脸的癞蛤蟆。

四个二流子急不可待，开始对姐动起手脚。面对强敌，姐毫不示弱，用胳膊、用腿脚甚至用头颅和牙齿迎战，使出全身的力气，与他们拼命，很快地打成一团。经过几个回合的激战难解难分。巾帼不让须眉，虽然勇敢、刚烈，毕竟是处于弱势的小女孩。不管怎样的刚烈与顽强，还是单鹿斗不过群狼。没坚持多久，就被打倒在地，情况万分危急。

迫于危急，又无法挣脱，姐的脑海突然闪出奶似山的高大身影，自然而然拼命发出呼救："奶呀，快来救孙子孙女……"

四个二流子突然听到喊声，吓了一大跳。心想这不可能，事先早已侦察过王疯子不在附近。做坏事心虚，他们不由得四处张望，生怕疯老婆子从天而降，杀得他们片甲不留。

千钧一发紧急关头，突听划破天空的长长怒吼："大胆的妖怪，往哪里逃……咱孙大圣来了……"

随着怒吼声，一个疯老太婆，很灵巧地奔跑过来，一边呐喊，一边杀过来："四个癞蛤蟆！竟敢在光天化日之下，强抢民女，哪里走!"

原来，为保护好孙子孙女，咱奶早已悄悄地躲在附近四个二流子发现不了的地方，随时掌握动态，这才能在关键的时候，挺身而出，有力出击。

虽然年纪老一些，但扎着高挺粗壮的大头鬏，再加较高的个头，瘦瘦的身躯，仍显得格外精神抖擞。她手持拳头粗的木棒，让坏人胆战心惊。

奶从天而降，出人意料。正在危险之际杀出个程咬金。四个二流子见状，惊慌失措喊爹叫娘，连连大叫："奶！咱们错了！"小红脸吓得变成了白色，如死人一般。平时在村里横行霸道，无人不打的歹人，如今卤水点豆腐，一物降一物，最惧怕的人是奶，奶是他们的天敌。

王疯子一边呐喊，一边举棒冲杀过来

对此有人说，甭说疯子打人，就算是打死人也白打。在历史上，不知是哪个朝代定下的：疯子打死人不偿命；谁若把疯子打死，非偿命不可。

世上，往往真就有这么巧的事，怕什么偏偏来什么，比鬼还精的四个二流子，也不是等闲之辈。事先早已侦察过王疯子不在附近，这才敢动手。谁也没预料到，神出鬼没的王疯子，怎么会突然出现，彻底地搅了他们的局。

然而，他们绝不甘心失败，还想做最后的挣扎。突然间，他们竟然向奶包抄过来，妄想吓唬她一番，看她是否能被吓跑。岂料，此时的王疯子更加来了精神，抡起了棒子“嗖嗖嗖”三下，向靠近的二流子，劈头盖脸地打下去，二流子见状不妙，高喊饶命，连连倒退。她又向另一靠近的二流子打去。棒子嗖嗖地轮转，倘若打着，不是棒子断就是脑瓜开瓢。他们见奶杀红了眼，在拼死玩命，吓得二流子“哧”地尿了裤子，连滚带爬，狼狈不堪，心跳得很。谁说她疯？其实，她不但不疯，还聪明得很，想借疯劲杀人……想到此，四个二流子心更慌了，迅速地抛下王疯子和姐弟俩，慌不择路地仓皇逃窜，保他们的小狗命去了。

后人赞叹：哪儿有危急哪儿有奶身影。

其实并不奇怪，有因才有果。下麦窝村人常说：“冰冻三尺，非一日之寒。”很长的时间里，四个二流子看中了村里一朵鲜花。他们游手好闲，专以玩弄他人寻开心，以调戏他人为乐。奶常常料事如神，关键时刻突然降临，吓得歹人魂不附体，四处逃窜。

经过多次较量，权衡利弊，关键是疯子打死人不偿命，四个二流子不管再怎么狡猾，也不敢再跟奶玩阴的，掂量起来总感觉不划算，生怕在小河沟里翻了大船，毁了自己的狗名声。

狗终究改变不了吃屎的本性，越是得不到的，越是贼心不死。这次经过精心筹划，多方侦探，自以为十拿九稳，但还是没有得到。四个二流子更恨，再恨也拿她没办法，只能愤恨诅咒疯婆子早点死去，拔掉眼中这根硬刺。

为此，奶总是在周围转悠，常拿着打狗棍、甩着飞刀。四个二流子胆战心惊恐慌不已，生怕有一天，飞刀刺进心脏，不知不觉之中小命就玩完了。

爹曾经多次跟咱说过，在唐户屯的这几十年中，奶与爷可谓一帆风顺。她本分、贤惠、温柔。但自从被逼迫装疯卖傻以来，风云变幻，性格逐渐变得刚硬。假若遇到硬事，她就更硬；遇到恶人，她会凶猛地操起家伙举手便打。有人看到，曾经有几次，差不丁点儿把人打死。打死过狗，活剥过兔子皮，生吃过老鼠肉。看她那个样子，有时挺吓人的。但她一旦遇见软弱的人和事，心就会软下来。别人有困难，伸手援助，同情弱者有绝活儿，常用土办法帮人治各种疾病，像专治小孩子的气卵子病啊，麻寒病啊，等等。

听到这儿，突然看到姐讲起奶时眉飞色舞，其表情特别的自豪。通过讲述，咱有了意外收获：奶的鼻子特别长，嗅觉特别灵敏。多远儿都能闻着味儿，此特长为她动用智谋，提供了先天的条件；奶的耳朵特灵，别人听不到的声音，她都能听到。眼睛明亮，只要用一点儿余光，就能看得一清二楚，缝衣服时，再小的针眼也能穿上线，如此神眼，让后代传人，跟她也有许多相似之处。

姐说她像奶，深夜不打灯，她也能在被窝里看书、写字……对此事情，咱总是半信半疑。姐瞪大了眼睛，很认真地高声说："这事情还会有假，姐岂能骗小弟不成？"

疯亦有道　飞刀杀狗“人尿裤子”

1960年，是个多灾多难的年份。在暴发大洪水的前夕，辽阳城东的小屯乡村，无人不说奶是个疯子。奶疯疯癫癫，胆量特别大，天不怕地不怕，谁也惹不起，谁见了她都躲着走。

那阵子，奶一手拿着棒子，一手拿着尖刀，到处疯跑。抡起棒子，四处狂飙，嗖嗖作响，怪吓人的；一阵舞刀弄棒地猛刺，让人胆战心惊。有人戏说，真正的孙悟空咱没见过，但真正的王疯子大闹天宫咱真见过。可以想象出那阵子，奶闹腾的厉害劲儿，已经到了何等程度。

咱六岁时，曾听老舅妈这样说：“王尖子他妈是个疯子，有事别跟他们家人一般见识。”言外之意，王疯子可不是好惹的。奶的厉害家喻户晓，亲戚对奶的疯劲也都确信无疑。

在现实生活中的她很牛气，借助疯劲，不惧怕任何人。大闹起来，几乎所有的人都得躲着她。下麦窝村给外人印象最深的非她莫属，她那个“甩刀杀狗”的惊险场面，能把人吓得头发倒竖，其场面惊险绝伦。

那时节，村中老濮家里有条大黑狗，不知啥原因，兽性大发，竟然疯了起来。遇到谁都往死里咬，接连咬伤几个人，弄得人心惶惶，街上行人寥寥。大黑狗生性怪异，咬完人就跑，等专业打狗队赶到时，早已跑得无影无踪，让人拿它没辙。

说来也巧，这一天，疯狗正赶上奶大闹天宫飞刀玩得上瘾的时候。当时可能是遇上什么坎儿，或者有什么压抑的事没解开，所以奶在那些日子里，不断地练飞刀，天天喊杀杀杀，刀也像会喊杀杀杀似的，小孩看了吓得飞跑，甚至有些被吓得屁滚尿流。

你还别说，世上真有无巧不成书的事。这天上午十时许，假疯人与真疯狗不期而遇。假如是个胆小的人，遇见疯狗肯定会撒腿猛跑。奶则恰恰相反，不但没跑还迎着疯狗而上。

富有经验的下麦窝村人常爱说：“狼怕猎枪，狗怕弯腰。”那时的奶，非常懂得这些小知识，但是，她装得像什么都不懂的样子，好似初生牛犊不怕虎那样，大大方方，不慌不忙地站在疯狗的对面。人们注意到，就地形而言，她身在洼地明显处于劣势；疯狗站在高处，处于优势的地位。奶像没事似的稳重，手持飞刀在选适当的角度……

此时，张牙舞爪的疯狗早就红了眼，伸着血红血红的大舌头，烦躁地狂吠不止，根本没把瘦矮的小老太太当回事。

这时，村民停止了一切活计，惊骇地看着疯人与疯狗。他们知道，这里即将发生一场你死我活的激战。

疯狗一看别人都被吓得无影无踪，唯有眼前的狂人不信这个邪，不但不跑，反倒胆大地迎面而来，真是棋逢对手，遇到了硬茬儿，它打了个愣，突然站住了。

狗很懂人性，一直在察言观色。你若逃跑，它看你软弱可欺，就会猛追不舍地咬你。然而你要追打它，它就会被吓得浑身发抖，拼命逃窜。然而眼前的疯狗，早已变成另类。软硬不吃，不管三七二十一，一味进攻。此刻，疯狗定了定神，深深地躬腰，让后腿略弯，憋足了后劲，准备猛扑上去，咬死对方。可是，一切事情，都会有可能在瞬间彻底翻转。

面对扑来的疯狗，奶灵巧的身体，突然闪到一旁，原来她早已铆足了后劲儿，持刀转手，用尽全身力气猛地一个大甩手，只听“嗖”的一声，飞刀似箭，随主人的意愿飞了出去，待疯狗一扬脖子的一刹那，不偏不倚，刀尖直刺疯狗的要害——喉咙。只听“哧”的一声，黑血四溅，疯狗只是“汪”地叫了半声，肢体晃荡了一下，便扑通一声跌倒在地，四只比麻秆儿粗的腿，猛地蹬了几下，就再也不动弹了。

在四周旮旯处躲藏的大人、小孩，见状吓得两眼发直，头发倒竖，后脊梁直冒冷汗。事情结束了，还在瞪着眼睛，直伸着舌头，一时惊得像个木偶人，竟说不出一句话来。个别大人、小孩，惊恐失态，感觉哧地尿了裤裆，裤裆立即热乎起来，地下竟出现了一大汪的尿水……

当时，恶犬扑来，无处可逃……有人急忙藏身，有人被吓得边跑边大喊大叫。多年后，还有人在描述这件逸事……

没有目睹过此事的人，听了别人的详细描述，欣悦地说："精妙绝伦，虽然有点神，但还是很爱听的。"旁边的人接过话说："你不知道吧，邻居的小狗子亲眼见过，王疯子的飞刀曾经刺下天上飞过的野鸟、地下疯跑的野兔子和老鼠。"对此，咱虽然没有见到，但也深信不疑。

想当年，爷不在了之后，奶是一家之主，对外装疯，但在家人面前很清醒，做两面人实属不易，忙里忙外压力太大。有时说话、办事脾气暴躁，声音又大，听起来怪吓人的，谁也管不了。有坏人要惹着她，她就拿刀砍人，谁也制止不了。奶生怕家人把她假装病的事走漏出去，有时在家也装上一装。睡觉的时候说醒就真醒；说精神立马精神；说彪了，便 彻底彪了。

虽然外表看疯疯癫癫，但奶和咱们在一起玩"藏猫猫"时可机灵了。奶会变着法子跟咱玩耍，简直是孩中之王。有一次连喊三个数，看谁藏得快又找得快。可忽然，眼前竟出现了三个"奶"，一时分不清真假，让咱们很快输了。原来，奶耍了个心眼，将自己的三个外套取下，套在不同的东西上，让人很快产生了错觉，自然而然就输给她了。每当看到奶在藏猫猫时撅着腚顾头不顾尾的滑稽样，就让人控制不住地笑弯了腰，喘不过气来。咱有时跑得太快，不慎跌倒，膝盖都磕秃噜皮了。她跑过来特别疼爱地说："疼死奶了，咱的宝贝心肝。你跌伤在皮外，可疼在奶的心上。别哭别哭，奶是神医，一揉就好。"说也真怪了，经奶这么一揉，不但不疼，还感到特别舒服呢。奶这样哄着、劝着，咱竟然忘了自己跌倒之事，破涕为笑。

闲着无事，缠着奶给咱讲故事，她就会讲起《聊斋志异》里那些离奇古怪、有头无尾、有尾无头，甚至无头无尾的故事，让咱啼笑皆非。有一次，奶拿着空盆子向太子河边跑去。咱追上前去让她讲《聊斋志异》，她不耐烦地说：“现在整个河边都是鱼，咱得捞大鱼去，哪有工夫跟你小毛孩子说《聊斋志异》。”咱一想也对，赶忙跑回家去取家伙，跑去河岸边捞鱼。可跑到河岸一看，咱傻了眼，整个河岸边儿，连个鱼影也没有。不由得噘嘴生气，回家责问奶，奶哈哈大笑起来：“真是个傻小子，连个《聊斋志异》里的瞎话你也信？”咱猛一拍脑门，马上醒悟，这不是演绎《聊斋志异》吗？用鱼来骗人，怎能相信《聊斋志异》这些鬼话呢？奶真聪明，咱真是个傻孙子！

奶的心地善良，咱记得真切。那年月生活困难，咱们经常吃不饱。奶特意从家里拿出苞米面饼子，宁可自己不吃，也要施舍给村中流浪汉、大柳树下蹲着的二德子吃。

咱记得，在老家的大门口，路的东侧，有一棵老柳树特别粗，俩人费很大劲也很难搂住，枝叶一直很茂盛。二德子在树下大石头上蹲着，摆手招呼咱跟他聊天。天冷，二德子穿着破衣服，冻得直哆嗦，人喜他也喜，人哭他也哭。咱深受奶的影响，宁愿送饥人一口，不送饱汉半斗。咱将最好吃的，那香喷喷的苞米面饼子送他。那个时候，咱也懂事了，明明知道他对咱不会有任何帮助，但咱依然救济他。谁有困难，奶都帮一把，不求任何回报。

别看很多人说她疯，但她心细得很，还善于演戏。有一天，天刚蒙蒙亮，她趁人不注意，便悄然地到灶坑边把小灰抹在脸上，然后便跑出去看热闹，让人看到还是昔日的“王疯子”；而在睡觉前，她又偷偷把自己的脸洗干净，钻进被窝里，神不知鬼不觉地睡了……这些小把戏，让小小的咱看得一清二楚，逮个正着，真想一下子揭穿她的本来面目。奶一看不好，就将嘴直接贴在咱的小耳朵边，嘘嘘地小声说：“只要你闭嘴，要啥咱给啥嘛。”她拉着咱的小手又说：“拉钩上吊，一百年不许变……”

如今奶130周年诞辰，在历史上，她是被逼无奈才这样做的，揭露奶这件“丑事”，你们说说，咱算不算冒犯先人呢？

装疯卖傻　水落“石出”

1931 年 11 月，东北辽阳早早地进入了冬季，嘎嘎冷的寒流，早早地侵入乡村大地。这一年，寒流来得特别早，冷得人浑身上下直打哆嗦，不敢伸出手。在外边撒一泡尿也能窜出个冰棒棒。

当时，正值小鬼子疯狂入侵东北，大好的山河被摧毁，物产被野蛮掠夺。百姓朝不保夕，陷入了水深火热之中……

故事发生在“九一八”期间，古城辽阳的唐户屯。一天深夜，一阵“哐哐”的急促敲门声，把睡梦中的奶惊醒：“谁在深更半夜敲门，真要把人吓个半死！”

奶急速下地打开了房门，只见邻居单老太太推门而入，焦急地说：“王老太太，可不好啦，天要塌下来啦。小鬼子与一些地痞无赖勾结，要把你娘俩整死，装入麻袋扔进太子河里喂鱼，你快想个法子吧。”说完，慌慌张张夺门而出，生怕被歹人捉住。

乍一听，吓人一大跳，不听则已，一听脸色吓得苍白。这是歹人看咱孤儿寡母，势单力薄，妄图先杀人，再抢房产、占土地、建兵工厂。这真是覆巢之下无完卵，屋漏偏逢连夜雨。奶虽是有名的“早半仙”，但也没预料到事情会来得这么突然，不禁骂道：“这些狼心狗肺的东西，真是不得好死。”

近几天，奶突然发现小鬼子在暗地里鼓捣鬼神的事陷害良民。如果这样下去，魔爪迟早会向咱们伸来。做女人的死了是件小事，可怜小六子还太小，是王家的命根子，唯一的独苗。倘若有个三长两短，怎么向老爷交代？不行！咱得找老爷商量商量。

想到此，奶急忙披了件厚衣，拎着防风的煤油灯笼，推开房门，黑灯瞎火地跑到爷的坟前，一边磕头，一边一五一十地诉说，时间一久，再加劳累和几天没睡好觉，不知不觉，竟然昏睡过去。

“王老太太，快醒醒！咱有话跟你说。”沉睡与苏醒的迷糊中，奶被人忽然唤醒，回头一看是单老太太，不禁惊讶地问：“这么晚了，你怎么找来了？”

“咱怎能不来？着急在家睡不着！想到你家对咱们恩重如山，现在你家遇难，咱岂能袖手旁观？想来想去，给你出个招，你看行还是不行？”

单老太太侧头，对着奶的耳朵低沉地说：“你家先有大难，必有后福，现在大难临头，不要慌张，稳住心神，想法子保护后人是大事！”

“怎样才能保护好后代？”

“给你出个点子，天机不可泄露，绝对不能把咱卖了。”

“咱发誓，誓死不告诉任何人！”

“好！从今起，你就是装疯卖傻的王疯子！装得越像越好。只要所有人都认定你疯了，你才能保住后代。不要惧怕，将来后代定能为你昭雪、正名、申冤！为确保渡过难关，必须受些委屈，只有这样做才能蒙混过关，你懂吗？”

“咱懂得！这么晚了，你一个妇道人家，为啥要帮助咱家？”奶带着感恩的语气问道。

“过去，你们王家没少帮助乡亲，特别是咱家。你们祖辈积德，善有善报，恶有恶报，阿弥陀佛……”念着念着，单老太太急匆匆地走了。

“……老太婆，你还想什么？还不赶快回家照着人家说的那样做！”一直血性的爷，似一座大山“显灵”，虽然仙逝，但灵魂似乎还活着，忽然间仿佛站在面前，生气地催促着呆滞的奶。

“咱没疯！咱不愿装疯卖傻，叫人一辈子瞧不起，被唾沫星子淹没，更不愿让人叫咱是‘王疯子’！”奶一生走得正、站得直，最看重的是名声，奶不服气，不停地为自己争辩。

天下最傻的老太婆，你可别想歪了。历史上的皇帝、大臣、军事家，还有很多达官显贵，为了成功不得不卧薪尝胆，装熊、装傻让人当驴骑，不惜喝狗尿、吃人屎，尝尽人间苦难，瞒天过海，骗过所有的人，最终保全了性命。他们的宏伟抱负、事业的成功，成为佳话，在子孙的心中，树立起了不朽的丰碑，被后人所敬仰……

爷精读史书，所讲的一个个精彩的故事，让人心服口服。奶的傻劲上来，不由得说：“你甭再讲了，咱彻底懂了，你看咱今后的表现吧。”

从此，相当长的一段时间里，唐户屯街面，竟然出现了一个疯疯癫癫的女人，带着孩子沿街乞讨，其形象惨不忍睹。

小鬼子和一些地痞无赖看人真的“疯了”，慢慢对奶放松了警惕，开始肆无忌惮地侵占咱家财富，咱们的家业就这样被他们侵占，最终我们母子流离失所，讨饭度日……

1935 年 12 月，家产被小鬼子以开兵工厂的名义强行霸占。实在待不下去，被逼无奈的奶，来到爷坟墓前烧香磕头，连连说对不起，爷和祖爷的灵牌，被迫从熟悉的唐户屯村迁至二十里外陌生的下麦窝村。

从此以后，经咱爹妈的辛勤劳作，万般艰辛之下，咱们家族才深深扎根在下麦窝村这块土地上……如此，才有了王典家族新的三世传人——王世国、王世安、王素荣、王素兰、王素玉、王素菊。如今数十年过去，又拥有了王忠阳、王忠宝、王忠巍、王忠军新的四世传人；一晃二十年，还拥有了王超、王鑫、王靖豪、王媛媛、王蕴涵新的五世传人。

下麦窝村北山脉仍巍然屹立，村前太子河的激流仍然奔腾向前……严冬过去，春天不再遥远。现在的晚辈，回想起苦难中的奶，心中至今还酸溜溜的不是滋味……

沉冤昭雪　魂归故里

特别喜欢那片红高粱，鲜红似火，那不是普通的庄稼果实，是王典家族如今繁衍生息的血脉灵魂的展示。半个多世纪过去了，村北的高大坟丘，早在1968年的平坟运动中被平掉了，再也看不见它的痕迹。但昔日壮观的高大坟丘，仍然铭记在人们的脑海里，这种记忆还是那么深刻，今生今世再也抹不掉了。

一晃半个多世纪过去了，咱仍然还是个大馋猫。大杨树枝上长出的小洋辣子①所散发的特别的美味香气，咱仍然记忆犹新。洋辣子还是那么盈盈可爱。它的壳很硬，娃娃们常折断枝干，燃起干柴烧，它的硬壳，会自然炸裂开来，露出黄黄的带着小毛毛的小洋辣子，香味扑鼻，放在嘴中有特别好的味道，让人吃了满口喷香，嘴里吧唧吧唧还想再吃到它呢。

这是奶亲手教咱们的，每每想到这些回忆……有着瓜子式脸形的奶，虽皮肤有点儿黑，但仍然还是那么娇嫩。眼睛大大的，笑起来澄澈明净，一米五六的个头，身材苗条匀称，是位人见人敬，永不见老的长者形象。在别人大骂王疯子、又恨又怕的时候，咱跟奶的心贴得更近更亲。奶活着时，曾与咱窃窃私语藏在她心底的秘密，何时才能重见天日，还其清白？

奶说过，爷死后，只剩孤儿寡母，怎能斗得过小鬼子和那些坏蛋？如若变成疯老太婆，用刀、用棍棒殴打那些坏家伙，他们也不敢轻易地欺负

---

① 洋辣子：属鳞翅目刺蛾科，学名叫褐边绿刺蛾，虽很幼小，但它有黄毛毛很是蜇人，烤熟吃到嘴里，香喷喷的。

咱，不敢欺负你爹妈，不敢欺负你姐姐……奶的一席话，让咱明白了奶的良苦用心，以及她变疯的真正原因。

当时，咱不能告诉任何人。奶装疯卖傻这么多年，不能堂堂正正地活着，总做两面人，藏着不能让人知道的秘密是多么痛苦！谁能理解！奶有太多的苦衷、太多的无奈，咱深深懂得了奶为家庭做出的巨大奉献。现在，到了真正让公众知晓事实真相的时候了。

此刻，咱连连磕头，点燃黄黄的冥币，自言自语："奶奶，当初您为了保护王家后代，不惜装疯卖傻，现在王典家族后人不辱使命，已经崛起，是昭告天下的时候了。您的行为感天动地。"

在当时的历史背景下，不如此，怎么保护王家子孙。时代在变革，一切都会好起来的，如今的社会应改变对奶的看法，将昔日的王疯子彻底忘却，在人们的心中，奶应该是成功女性的形象。

虽然在咱们的心中，早已给奶正名了，但仍然没有公开。在此，谨以王典家族的名义，郑重为王郕氏做出声明，内容如下：

关于王郕氏的公告

兹有王郕氏1888年8月8日生，属鼠，辽阳灯塔市铧子村人，文化程度不详。1960年12月28日于辽阳小屯下麦窝村家中，因疾病缠身，不幸逝世，享年73岁。

郕氏自18岁嫁入王家以来，温柔贤惠、知书达理。半生遭受欺凌，为保王家后继有人，被迫装疯卖傻，吃尽了人间苦难。经多方调查、取证，现已证明郕氏是位正常人、健康人。王家郑重为其正名，广而告之，以正视听。

特此公告。

安息吧！尊敬的奶，您是深受人爱戴，大爱无疆、积善积德"活菩萨"的化身。

当年，奶也许是嫌咱幼小，生怕她嘱咐的事情咱记不牢，反复地叮嘱。那时奶是那么信任、看重咱。咱也曾经发过誓：奶千叮咛万嘱咐的事，咱一定会牢记心间一辈子不忘。咱是个跟屁虫，总跟随在奶的身后，学着她那双手背后走路的样子；学她呐喊的声音走街串巷，那简直是天籁之音，是那么的粗犷、悠长、有力……现如今，奶的形象也常常深刻、清晰地浮现在咱的眼前。奶昔日那样紧紧地牵住咱的小手，踏上了充满绿荫的乡路，来到常去的村前的太子河畔、柳树林中，在村后高耸的山峰峰顶，很庄重地挺起腰板，伸长脖颈，张大了小嘴，拉着长长的声调，似乎要将自己的一颗赤心，毫无保留地呐喊出来，让世界看到她的赤胆忠心。她的呐喊，她的心声，此起彼伏，一声比一声高昂向上。

——咱不是王疯子！要申冤！要昭雪！……喊声渐渐远去，取而代之的是一种纯朴的回壁之声，在下麦窝村后的群山峡谷之中，渐渐地增加频率，达到了荡气回肠的效果……

——感谢上苍！感谢众乡邻！咱草民装疯卖傻了几十载，呐喊了半个多世纪，终于昭雪了，还人一个清清白白！

经过半个多世纪的拼命呐喊，奶终于冲破了千百年夫为妻纲、三从四德的封建礼教，引起传统女性的共鸣！奶的故事以及类似的女性故事，在广阔的宇宙中间久久地回荡着……

想起奶就让人泪如泉涌，心如刀绞，她深深地影响了咱的一生，让人投入事业，自强不息。现在，谁能读懂奶承受了半个多世纪的委屈，谁就能够体会奶内心的苦衷，理解她的期盼！

此时天昏地暗，绵绵的细雨如泪如滴，让人深感迟到的慰藉与凉爽。细雨停了，转眼之间，一道道银光划破蓝天，彩光四射，光彩夺目；大山巍然屹立，大自然生机盎然，让人豁然开朗，异常兴奋。

春种秋收，下麦窝村后北长垄的黄金地段，呈现出一片丰收在望的喜人景象。那片秋色，紫红紫红的，那是让人一眼望不到边的红高粱家族，正在昂首挺拔地吸引着过往的行人。在离道边不远处向西延伸了50米的宽敞地带，如今70岁以上的老人都会清晰地记得，这块地垄很长，地东侧一片茂密的杨树林是王典家族先祖安息的地方。这片肥沃的黑土地耐旱涝，年年丰收，孕育出许多鲜为人知的传奇故事。

沉甸甸挺胸向上的“高粱大穗”，红得望不到边，让人心里不能平静。微风吹起，像一片紫红的彩云在频频招手，在争先恐后叙说着王典家族，那些原汁原味的感人故事……

目光如炬　谁敢轧死咱算他有种

太凶险了！太刺激了！太抓人的眼球了！

目击者不由得惊叫，连喊三个大大的“太”。

车夫扬起大鞭，猛地吆喝着，硬要用装满石头的大马车，从老王家后院的墙外往里冲。在这关键时刻，谁也没有预料到，一位虎虎生威、瘦高个头的老汉，豁出性命直冲上去，力挡烈马，像大铁柱子似的，一下子立在柳木当中，丝毫不动。

一时间，目击者议论纷纷。

但见他，一只手紧紧地拽住缰绳，奋力拦马；另一只手在空中猛劲地挥动，发出震天动地的怒吼：“谁敢轧死咱，算他小子有种！”

老汉一声吼，歹人抖三抖。这一声吼震耳欲聋，让人目瞪口呆。虽然只有十一个字，但其声势之大，不能不让人惊心动魄。一种掩饰不住的无所畏惧的刚毅性格，彻底露了出来。

在场的气氛，一时紧张得仿佛凝固了，所有的人都被这怒吼声所震慑。人们瞪大了眼睛，屏住了呼吸，惊恐万状地盯着现场，预感重大的事件将要发生……

看热闹的人越聚越多，将这一带围得水泄不通。后边看不见的人，不顾一切地纷纷往前涌，场面一时控制不住，混乱不堪。

只一瞬间，村民的眼珠仿佛被施了定身法，都盯着老汉的一举一动。在平时，有个别看不起老汉的人，看到此刻的惊人场面，态度也发生了转变。

当时，咱家后院的围墙，不知何时被人扒出个大豁口，强行要往这里

老汉大声怒吼：谁敢轧死咱，算他小子有种

拉石头盖马号，做生产队的队部。盖马号这事谁批准了？没人批准。村民自己的院落岂能让人强占，谁遇到能同意？不同意怎么办！老汉血性，坚决阻止这一罪恶行径！生产队来横的：强制！于是矛盾迅速升级。

眼前，一人能挡住一大帮马车吗？这位老汉的愚蠢举动和孤单怒吼，能力挽狂澜吗？是不是螳臂当车，不自量力？人们一边纷纷议论，一边继续起哄往前涌去……

当时，咱还是一个青涩的少年郎，咱家的后院出现了一片混乱和嘈杂声，突然出现许多马车，很快就把咱家给包围了，让人十分惊讶、不解。小孩子爱看热闹，咱不甘心落后跑去看个光景。当咱爬上墙头朝下一看，禁不住大吃一惊，立即就被吓傻了。

眼前这位老汉不是别人，正是咱爹王冠山，人送雅号王尖子①。看他巍然屹立纹丝不动，似座大山，用身子阻拦了这一大长溜的拉石头车的队伍。

妈啊，真让人毛骨悚然，胆战心惊！惊险，惊险万分！如果拉石头的大马车，再猛劲地轧过去，咱爹不就彻底没命了吗？

生死攸关，咱不禁拼命地高喊："爹——快躲开！"

高高的喊声飞传过去，爹似乎没听到，他仍然像咱家大门外东侧的那棵百年大柳树一样，牢牢地矗立在那里。咱去过古城，猛然间觉得，爹更像"辽阳大白塔"，不管狂风怎样疯刮，也不管暴雨怎样猛打，仍然巍然屹立。不知是心情急切还是激动，咱的小眼睛不知不觉地掉泪了。

咱们生产队的车老板老由大叔，是经过风雨见过世面的老者。他从来没有见过如此不要命的汉子，他被眼前的突发事件吓傻了。在村里有个别

① 王尖子：作者父亲的雅号。如今有人还认为，"尖"是贬义，可真正意义则相反。古时以升做计量单位，在量米时把升装满，用戒尺抹平隆起的米面，以示分量充足。在银货两讫后，商家另加米，抹平米上隆起的一个小尖，俗称"添头"，多给了分量。春借平斗，秋还尖斗，出尖多给是美德，是褒义词。

人说他傻，其实非也，他人尖着呢，绝不干那些抽风狗咬傻猫的彪勾当。他大喊“吁——”，急拉车闸，车轮在地面上划出两条深沟，不情愿地停了下来。马也生气地直打响鼻，心里在想：刚才猛鞭抽打，怎么又突然刹车不动了呢？

如果车轮再继续前行几步，必将是车碾人亡。酿成惨剧，老由大叔也难逃牢狱之灾。他是聪明人，岂能干这种蠢事，人命攸关的大事，谁敢轻举妄动？众人发出惊呼，在场的大小干部也没辙了。

爹虽身躯单薄，但气势磅礴，占了上风，咱为拥有这样像大山性格的爹而自豪。虽然爹平时对咱狠，像周扒皮那样斤斤计较，但在咱幼小的心灵里还是挺爱他的。恨归恨，爱归爱，如今爹在咱眼里是位富有阳刚之气、顶天立地的“大人物”。他对咱强硬，对外更是笃定刚强。爹历来不欺软不怕硬，有股天不怕地不怕的硬骨头似的犟劲儿，似大山般挺拔，让人打心眼里佩服。

想到此，咱立刻改变主意，把刚才的大喊收回，迅速转变立场，站得更高，随即改口大声呼喊：“爹站住了！不能让他们进后院！”喊完心里还在嘟囔：爹是个汉子，这事儿玩得真有两下子，比咱玩得更爷们。

此时，咱的脑海里，立即浮现出前不久看过的电影《风暴》，工人兄弟在铁路旁拿着铁锤，举行集体大罢工。突然间警笛长鸣，军警呼呼地举着警棍飞跑着包抄过来。双方都在挥舞着手中的家伙，一旦擦枪走火，一场大型的流血事件便会发生。

然而在此刻，一个书生打扮的知识分子，手握一卷报纸，在高大的火车头前这么一站，让人肃穆、敬畏。只见他振臂一挥，不由得大声怒吼：“都别动，咱是大律师施洋！”就是这样一声吼，震住了全场军警。军警见罢，胆战心惊地连连后退，避免了一场流血冲突。

猛然回首，爹迅速赶到现场，慈母阻拦不住。一伙疯狂野蛮的家伙，像强盗一般，未经主人的许可，擅自闯入他人家中，将他家的高墙扒出个大豁口，用野蛮的方式形成一条新道，强行往里拉石头，妄想强占民院，肆无忌惮地强行盖马号，建队部。

下麦窝村人分析说：施洋是名流，具有很强的震慑力。然而老汉没丁点儿威望，只能任人践踏、任人宰割。老汉与施洋不可相比。得罪了财神爷，一辈子养不起猪；得罪了土皇帝，一辈子没有好果子吃。许多人都替咱爹捏了一把冷汗，连连自语：“可怜可悲的王尖子，你一个人岂能斗得过掌权人！土皇帝要压制后代，后代又怎样有出息？”

然而，人群之中也有许多人愤愤不平，发出正义之声，他们支持爹的这一举动。

咱骑在自家的墙头上，居高临下，看得一清二楚。一人与众人对峙，在众目睽睽之下，众寡分明，像一棵大树桩与众多小树桩戳在那里一样。一边，仅一人拼老命地阻挡，寸步不让；另一边，是村中个别村干部，率领个别不明真相的人，摩拳擦掌，跃跃欲试。显然，谁也不敢越雷池一步，生怕擦枪走火。

有些坐在马车后的村干部高声喊：“冲过去！”

有人附和叫嚣：“看王尖子的身板硬，还是生产队的大马车硬！”

还有人担心地高喊：“使不得呀使不得！弄不好会出人命的！”

更有人站出来，要阻止这一“侵民”行为：“不能进去，退回来！”

人越围越多，说什么的都有，喊什么的都有，还有放屁的，打嗝儿的，打口哨的……人声鼎沸混乱不堪，简直乱成了一锅粥……

别看那些极少数当村干部的平时腰板挺直，牛气哄哄随心所欲，简直没把人放在眼里，来真格的却胆小如鼠了。

爹，像似一座强悍的“大山”，一时谁也动摇不得。

爹顶住了迅猛奔来的逆流，头脑非常清晰，心中早已有数。在众人实在没招解决此事时，突然听到：“找公社评理去！”爹一挥手，发出六个字的呐喊“事有公论，邪不压正！”看村干部一时没了主张，爹接着吼道，给个别的村干部留些脸面，让他们有下台阶的机会。

个别村干部转身一想，对呀，咱们是治不了你，可上面还治不了你？

你小胳膊岂能拧过大腿，王尖子，这回非让人来收拾你一顿不可！

村里立即给公社派出所打电话，请他们过来抓坏分子，他们说不是治安的事，民事纠纷不归他们管。电话打到好几个职能部门那里，最终结果是：没听过还能发生这等扰民怪事，都推托说不归他们管。其实，他们是故意不管这等丢人的屁事。

实在没了办法，个别村干部只好向公社领导求助，领导也不爱管闲事。但个别村干部盯上了领导，迫使领导不得不逐级请示县里、市里。

在农村，当干部的都是“土皇帝”，经多年经营已经成精了，此事不容藐视，他们不得不慎重，逐级上报领导。根据有关文件，经过反复研究，上级领导最终做了口头答复：

> 农民住宅的房前屋后，特别是后院的园田和大院墙等，均属私有财产，任何集体和个人都不得侵犯。王冠山勇敢捍卫自己的家园是正义的、合理合法的，是国家政策允许和大力保护的。对此，应该大力支持并且坚定不移地保护……

单枪匹马的爹，终以单薄的身躯，堵住了欺弱的“土皇帝”，爹的身影早已成为了咱心头的一座高山，巍然耸立，谁也别想撼动。

毁书秘史　撕碎儿的“心”

咱的小孙女王蕴涵，小名叫涵，有时贪玩，这是孩童的本性。在闲暇之余，老让咱给她讲故事，有时听得入迷，不时提出一些稀奇古怪的问题，噘着小嘴巴，还非逼你回答不可呢。

2015年的清明节是个星期天，她高兴地跑来了，非让咱给她讲个新的故事不可。咱拿起她的小学课本说：“假设有人把你课本撕碎了，你该咋办？”

她想了一想，先是摇头，然后说：“当然拼命了！”

好个爱书如命的孩子，听了她的回答，咱很是欣慰。咱今天要讲的是，有人撕碎小芈（化名）书本的真实故事，你愿不愿听？她拍着小手直喊：“好啊好啊，当然愿意听喽！”

在下麦窝村利用业余时间学习的人，就算从村东头数到村西头，恐怕也数不出几位。

农民十分务实，他们会说：“学那玩意儿有啥用？也不顶饭吃，也不顶钱花，学再多也是无用。要是没有用的事，谁愿去做？”然而，这个村就有一个小农民，出奇地爱学习，也出奇地演绎了一个爹撕碎孩子书稿的稀奇事。奇怪否？村民们肯定会说：“不怪，早就应该撕得粉碎。装模作样在读书，多么耽误工夫，耽误挣工分。”

正当农民娃小芈聚精会神地写作时，小芈的爹突然闯了进来。没等小芈反应过来，爹嗖的一声拽过书稿，将那足有一尺多厚的一摞子书稿哗啦哗啦撕得粉碎……扬在空中……顷刻之间，书稿似飘零的树叶，散落在空中，像蝴蝶的翅膀，扇起扇落，飘飘然，最后不情愿地落在地上……

小芈感到眼前一片漆黑，似乎什么也看不见了，头昏昏沉沉的，仿佛失去知觉，整个人没了骨头，瘫了下来。有人直截了当地说：“撕得好！早该撕！农民把地种好，才是根本。”

“为什么撕书？太可怕啦！”小孙女问。

别急，且听咱慢慢道来。就这样，那本厚厚的、五十多万字的小说《太子河畔上的雄鹰》，在小芈他爹的愤怒中，被撕得粉碎。

少年的小芈，点灯熬油地利用睡觉时间，花了几年的心血，才写出来一本长篇小说。如若成功，小芈定会为下麦窝村添上浓墨重彩的一笔。但书稿毁于一旦，小芈万念俱灰，幼小的心灵受到极大的挫伤，受到严重的打击。痛心不已！如若换成别人，非拼命不可！可这是他爹。

小芈虽然怒气冲冲，但也不敢与爹理论，顶嘴只能换来挨上一记疼痛的耳光。在家里，爹说一不二，小芈只好努力平复心中的怒火，控制住自己的泪水。即使如此，小芈也不敢多停留片刻，立刻跑到室外，拿着农具，到院里干活去。

房前院后，是小芈用厚厚的农家粪，浇灌出来的肥沃的园田。他边干活边生气，自己再怎么不对，爹也不该撕掉他的书稿。冷静下来后不禁扪心自问，为何让爹，突然生这么大的气？

昨晚，忙里偷闲，在被窝里偷着看书，直到下半夜两点才入睡，此刻睡眼惺忪的小芈，望着突然出现在面前的爹，心里一直在打鼓：这是怎么一回事？爹哪来这么多的精神头？

这些天，经过几个回合的较量，小芈已经多多少少地明白了爹的脾气秉性，在这种时候，顺从是唯一的也是最有效的办法。为不挨打，少被修理，一直佯装小绵羊。

“不许在家看书，快去生产队里挣工分。你的心气不要太高，只有务实挣工分，才能换回粮食。”那个时候，小芈的爹真鬼，不管小芈躲藏在哪儿，都能一下子把人揪出来。

有一次，小芈像小猫似的，偷藏在下屋的草堆里看书。没想到刚展开书，他爹就冲了进来。他像小老鼠撞见大狸猫一样，浑身不由得哆嗦，立马拎书哈腰跑了出去，到生产队找组长给自己安排活儿干。就这样，这次算是躲了过去。要让他爹知道小芈糊弄他，怒火一发，必将悲剧重演，不是脸青就是屁股肿，挨揍是肯定的了。

那时，小芈年仅十三岁（农村孩子念书都晚，十岁才上一年级，十三岁仅能念四年级），正逢生产队最忙的时候。

对此，小芈的爹很快做出决定，不让孩子上学，到生产队里干活挣工分，帮助家庭摆脱困境。小芈很不服气，在心里想：咱是少先队员，小学生绝不是劳动力。但争也争不过，只是徒劳无功，还不如边干活，边偷看书过瘾。于是，上演了不少猫捉老鼠的戏码，想起来，让人啼笑皆非。

在他爹的监管下，小芈一边积极参加生产队的劳动给家庭挣工分；一边见缝插针，把别人休息、玩耍嬉闹的时间挤出来，抢时间学。

怎样抢时间学？在每天午休的一小时，趁机打开书本看一会儿；上厕所时，浏览两分钟报纸；人家在打扑克时，自己写读书笔记；家人在熟睡时，在被窝里借助窗外的明月，读课本。小芈深知万般皆下品，唯有读书高；读书破万卷，下笔如有神……

讲到此，涵长长出了一口气：“你们大人的事，真的挺麻烦，咱搞不懂。不管是谁，撕书就是不对！”

看到幼小的涵，有了自己新思想，咱万分高兴，不由得问：“在故事中，你说，犯错误的爹是谁？犯错误的小芈，他又是谁呢？”

对此事，涵实在不知。

咱告诉她：“远在天边，近在眼前！”

涵的小手指了指咱的厚脸皮，咱也不打官腔地说：“当时的小芈是爷爷，小芈的爹就是你的太爷呀！”

对此，她突然醒悟，哇的一声叫起来：“讲了半天，原来是爷爷揭露太爷的丑，今天，您可让咱大开了眼界！”

恨入骨髓　“生吞活剥”不赶劲

安子①，当年爹没让你读书，你现在还怨恨爹吗？

不知是怎样的缘由，自从爹仙逝后，咱老做梦。家里人都知道，在正常情况下，咱一旦卧在床上过不了多久就会熟睡，还从来不做梦，可是，现在咱爹时常托梦，仿佛在世时交流甚少，要补上这一缺憾似的。在梦里，爹喋喋不休地跟咱唠家常，咱也直言不讳地诉苦。这不，刚一闭上眼睛，爹就向咱问起话来。

已是午夜，咱的大脑昏昏沉沉，人也似睡非睡，隐隐约约，好像听到有人在说话。当时的夜静得很，只有挂钟在“嘀嗒、嘀嗒”地响动，仔细地分辨声源，感觉分外熟悉。咱不由自主地坐了起来，寻声望去，只见爹飘然而至，还没等咱反应过来，便盘腿坐在咱对面，脸上透着一股祥和。

“安子，不要说假话！你怎么想就怎么说，直来直去！”面对爹的坦诚，咱打消了一切顾虑，直截了当地说：“当年咱很想到外边转悠一番，然而您却说，父母健在，儿不远游。老把咱拴在您的裤腰带上，不让离开下麦窝村这个家，可咱是有血有肉有灵魂的人，想做什么也做不成，怎能不怨恨？世上哪个人没有自己的想法和人生追求？世上哪个爹不盼孩子有出息？然而您对咱特别心狠——打击、压制，不让咱学习，让咱在农村蹲一辈子泥坑。”

那时候，农民的地位低，农民都盼望自己的孩子有出息。有出息的标准也很简单，谁离开泥坑走出去，算谁有出息。很简单的事却受到严格的

---

① 安子：作者幼时的小名，意思让孩子平平安安地长大成人。

限制，要真正地做起来，太难了。

“那时咱应属勤学苦练的好学生，您却不让咱学习，让咱弃学务农。没有机械化的年代，干农活儿很累，累得咱死去活来。尽管如此，咱还是跑回家见缝插针地读书。您盯着咱不让读书，咱就像做贼似的提防您，生怕被您发现。您的目的，说穿了只有一个，让咱成为您忠实的、逆来顺受的看家小狗；变成您不需喂多少嫩草，也能多干活的一头小傻驴，让咱随时听从你的使唤，当好您的手下……”

说着说着，咱的眼泪涌上眼眶……这些年的委屈，像洪水般倾泻而出，诉苦到此，咱大胆提出疑问：“您可知道，那时咱背后管您老叫什么吗?”

对此，爹连连摇头……

管您叫活阎王、大扒皮，您让咱起得比鸡还早，睡得比狗还晚，吃得比猪还差，干得比驴还多。昼夜出力，还得受尽家里家外的窝囊气……

一春梳洗不簪花，辜负儿韶华。当时正值隆冬，天特别短，早晨五点钟天还很黑，正是人们睡觉的好时候。您以炕上躺不住勤快人为由，又以活阎王似的大嗓门，将沉睡中的咱喊起：春天粪满缸，秋天谷满仓。天亮快起，捡粪去！咱要不起，您就掀开被子，像拽出一条活蹦乱跳的泥鳅。被逼无奈，咱跑出房门外，迎着寒风，拿起铁锹，拎起粪箕子，急忙从村东头捡到村西头。那冻成一摊又一摊的稀狗屎，又臭又硬，人得转着大圈才能拾起来。

那时候，咱记得很清楚。城里人到下麦窝村亲戚家串门儿，早晨出来遛弯儿时，看到咱在哈腰捡粪，不由得直捂鼻子，看得出他们瞧不起农村人。对此，咱也瞧不起他，没有农村人，城里人岂能吃到五谷飘香的美味佳肴……他仔细品味了一下，脸不由得红了，头像秋天的茄子一样耷拉下来。

在农村，一般早起捡粪的都是老头儿，可是您偏让咱来做这丢人现眼的事儿。捡粪归来，快速洗漱，囫囵吞枣吃口早饭，马上跑到生产队上工。猛劲掀起厚厚的冻粪，装满牛车，还得跟车到大野地里快快卸下……午饭后，您还不让咱歇息，非让咱把房前门口的柴火垛，好好堆上再压住，以防被大风刮走；然后又让咱赶到生产队，参加下午的劳动……

晚饭后，咱从500多米远的马号①旁的老井往外打水。大理石垒成的石井，让人特别害怕一不小心滑落井里，咱用小水桶小心翼翼地打水，将两个大水桶盛得满满的。小个子挑起两个大水桶来，晃晃悠悠，摇摆不定，随时有跌倒的危险，让人有些担心，是水担人还是人担水呢？在家与井之间往返挑回六担水后，才能将家中大小水缸都盛得满满的，这至少需要两个小时。从记事起，循环往复，天天如此……

您一会儿也不让咱轻闲，像周扒皮那样，安排修农具等杂活儿，一忙就到晚上十一点多钟……

忙碌了一天，到上炕时身子骨早已累乏，头一沾枕头就立马睡着了。但很又快被您雷鸣般、时起时伏的鼾声惊醒，久久难以入睡……于是，咱悄悄地拿出书，常常看着看着，抱着书本便呼呼地睡了。

第二天早晨四五点钟，又被您的大嗓门猛地喊醒，新一天的劳作开始了。这样，周而复始，日出而作，日落而归，苦不堪言。

那时候，儿子实在不知道这样的苦日子啥时是个头，有些农家子弟，企盼农闲挂锄和严寒猫冬时，可以尽情地玩扑克、下象棋，还可以走亲访友，可咱家绝对不行，没这个盼头，更没有一丝的希望。特别是农闲挂锄之际，您却来了精神头，来个“挖深坑、广积肥”，这些活计能累死人：挖深深的坑，在坑里放上一层黑土，一层杂草，一层污水，这样反反复复地加层，促使它们发酵，逐步沤烂变成了黑土粪，准备来年种地前运到田里，不用花钱就做好了农家肥。

秋收完，农民刚可以缓一口气歇歇，可您早早地领咱到大地的垄沟

① 马号：是集生产队人、财、物于一体的队部。老井在村民孙守祥家门口的右侧，是人畜并用的一口深井。

外，说要将生产队掉落在地上的粮食颗粒统统拾起。为此咱经常跑到几十里甚至更远的田地，将收割落在地上的，一两个干瘪的豆荚、小高粱穗、玉米粒，泥一把水一把地捡回家，放在当院中间晾干，然后分类，逐个加工。经过几道工序，才能加工成各类食粮，颗粒归仓，其中的耐心和辛劳，只有当事者才有切身的感受。还有每年入冬前，您就逼咱挖出一人多深的大坑做暖窖，以便储藏大白菜、大萝卜、大土豆等蔬菜。

咱也深知凌晨的太子河那静静的流水是个啥样子。依稀记得，早晨的太阳放射的光芒，搅起满河的翠绿。咱早早地跑到河边捡粪，看到绿绿的河水不断地泛起涟漪，似乎在逗着咱玩，又似乎在倾诉什么。他们的欢乐，他们的自由咱体会不到。

此时，看着对面的您，万般思绪涌上心头，是恨吗？想当年是恨的，而且是咬牙切齿地恨！咱特别不能容忍的是，几年的心血，蕴含着所有的理想与抱负，那厚厚的一本《太子河畔上的雄鹰》，竟然被您老撕得稀巴烂，纷纷扬起时，书稿似乎变成了一只一只会飞的小白鸽……这不是当年秦始皇焚书坑儒的平民版再现吗？这不是撕碎少年飞翔的梦想吗？

那个时候，只要看到咱拿起书，您就像条件反射一般，突然出现在咱的面前，怒气冲天，吼叫着让咱去干活；晚上看书，您二话不说，命令咱立刻关灯；休息时，想挤时间去写点东西，您也绝对不允许，活生生地剥夺咱写作的权利。孩儿失去了自由，像个家庭劳改犯，受到了严厉的管制，既挨骂又挨打。

您还硬逼咱到河岸边筛石子，累得咱脚下无根，昏倒在地……当时咱太幼小，不知这是怎么一回事。后来得知，是累过头昏厥了。您的心好狠啊，您心里一定早想将儿置于死地吧。

咱常在心里暗暗地埋怨，您不让咱吃好、喝好的，还经常打咱，每次打咱，咱都得缓上好一阵子。您看着咱比地主看着长工还要严，只许干活，不许抽烟、不许喝酒、不许玩牌、不许晚归、不许走街串巷、不许……

咱们家人，过去一直埋怨爹只看眼前。咱爷摔死后，咱家由地主变成了破落户，爹如果不干活，轻闲自在，就能评上贫下中农。然而爹看不清形势，拼命往死里干，捞不到什么好处，还成了中农分子，让咱兵当不成，大学保送不了，害得咱只吃苦却挣不到工分……

咱胆战心惊，诉苦到此，长长地出了一口气……那个年代酸甜苦辣的往事，怎的就扎了这么深的根，让咱总是“忘不掉、抹不去”呢？

可是，面对眼前青筋瘦骨，两鬓微霜的您，咱的怨气消散了，还怎么能恨得起来？眼泪不知不觉地涌出来，百感交集，是埋怨，是愤怒，还是不舍与怀念？此刻，只能让眼泪肆意地流淌，聚成河，兴起浪涛，让一切的怨恨像洪流一样统统流走、流净、流干吧……

此时，外面正在刮风下雨，咱暗自祈祷，让过去的一切随风刮走，让雨水洗净自己的心灵及浑身上下的污浊吧。

张大白话 “细咂慢品”其中味

咱家里的大花猫，今天可特别忙，一大早就开始梳洗打扮。

对此，咱妈很风趣地说：“猫通人性，今天咱家肯定会来贵客，你赶紧打扫打扫庭院，干干净净地迎接贵客吧。”

说实在的，咱不怎么相信这些。但咱妈既然说了，咱只好拿起家伙忙碌起来。说来也巧，还没过两个时辰，人称大学士的“大白话”张启畛① 果真骑着自行车来了。他是咱的三表姐夫，咱自然地叫了一声“三姐夫”。

这是高兴的事情，下麦窝村人说得很风趣：姑爷进门，小鸡没魂。客来主人福，全家瞎忙碌。姐夫的突然造访，非得杀鸡宰鹅高规格地款待不可，也让沉闷的家庭，增添了一些喜气。

亲朋好友都知道，咱跟姐夫的关系可铁啦。他是亲戚眼中的大哥大，唯一的高级知识分子，咱是个小孩，想跟他学两手。在交往中，他不知不觉地透露了咱爹心中的秘密。没喝过墨水的人完全搞不懂他文绉绉的话是啥意思。

姐夫先开个头，给咱讲了个故事：

> 下麦窝村的历史上，曾经有位好官叫郝魁。小时候头悬梁，锥刺股，终于考得了状元，坐上了县太爷这把交椅。他克己奉公为官清廉，很快成为远近闻名的好县令，备受黎民百姓的爱戴。
>
> 可好景不长，仅当了一年官的他，突然暴病身亡，让人好生奇

① 张启畛：作者的大姑王凤山的三姑爷，很有才华，名牌大学毕业，是位很有思想的高级教师。

怪。黎民百姓纷纷猜测，可能是他得罪了小人被害死了。出于对县令的敬仰，人们强烈要求官府严查凶手。

经几位仵作检验，一致得出结论：劳累过度，心衰死亡。说句白话，就是太累，身心透支过度，公务缠身活活累死在公堂上。猝死之时，年仅20岁，众人痛心疾首，惋惜万分……

姐夫说：“如今你恨你爹，可他为什么撕碎你的书稿？人常道：宠是害，严是爱，惯儿似杀儿。浪大挡不住鱼穿过，山高遮不住太阳红；快马不用加猛鞭，响鼓不用敲重锤。人一生谁不想好？太难了。要牢记，最根本的原因，生怕你累着心。小不点儿的你，累出个好歹，让你爹怎么办?”

讲完了历史故事，他又教导咱说：“历史上，许多好的县官争强好胜，不自量力，大都英年早逝。你还小，不懂历史，不知天高地厚，不知人间险恶。弄不好，将来是要吃大亏的。”

接着，姐夫考咱，出了上联：墙上芦苇，头重脚轻根底浅。说来也巧，咱刚刚学完对联，紧接了下联：山间竹笋，嘴尖皮厚腹中空。人小好胜，咱说完还没等他张口，又抢先说道：“这是华而不实，脆而不坚的意思，绝对不能理解反了。”

姐夫没想到，一下子让咱整没电了，竟然半天没说出一句话。

过了许久，姐夫才接着说：“现在你想想自己，零星地念了五年小学，去掉复课闹革命的时间，去掉支援生产队义务劳动的时间，在学校真正的学习时间有多少？你能认识几个字？会用几个词？你还能写书？还是让书写你吧！放眼神州大地，纵论天下文人，比你行的人成千上万，想出人头地的人多的是，多少人奋斗一生也没有出息。真正有作为的，能出书的大文豪，天下能有几人？

姐夫的话似乎很有道理，难道姐夫所说的就是真实的现状，写作那么难吗？小小的咱就没有一丁点成功的机会？许多的问题，在咱脑海中一一浮现。

姐夫继续道：“读书难，出人头地更难，难于上青天。再说了，跟咱一起念了大学的人，毕业没有工作的也不少，就是有工作，除了像咱一样当了教师，当个孩子王，还能做个啥？像许多教师一样，谁不想出书光宗耀祖，可有谁拥有这么大的才华？你再仔细想想，自己做不了的事情，非要逆天而行，有什么好结果？要把自己累倒了，将悔恨终生。”

说到此，姐夫又讲了个故事：

> 有个书生写了好几天没写出一个字，媳妇急坏了，骂他中看不中用，难道写几个字比生娃还费劲吗？书生直挠脑袋，长吁短叹：你肚里有娃，当然不费劲；可咱肚里没娃，当然再费劲也生不出来。

世事千变万化，人生难以预料，你一旦走火入魔，憋出个好歹怎么得了？你抱怨早晨拾粪，那是因你身体虚弱，不吸点新鲜空气、不锻炼身体怎么能行？咱舅让做这做那，干农活你知道为啥？

要知道，你爹不是寻常人，一般人只能用狭隘的思想来认识问题，评价他人，而你爹本身就是一座高山，他站在高山上，用一定的高度来看问题，用浅显直接的方式，来培养你，你知道还是不知道？

咱舅深谋远虑，他对咱说：“钱不会长腿是死的，人不懒又长着腿永远是活的。安子这小子，从小有骨气、有血性，又勤快。只怕骏马扬鞭嫌路短，雄鹰展翅恨天低；只怕他心比天高，命比纸薄，干啥啥不行，油瓶倒了都扶不起来。”

但到底怎么来“修理”你，让咱舅犯了愁。思来想去，来了一个激将法：阻止你学习，让你从此务农，做买卖或当个小劳力，彻底解决文化低的问题。可你与自己较上了劲，这样兴许你有机会出类拔萃，将来干个记者、作家之类的热门职业，让王典家族的坟里冒冒青气，改改土疙瘩小农门风，变成知识分子家庭……谁都有梦想，如能成功，也许是件天大的好事……

现在追忆起当年，姐夫的话勾起了咱对爹的思念，心里酸甜苦辣什么滋味都有。

姐夫，你知道吗？每逢佳节倍思亲。在静静的深夜里，咱经常在梦境之中与爹相聚，促膝长谈。只见他满头白发，脸上布满岁月的痕迹，深深的皱纹，咱在抚摸他那布满青筋的双手时，不由得心里一酸，无法控制自己的情感，泪如泉涌……

人绝不能忘恩，尤其不能忘记父母的养育之恩。不能一时得志，忘了根本。如果父母没有给你生命，没有严加教诲，没有在生活中为你做表率，别说你一个小安子，一百个小安子，也成不了气候。

姐夫，你说咱想得对不对？没有爹岂有小安子的今天。世上哪有儿子怨恨爹的道理。打铁必须自身硬，上阵还得父子兵，父子永远是心连心往前冲的。世上哪有爹不爱儿子的，关爱儿子、管教儿子是爹的责任，儿的心里不应该有任何怨言。

父子交流时，发现爹始终在倾听，爹深情地对咱说：“孩子……爹亏欠最多的就是你。你是王家兄妹六人当中，念书最少、出力最多、贡献最大的好孩子。看到你有志气，能开辟出新的路子，获得成功，让人欣慰。咱可以挺起胸膛，你自强不息的精神让咱倍感自豪。咱们是小门小户出身的土疙瘩，能出个新闻记者、著书立说当作家的儿子，这是当爹的最大的幸福。

咱的眼前突然没有了那位威风凛凛，叱咤风云的老爹。这时的爹更像是一个认错的老人。

姐夫，你替咱分析一下。其实，咱早就暗下决心，书稿被撕何所惧？咱不怕，坏事可以变好事。咱有丰富的生活阅历，又有新时代的好条件，这是咱写作成功的资本。50 年前的书稿，只是成功路上一块小小的敲门砖。爹的严厉，过去、现在、将来，永远是咱成功的基石，更是难得的精神财富。

下麦窝村民教育咱说：“鞭打出孝子，娇养无义郎。爹是严师，严师出高徒，溺爱艺难成。”对此姐夫说：“虎父无犬子，强将手下无弱兵，咱坚信，是真金终究会发光的……”

在此之后，咱又不断地梦见爹，所有美好愿望的寄托，是父子思想碰撞的真实流露。

姐夫，这样的梦，咱还愿意多做。只有交流，才能消除误解！

光阴似箭，一晃半个世纪一闪而过，张大白话，不，张大真人沉默了几十年，如今奔赴大连突然出现在咱面前。他有大才又有韬略，见了面先道个歉：老弟出息了，如今还怨恨咱吗？当年的舅老爷，让咱好好收拾你！

姐夫这话让咱深深地理解了他的心情。怎能怨恨人家呢？三姐夫有才，是咱的良师益友。既在逆水行舟中激起了一片浪花，又是咱在攀爬高山的途中，抓到的第一架梯子。

如今，咱还在激励自己：胜不骄败不馁，做勇往直前的大丈夫。

曝光老爹 王尖子的“怪现象”

辽阳市文圣区小屯镇河北的下麦窝村里，人才济济，稀奇古怪的事也不少，要是论有特点的老年人，很多乡邻都知道，这里曾经有位有传奇色彩的老汉，人称第一尖，雅号王尖子，身份证上名字是王冠山。顾名思义，他做什么事情都企盼当冠军，对儿子的期望也很高。

胸怀坦荡，不隐瞒家史，这位王尖子不是别人，正是咱的亲爹。爹教导咱：做事要公正，诚实守信；春借平斗，秋还尖斗……

早些年在下麦窝村，曾有一套古怪理论：如果有人说那个人可傻了，那么反过来这个人就是机灵鬼；如果说他是机灵鬼，那反过来准是个傻瓜。咱家在村里独门独户，有个别人总想欺压咱们。对此咱爹就是不服，做了一些事不让别人欺压。有人恨死了爹，在背地里叫他“王尖子”，妄想用舌根压死人；然而，他们费尽心机却也是痴心妄想而已，总是不能得逞。

如今的爹，虽已仙逝多年，依然常有人提起他的不朽故事。

40 年前秋后的一天，王尖子从灯塔煤矿往回给乡邻韦妫[①]拉一车煤。这车煤比平时装得多，质量又好，让人动了歪心眼，结果这车好煤没送到韦妫家，倒被王尖子拉回了自己家。没得到煤的韦妫家自然生气，在人后添油加醋地说：“王尖子这事办得精，鬼点子多，今后没人敢托他办事。”

当年的下麦窝村，还有人不断地传播这些老掉牙的事，听了怪有意思的。当年爹是生产队的车把式，给别人拉煤是常有的事。真实的情况与传说根本不同。若不是亲眼所见，详细地了解了内情，可不能乱说乱传，不

---

① 韦妫：化名。

然会干些坑人误己的蠢事。

还记得当年咱就围绕这件小事，问过爹数次，他没当回事：“他们瞎扯，传说不真实。”爹不想多说，可咱紧追不放，非要问清楚来龙去脉。

经再三追问，爹才勉强说：“韦妫很爱开玩笑，他来咱家看到咱家煤质特别好，乌黑发亮，很眼馋，也想要一车。他是大户人家，绝不会背后瞎诌，是个别人瞎扯。”后来咱认真地问过韦妫，他说根本没有这回事，全是别人瞎诌的。

后来，人们终于搞明白了从灯塔煤矿买煤有一个潜规则：两瓶酒 = 好煤，多煤；没有两瓶酒 = 一般煤，定量煤。这本明白账，连个傻瓜都能摆弄明白。

下麦窝村有人很生气地说：“王尖子确实是个好人，个别人给他泼脏水，真是太损了。村上总有那么一些别有用心的人，唯恐天下不乱，常从别人的话中断章取义，让不知情的人误会。”

爹说：“为别人买煤是件好事，咱也直言相告，灯塔煤矿管煤炭销售的老缪头很贪酒，你多送他两瓶老白干，他才肯多给一些好煤。”老缪头背后悄声跟咱说：“老哥以后谁想多拉好煤，只要能捎来两瓶老白干就行了，咱就好这一口。”一般人舍不得送酒，韦妫也舍不得，老缪头知晓后直摇头走了。你该明白了，有人说咱在这件事上做得猾，根本不是那么一回事，有些人叫咱怎么说他好呢？光想要好煤，又舍不得出血，要知道，天上岂有掉馅饼的好事？做人做事一定要把良心放正。随后爹转身加重语气：“韦妫是好人，一些人想浑水摸鱼，幸灾乐祸，这些人真是可恶至极。”爹又感慨道：“宁与聪明人打架，不与糊涂人说话；聪明人好说话，糊涂人乱打岔。”

对此咱不予任何评价，可咱在大学给学生讲课①时说过，看问题要具

---

① 作者在任全国两会、《中国企业报》特派记者期间，曾受大连理工大学、东北财经大学等高校邀请讲课，在师生中引起了强烈反响。

体分析。《三国演义》作者描写曹操时，形容他是大奸雄，对曹操的评价是不公的。鲁迅评曹操：豁达自信，知人善任，遇事当机立断，是个大英雄。咱很赞同这种看法，应按此去看人做事。

那时节，小队有头大倔牛，叫“天不怕”，你叫它向东，它偏向西；打着不走，牵着倒退，谁也驯服不了。它干起活来，经常不听吆喝，连人都敢顶。有一次，它乱蹦乱叫地发起脾气来，硬是用犄角把一个人的大腿肚剜掉一块肉。还有一次，“天不怕”拉车，刚开始还算温顺，当与另外一辆牛车相遇时，拉套的母牛发情，扬起脖子一叫，这一声召唤，让“天不怕”大眼珠一翻，“哞哞”地乱叫，飞快追赶那辆车，欲与母牛交欢。这可惹了大祸，“天不怕”一下把车掀翻在地，咱差点儿没被车轮碾死，在场的人吓个半死……从此，不管农活怎样繁忙，它都不用干活待在牛棚里悠闲。当时有个派活的人，心术不正，想拿它搞事捉弄人。

一般人都晓得“天不怕”的厉害，派活人把“天不怕”分派给王尖子，想看他使唤时的笑话。王尖子的眼里岂能揉进沙子，一眼便看穿了派活人的险恶用心。心想他要是真心瞧得起咱，与咱商量，让咱帮忙的话，也许咱能帮上一把。可他小瞧咱，想让别人看咱的笑话，就凭这个歪点子，肯定没门儿，咱就是不上这个当，今天不伺候你。宁可不挣高工分，也不使用这头倔牛。

那个时候，工分是钱也是命，派活的人看王家困难，猜想定会挣这高工分，然而王尖子却扬长而去，让所有人没有料到。这下派活的人没了辙，不仅奸计没得逞，自己还惹一肚子气，最终害了一场大病。

社员对王尖子不使用“天不怕”很是迷惑，人前人后不断地追问，爹不愿讲，架不住有人一个劲儿地追问。碍于情面他才说：“牛发疯时要顶伤人的，到时不但没人给疗伤，养伤还挣不到工分，损失更大；干活时出现弯曲的垄沟，不会有人说牛不听使唤，反而会说你技术不行，以此为借口扣分。”这点鬼把戏谁还不懂，岂能把别人当彪子，来取笑耍玩？只怪他睁眼瞎看错了人。

有人将此事传扬出去，又添油加醋地说："王尖子实在是尖，硬是捉弄不了他。看来，他还是个人尖子，机灵鬼！"有人气愤地说："派活的人骨子里坏透了！欺负老实人，要换个别人他敢？"还有人说："坏人堆里，人要不学精点，非让他小子熊彪了不可！"

人站的角度不同，观点肯定不同。不仅如此，还有一件大事，是尖是傻说法不一。

很多乡亲都说王尖子既有尖的一面，也有马失前蹄的一面，这到底是怎么一回事？

原来，在咱老家的大门前，有一大片自家的自留地。这里既可以盖房，也可以做其他用途。村中有位窦尖子①早看好这片田。有一天，他托人主动找王尖子说情，请求将这片田换给他盖房子养老。

窦尖子深思了这件事情：王尖子老谋深算，奸猾得很，平时与他不对付，肯定不会答应。再说了，谁家的好地舍得给人，何况是给他窦尖子……

可是结果，却大大出乎窦尖子意料。成人之美，不成人之恶，这是王尖子的真实想法。他很爽快地答应了窦尖子的要求，将自家门前最好的地，顺利地换给了窦尖子。

有人说，王尖子这一善举，窦家永远欠王家一个大人情，就此事许多人给予很高的评价，认为王尖子心怀敞亮，大气坦荡，是个顶天立地的大老爷们儿。

王尖子换到的地在村的最北边那条街上，是一个很不起眼的旮旯处，盖上了新的房子。院中还有一个一尺粗的大电线杆子，都说这是不祥之物，然而王尖子不信那个邪，由前街迁入了后街，来了一个战略性的大转移。

对于这件事，村干部、乡亲们都给予了较高评价："王尖子厚道，不是尖子，从这件事上可见他很傻。"有人为此建议，从今往后，让王尖子

---

① 窦尖子：化名。

彻底改名算了，叫王彪子就名副其实了。

在随后的一段时间里，有人这样评价：王尖子没鬼过窦尖子，太丢人了。还有人认为王尖子是傻，在做具体事时还真是：油梭子发白——短炼。

当咱知道这件事，反复地思考了尖与傻的辩证关系。爹说：“看问题既要看到现象，更要看到本质。从表面上看，窦尖子占了好地，盖上房子，占了很大的便宜。但从另外的角度看，他是个大傻子。”

“怎么见得?”咱惊讶地追问。

“如果再遇到大洪水，在村前居住的房子会被洪水冲毁。20 世纪 60 年代的大洪水，就是个惨痛的教训。若来盗贼，先到第一家行窃，第二家可防可抓。河沿边风沙特别大，第一家就会遭受风沙的无情袭击，其子孙后代也跟着连连遭殃……”

可一切都发展得太快。国家在太子河上游及时修建了葠窝水库，大水库有力地拦住了洪水，让洪水无法泛滥；村南及时培植了杨柳树防沙林，植树造林阻拦了风沙，使风沙再也无法猖獗。这么来看，窦尖子确实有远见卓识，全村第一尖名副其实。后来还有人评价：还是王尖子看得远，做人有德行，君子成人之美，子孙才会兴旺发达。

双塔镇龙　宝镜藏匿“真龙天子”

和尚坟 + 宝镜山 + 栖云寺 + 聚宝盆 = 爹妈坟。

要讲这一系列故事，必须如实交代上述几个密不可分的地名。否则，讲得再怎么明白，听起来也会糊涂，这里的秘密太深奥。听完后，人们定会恍然大悟。

原来，爹看得很远，做了长远打算，他所要选的墓穴所在地，应该是大气的地方，拥有许多鲜为人知的秘密的地方。

1982 年的严冬，虽然寒气逼人，但对农民来说，一点儿也没感到气候的寒冷，反而觉得温暖如春。这是为什么？集体解体，分田到户，农民真正当家做了土地的主人！咱家分到 30 年不变的土地，对以土地为命的人来说，如此实惠与恩惠，让人心里怎能不热血沸腾呢？

咱们家分到的村西南角的土地，在过去那是有名的乱岗子，谁家死了小孩子，用稻草捆起来扔到和尚坟，也是过去和尚的坟地。和尚坟南与太子河相邻，西与柳树林和下崴子村地边接壤。每年多次遭遇风沙袭扰，在河水猛涨时，西头的地彻底遭殃，甚至有被冲毁的危险。

盼望有自己耕地已久的爹，每逢站在和尚坟的东头，向西头看去时，总是不停地长吁短叹……咱几次询问，爹默默不语，越是不语，咱越要深探一番。

一来二去，咱探明了一些事，知道了爹长叹的根本原因，爹沉重地说：“按理来说，咱死以后，应该埋在下稍边缘。但咱没看好这块凹地，要埋在沙包地里，不称心。”咱不禁询问：“这是为啥？”爹不高兴地说：“多花钱呗。”

当时咱毫不犹豫地说：“既然不好，咱就放弃这块地，选其他好地方，要是别人不肯拿钱，到时咱一家子拿钱张罗，保证让爹满意。”

“别说大话了，到时恐怕你舍不得，咱死后也不能站起来跟你要。”爹生气地又说，“看你瘦小的身板，能混上一碗稀粥就不错了，可别为爹多操那份心了。”

下麦窝村民杨玉生说得好：知子莫如父，知父莫过子。随着时光的流逝，王绍宽①居住的宝镜山，以及那里的故事，源源不断地传递过来，让人逐渐明白，爹已选好了宝镜山，作为他永久的“家”，只是没有直接与咱挑明罢了。咱也没有明说，暗下决心等着瞧，坚决了却爹的最后心愿。

1999 年 9 月爹逝世，果然不出他生前所料，在刚刚过世时，兄弟姐妹在一起研究，坟地到底选在哪里最理想？大多数人倾向于下稍和和尚坟的沙包地，离咱下麦窝村很近，上坟十分方便，既省事又省钱。要选择新的坟地，还得另外拿出一笔钱。这个账，谁还不会算。这样一来，爹的想法就要搁浅，实现不了他的遗愿。

关键时刻，咱的头脑特别清醒，绝对不能随波逐流，一定要将爹的坟墓永远地进驻宝镜山。什么叫孝顺？满足爹的遗愿就是孝顺。想到此，咱毅然站出，毫不犹豫：“关于爹的墓地，如果大家不反对的话，咱想让爹的坟墓上宝镜山，一切费用均由咱一人承担。”对此兄弟姐妹都很赞同，老姐王素菊拿出五千元给予支持，其他兄弟姐妹只出力气，就不必出钱了。

于是邀请王绍宽抽出时间，帮咱在宝镜山上精选一块有灵气的宝地。很快得到灯塔国营铧子林场允准，爹的墓可以落在栖云寺庙原址东侧的果树园中。这里原有苹果梨、香水梨、红枣树等，虽然早已荒芜，但依旧平坦。墓地身靠宝镜山，向南望去，隐约可见太子河以及群山起伏的雄姿；

① 王绍宽：作者媒人、连襟，为人耿直、忠厚，看大字报给作者介绍成了对象；为作者的父母精选了坟地；为作者尽力维护坟墓完好。详见本书“巧结良缘　大字报引来‘金凤凰’”一文。

东侧是东龙山脉，西侧是西凤山脉；周围拥有万年青的松柏，郁郁葱葱，庄严肃穆，清闲自在，这是块神仙赋予的风水宝地。

有人说，这块宝地按风水来讲，谁要安葬在此，后代不出丞相也会出皇上的左膀右臂，最次也能出个举人。这都是老人盼望后代能有出息的吉祥话，咱是唯物主义者，历来不信。当提及此事时，老婆王伟忽然想起一事，她一拍大腿说："当年三姐王素玉①曾经告诉咱，爹下葬时一定要高喊一声'两沟夹一杠，辈辈出皇上！'爹下葬的时候，很多人在场，咱也没好意思喊出口，只是在心里喊了。"

流水不回头，人老不回春。爹、妈，你们知道吗？咱早已将你们的照片，精心装入镜框中，供奉在咱办公室的最上方，请你们常常监督咱的言行，每年咱都把你们的照片恭敬地拿下来，认真地看，反复地擦，擦得干干净净再恭敬地放上去……

爹、妈，咱在坟墓的四周，用青石筑成圆体，保护坟墓；咱还花钱买了一块地，动用了机械设备，运了几十立方土和石头，将墓冢加固增高；在坟前栽上了两棵松柏树，如今两棵小松树早已长大成材。感谢王绍宽浇水施肥，精心呵护。爹在天之灵，要保佑他们家平安。

爹、妈，每次来到你们的坟前，鞠躬、献花、絮语，回忆往事，儿子都围绕坟茔转几圈仔细探查，看哪儿有漏洞便修缮哪儿，直到满意为止。累了，站在立起的大石碑前，反复地看碑文，不妨念给爹妈听听。

修坟墓为念先人　积阴功辈辈兴盛
青山宝地安先祖　浩气长存启后昆　千古流芳
已故　王公讳　冠山　德配刘宝兰　之墓
长子　世国　次子　世安
长女　素荣　次女　素兰

① 王素玉：作者同胞三姐，有传奇色彩的女人。她的故事悲壮，让人惋惜不已。详见本书"祸起萧墙　敢叫'老天爷'不下雨"一文。

三女　素玉　四女　素菊

公元二〇〇四年农历二月十五日　清明　敬立

2017 年的清明节，在亲朋好友的鼎力支持下，咱又亲自动手，在坟前再次垒起石头加高，重新平整了坟地；将四周围了起来，成了一个大院套；在四周，新栽了十六棵小松树。几经修建，爹妈的坟茔，松柏围绕、庄严肃穆，似乎像个正式的园林模样了。

为让新栽的小松树成活率更高，咱不听别人的劝阻，用大水桶盛满水，自己仅凭肩膀挑，在坟地浇水栽树。仅单程就有一华里远，咱一步一步爬了三道岗，在足有 50 多层楼高的坡顶，为小松树填肥浇水。咱咬紧牙根，不畏腰酸肩痛，整整坚持了六天，每天都连续挑八担水以上。要知道，咱是 63 岁的人了，漫长的 46 年，肩不挑担，手不提篮，体力大不如前，然而在不知不觉之中来了神力，不仅没有累着，反而体力大增。大姐王素荣闻之感慨：老弟行善积德，修来铁身板，上苍都保佑！咱表面上不想得罪大姐，在心里还是不迷信那些。

每到坟前，咱都深有体会：坟墓是另一道生命的风景线，是追思的平台，是生者和逝者亲切会晤、心灵沟通的栖息之地。

好男儿做龙虎，叩苍天拜父母。咱在深思：等自己死了之后，能葬在宝镜山上，在父母坟墓前跪叩报个到，那该是多么好的事。一晃，父母已安息 19 个年头。爹妈，你们还好吗？这里恢复了饮水，横着木头的济公井仍在，还有崇拜之人供上了济公塑像。当年的朝拜者甚多，传说栖云寺的香火，还是很旺很灵的……

在历史上，栖云寺是怎么得名的？爹说，有人曾经问过济公，济公看了看天，从建庙以来，一块祥云在庙的上空丝毫不动。济公一高兴，不由得用扇子扇了扇说：“栖云寺”。

当年，爹还曾经向咱们讲过，栖云寺建好后，来了不少和尚。其中有个和尚叫寇谣。有一天晚上，他吃完饭出来溜达，不经意间被绊了个跟头，低头一看是个泥土烧制的破盆，拿起细瞅，看不出有什么特别之处，随手要扔，一想扔了也太可惜，便拿回去放在灶房旁边。看到桌上剩点饭粒，他舍不得丢弃，随手放入捡来的那个盆子里，以便野猫野狗可以随时来吃。

可在翌日清晨，寇谣就被住持骂醒了，骂他是个败家子，用一盆米饭来喂狗。他过去一看，那个盆里竟然冒出更多的米饭来，让他不由得大吃一惊，心里好生委屈。他心里有数，没敢声张，赶紧把米饭处理掉了，将盆藏在墙旮旯，往里扔点儿小钱，垫一垫盆底。

第三天早晨，那个盆里竟然涨出满满的一盆钱来，寇谣喜出望外，赶紧把这盆包好，挟在腋下，到了后山坳的隐蔽处藏好，多做了几个记号，转身跑回住持面前撒谎说：徒弟捎来信，说家父病危，急召儿回去。住持给了他这几年所攒的银两，他得到了不少的钱，收拾积蓄下来的东西，故意绕圈返回后山，想取出宝盆，独吞宝物，一走了之。

可是，在原来后山坳的隐蔽处，寻着众多记号，哈腰再怎么细找，也没找到盆的踪影。他一时着急，欲哭无泪，欲喊又喊不出声音。经过反复寻找，他疲惫不堪，不知不觉地睡着了……梦境中，四周无数个大小不等的松树破土而出，嗖嗖地向四处疯长……很快，整个宝镜山脉便全都是参天的松树……等他一觉醒来，感到浑身发痒，伸手去挠，手不听使唤，自己已经变成了松树，长年扎根于肥沃的土壤之中。很快，这片森林里，出现了虎、豹、狼、狐狸、鹿、兔子等动物，人们纷纷慕名而来，这里便成了狩猎场。

爹讲给咱们的故事，是那么奇妙，让咱们意识到，原来茂盛的松柏树林，是聚宝盆变的，那口宝井也是聚宝盆变的。现在回想起来，真正的松树丛林，是永远砍不绝的，在乱砍滥伐的年代，仍然是砍了一茬儿又长一茬儿，松树长盛不衰。有人说它是松柏神山，爹却说，它是聚宝盆所在地。

爹还特别跟咱说过：在辽沈战役前，解放军侦察员为躲避国民党军队的搜捕，巧扮和尚隐藏在栖云寺里，侦察到了许多有价值的敌情，侦察员连连称赞栖云寺，为中国人民的解放事业，立下了汗马功劳。

意志坚强　硬板地“刨”出特等米

1979年是中国改革开放的第二年，12月的天气仍然还是嘎巴嘎巴冷，尿泡尿都能立个棍儿。当时，按照咱妈的安排，我赶赴辽阳小屯村西边早已被二小队遗弃的场院。

经历磙子无数次碾压，整个场院①的地面光滑得像玻璃镜似的，瓦亮瓦亮的。只见场院上的老人脱掉棉袄，用她那布满老茧的双手，紧攥铁耙子，反复在场院上猛劲地往前刨，恨不得一下了把整个场院上的硬板地面都彻底刨掀起来。

看到老人，咱心酸得厉害，眼泪再也控制不住地流了下来。此时北风凛冽，严寒刺骨。老人用那略微佝偻的身躯，像火焰一样温暖着这个严冬。

近几年来，每逢入冬以后，许多乡邻每天都能看到，一位瘦小的老太太，在天刚擦亮时，用大包袱皮包起大簸箕、刨耙、麻袋等家什，背在肩上徒步六里地，像雄鸡一样去场院土里刨食。

她，是咱最亲爱的妈！

当年，咱曾经多次目睹，为使场院坚硬耐用，打平的地面不知被磙子碾压过了多少遍，直至地面的坚硬度像水泥路面似的。咱妈就是在这样坚硬的场院地面上，一点一耙地刨出土中的稻谷粒。

再细看，在场院地面上，零星的稻粒稀稀拉拉分布在各个角落，它们

---

① 场院：过去秋季，农民都用坚硬的土地作场院。把地打平，先用大磙子边压边找平，再喷上水，经过无数次碾压，平整瓦亮，像水泥路似的地面才叫场院，这样才能铺上稻谷碾压，碾出稻粒。

在硬板地里藏身，要抓出它们还真是不那么容易。

记得第一次远远地看到妈。咱快步上前明知故问：“妈，您在这儿干什么呢?”

“刨地!”

“地这样坚硬，您怎么能刨动?”

“地面再硬，没妈心硬……”妈说得儿干嘎巴嘴，找不出恰当的词，一时竟然说不出话来。

硬朗的妈又说：“再硬再难啃，咱也能刨动!”

妈像大山，透露出她的坚强、她的恒心、她的精神。

看到地面的硬活儿，咱心里不由得感慨，这真是地再硬，也没有妈的心硬；天再寒冷，也没有妈的心火热。妈的心一直充满了坚定的信念。

咱心疼妈，说：“就这么几个稻粒，可别再刨了，如果妈累倒了，咱们可怎么办?”

猛劲地刨，恨不得把硬板都刨起来

妈回头神秘地告诉咱：“一粒一粒的稻谷虽少，但只要不断地去刨，就会积少成多，让你能吃上大米饭！”妈又自信地说，“天再冷也冻不死勤快人，人再穷也穷不死勤劳的双手！”

下麦窝村民王成厚常说，蚂蚁虽小搬千斤，秤砣虽小压千斤。人只要耐心十足，积少成多，就能吃上白花花的大米饭。看着瘦小体弱的妈，吃力而又坚定地刨着，咱似乎忽然间长大了，也似乎懂得了许多道理。

咱经历了1960年的大洪水和“文革”，是能出口成章背诵老三篇的人，其中《愚公移山》中的愚公，是咱们学习的榜样，妈是新社会的新愚公。

咱急忙赶上去，“抢”过妈手中的耙子，学着她的样子，一点一点地往前刨。妈在咱身后，土一把，疙瘩一把地往一起搂，搂成了一大堆，然后蹦起用脚底板将硬土疙瘩踩得粉碎，再用手往高处扬起……伴随着小北风的吹刮，灰尘自然而然地往南飞去，稻粒便乖乖地沉落了下来。

刨了一阵子，太累啦，咱感到腰酸背痛，身上冒起热气，大汗珠子不停地从脸上滚落下来，喘着粗气，实在干不动了。妈看咱汗流浃背的样子不由得笑了，一把抢过耙子不断地往前刨，在她的带动下，连中午饭都没来得及吃。刨呀刨，咱们一直干到天黑，已经忘了吃晚饭……

此时，场院的地面实在分不清稻粒和泥土，已经混到了一起。妈让咱把像小山似的土疙瘩稻粒装在袋子中，快快地运回家。就这样，咱用自行车反复地搬运（就因运土稻粒，在过桥时掉进河里，差点儿被水冲走。本书后面有详述过程），将最后一袋运到家时，所有的汗水和疲惫，都被北风席卷在了夜色里。

回到家，咱和妈都沉浸在幸福和喜悦之中，妈顾不上给咱做饭，搂起稻子，端起簸箕，不断地簸来簸去，仔细地分类。看着她疲惫不堪的样子，咱心疼地说：“妈吃饭吧，明天再干也不迟。”

“咱不饿！今早锅里还剩着大饼子，你自己吃吧。”

妈戴上破手套，稻粒在簸箕中来回游动一样像士兵，随着她的手势移动到旁边，妈将附着在手套上的稻粒刮到另一个盆里。这样反反复复，盆里的稻粒就慢慢多了起来，等盆满了，再移到另一个大盆中，添上水反复掏捣，最后一大堆金黄色的稻粒便跳入眼帘。

了不起的妈，让咱突然想起了韩信。韩信用兵是花钱养的，随心所欲调兵遣将，才会有韩信点兵——多多益善一说。妈不花分文调兵遣将，将散兵游勇云集手心，随心所欲，下麦窝村从此有了刘宝兰点稻粒——粒多粮广一说。

妈虽没大作为，但很有想象力、创造力、行动力。在那个贫困的年代，位于下麦窝村河南的小屯村，在那片田野旁边，妈偶然发现别人没发现的零星稻粒，千方百计地从泥土里找出再造细粮的原料，让咱们能够吃上白花花的大米饭，每次她总让咱歇歇直直腰，但她却很有耐力，蹲下一点点地继续往前刨去……

此之前，集体的财产，宁愿白白扔掉，也绝不许老百姓哈腰去捡。

就这样，不生产水稻的下麦窝村的一户农家，在没有稻谷的年代，没花钱就吃上了大米饭，让人不可思议。就连咱家盖房子时前来帮忙的亲友，也都吃上了白花花的特等大米。在那个贫困年代，能吃上大米饭，是多么难得和满足。有了细粮，咱家盖房子帮工的人多了，也为咱家挣来了脸面，更重要的是，带来了预想不到的美味和精神上的享受。

初步统计，仅那一年，妈从多个不同的硬板场院上刨出的稻谷大约有五百公斤以上，相当于三个人一年的口粮还要多。有人分析，能够经受无数次高度碾压而留下来的稻谷，颗粒大，均属高质量的特等精米。如果质量不好，在强烈的碾压下，早就粉身碎骨让风吹走或变成谷糠成了喂猪的饲料。妈白手起家，创造了那么多真材实料的财富，相当了不起。所以咱说，自己能有今天，都应该归功于聪明、智慧、能干、慈爱的妈。

妈虽是一位个子矮小、弱不禁风的老太太，但她像一座高山，始终矗立在咱的心中。为了让全家人吃饱，她甚至顶着北风去几十里之外的南雪、耿家等村子的地里，拾地上被人丢下的棉桃、稻粒……这些东西，在当时是何等金贵，许多人没有想到的事，却让老太太成就了自己的优秀……

生活所迫，在家里咱妈里里外外不管做什么事儿，都敢伸手去干。咱家的灶坑和炕下面要是堵了，烟排不出去，妈就立马儿撸胳膊挽袖子，掀开炕面的大石板子，把几根高粱秆连接起来扎成把子，往里捅一捅厚厚的炕灰，又掏出些尘灰……再瞧世上最美的咱妈，除了白牙外，全身上下涂上了一层黑漆，变成了非洲美女。经过咱妈的不懈清理，炕洞终于畅通无阻了。咱还记得，那个时候咱妈挺着大肚子下地干活儿，突然肚子疼痛，在垄沟里自己接生，用布裹着肉滚儿似的婴儿回了家；那时家里没人手，妈怀揣婴儿，在柴火垛上堆柴火，当时柴火垛越堆越高，摇摇欲坠，都能吓死胆大的人，大姐看到妈在上面悬乎得很，害怕地大喊大叫：“妈呀！危险！快下来！”然而，风在猛刮，妈在忙活，像没听见一般，照样热火朝天地忙碌……一旦站偏一点点儿，人就会从一丈多高的柴火垛上，跌落下去……

妈一辈子做好事、善事，离世前无任何痛苦，没遭一点儿罪，是在睡梦之中离开咱们的。咱想这是她一生奉献、积德行善修来的福分。对此，下麦窝村有人感慨赞颂：王母生如夏花之绚烂，虽逝盛似秋叶之静美。

劫后重生　胞兄彰显手足情

1960年[①]8月4日，下麦窝村那片天空，像被哪家的淘气包孩子捅了个大洞似的，哗哗地下着倾盆大雨，整个苍穹变得漆黑像锅底一样，让人惶恐不安，仿佛到了世界末日……

那时，暴雨连续多日下个不停，整个辽阳地区的天似乎漏了一样，村民心中都没了底，显得慌乱和不安。紧接着，辽阳太子河的水神也发了怒，水位一个劲儿地往上猛涨，大浪一浪比一浪高，淹没了两岸的庄稼，简直吓死人啦。仿佛大海一般一眼望去，汪洋一片，看不到边际。

妈呀，谁也不知道，到底从哪儿来的这么多的水，除从天上哗哗地下雨外，地上也在往上冒水；房顶棚也在漏水，就连灶坑里也往上冒水，到处都是汪洋，情况十分糟糕，人人惶恐。

当时，咱还是六岁的顽童，不谙世事，对此似懂非懂，哪里知道危险。东跑西窜，这儿走走，那儿看看，满眼都是稀奇古怪的事情。紧要关头，爹叫住妈，要她赶紧收拾值钱的东西，妈一时心慌意乱，这也打包那也划拉，折腾了老半天，气喘吁吁，才打上了十多个大包袱。

爹一见很生气：你干的是什么活儿？弄这么多包，让咱怎么能背走？再减减，一个人弄一个包袱就行了。妈急得手脚忙乱直哆嗦：这些东西都是咱们的血汗，一点一滴省吃俭用攒下的，突然来了大洪水，你叫咱怎么舍得丢掉？

---

① 1960年爆发了辽东地区特大洪灾，下麦窝村是重灾区，洪灾后人们挨饿受冻好几年。经历过的人终生难忘，作者虽然年幼，但也曾亲身经历。

咱一看，聪明的妈也是平时看别人清，轮到自己却犯傻。您老不是讲过财主与农夫的故事吗？怎能这么快就忘了呢？可咱记得牢，还能讲呢。

> 有一次涨洪水，财主和农夫都各自背包袱爬上了自家门口的大树。一连好几天，水还是一个劲儿地疯涨，背着一大包袱金元宝的财主饿得直叫唤，他实在饿得受不了，就想用一个金元宝，换一块大饼子，可背着一大包袱大饼子的农夫，就是一个也不换。二十个金元宝换一个大饼子行不行？农夫摇头。三十个金元宝，五十个金元宝，农夫还摇头。一大包袱金元宝全给你，换半块饼子，农夫仍摇头……等后来水退了，财主被活生生地饿死了，连人带包袱被风一吹都摔在地上。农夫吃饱了饼子，下树拾起一大包袱的金元宝，拍了拍鞋上的灰尘，瞥了一眼财主，转身大踏步地走了……

妈很快想起了这桩事，不由得再次减少别的东西，多带些吃的……

这个时候，咱哥火急火燎地从外边跑了进来，急促地说：现在大家都往北山上跑，还听说村北最低洼的那一带，水深处已经没过了腰，如果再晚些就过不去了。原来一大早，爹就安排哥出去打探水情，观其动态。

爹一听，脸唰的一下白了，立马叫哥背着咱，先往北山上跑，全力以赴保住咱哥俩的性命。爹还不放心，再三地叮嘱哥：“你要多看看，一定往水浅的地方走，一定跟着大伙走。安子太小，你做哥的比他大十岁，身强力壮，一定要好好保护他。倘若有个闪失，甭怪咱翻脸！”

“爹放心，咱哥是最棒的大英雄，保准没事的！”咱立马替哥说话。爹连连往外摆手：“快快往北山上跑，保住性命要紧！”

哥弯腰，咱也二话没说，立即爬上哥的后背，像骑着大骏马似的高喊：“咱骑上大马啦，驾，驾，驾！”咱一手搂着哥的脖子，一手摆出往前奔跑的姿势。那时咱什么事都不懂，没心没肺的，贪玩儿的心大着哩！

哥着急了！不停地奔跑着，咱却傻乐着，心想，有哥背着多么舒服，又是多么快乐的一件事呀。

此时十万火急，哥的心似乎要跳出来，哪里还顾得搭理咱，只能拼命地迈开两腿，一直往北山的方向跑去……遇水深的地方绕道而行；遇到水浅的地方，涉水向前。

这个时候，到处是黄色的泥水，再就是零星逃避灾难的村民，水声夹杂着人声，一波又一波的恐惧不断地袭扰着人们。

咱哥飞快地猛跑，还是嫌腿长得短，恨自己跑得太慢。跑了不长时间，突然间只听“咕咚”一声，随着哥的身体飞下，哥在雨水的冲击下一松手，咱也没抓稳，一下子就被抛入空中又从天而降，落到深水之中。坏了，当即双眼一黑，什么也看不见，这是怎么一回事？

原来，这是乡亲们挖的菜窖，虽然原土回填，外表平坦，但只要雨水一泡，立即就会塌陷下去。当时的地面到处是雨水，就是神仙来了也分不清深浅。这一下可把咱吓坏了，感觉魂灵都出了窍，在水中像个傻瞎猪，拼命地乱划拉，可是再怎么划拉也不管用，整个身体不断地往下沉，水也不停地往嘴里灌，几口脏水下去，不仅脑袋昏沉，就连小肚子也不由得发胀。

此时此刻，咱一下子意识到，这回恐怕凶多吉少，小命难保。想到死，咱心里立刻害怕起来，生出无限恐慌。爹妈对咱多好，还没有报答养育之恩，就先见了阎王，简直太冤枉了。

咱幼小不能自救，只好把一切希望都寄托在哥的身上。哥一直都是咱的保护神，咱心里一直装着这个信念，只要有哥在身边保护，肯定没事的。在历次险境中，哥都是顶天立地的大英雄，在他的面前，什么事都不在话下，难道还怕这个小菜窖不成？

“哥！——你在哪里？”咱不由得惦记起他来，盼望他安全，心里在不断地喊着。此时的哥，已经跌入了深水之中，虽然他已有 16 岁，但毕竟还是个孩子。哥早熟，是个经过风雨，见过世面的汉子。此时的他，猛地一下子冲出了凹坑，很快露出了水面。

屏住呼吸，定住心神，哥在第一时间想到了老弟：老弟在哪里，哥就在哪里！想到此，哥明知水似猛虎，也非钻进老虎口中拔牙不可，他又反身扎了个大猛子，开始在深坑里面，拼命地搜寻着咱的身影。

当时，咱在水坑里乱打乱抓，心慌意乱，哪怕让咱能抓到一根树棍，那也好啊，可是什么也抓不着……正在胡打乱拽的时候，哥在黄色的泥水汤中，一下子发现了正在挣扎中的咱。说时迟，那时快，只见哥奋不顾身，向咱猛扑过来，两只大手奋力地往咱后背上这么一推，咱猛地被推出了水面。

咱终于从黑暗之中见到了天色，还没等咱直腰，一口又一口的黄酸水，从嘴中喷射出来，胀得像气球的肚皮开始见好，昏沉的大脑，一下子轻松了许多，人从鬼门关里冲出，终于恢复了神志。

哥岂能怠慢，拼命地奔了过来，迅速地拉着咱的小手，将咱托了起来。他深哈着腰，让咱爬到背上，叮嘱咱搂紧他的脖颈千万不要松手。

此时，哥像大山那样坚强，让咱有了坚实的依靠和安全感。能拥有这么好的哥，让人感到无比自豪，深感自己有了坚实的靠山，人才有无穷的信心和力量。

哥说再也不能让咱有任何的危险，双手紧紧地抓着咱，迈开大步，力排凶猛的洪水野兽，拼命地向水浅的方向急速蹚了过去。

洪水在继续猛涨，哥与洪水在竞赛，跑着跑着，终于将洪水彻底地抛在身后。

这真是生命中的惊险一幕，让人终生难忘。

为此，咱附小诗一首，以资牢记：

洪水突袭似猛虎
水围瞬间像囚徒
胞兄拼命来搭救
恩重如山跪拜哭

外强中干　“牛人”被撵得落荒而逃

箴书丙这回可彻底地栽了，他被世国撵得拼命逃跑！

2015 年 11 月初，在咱访问郝崇伟提及胞兄世国时，他瞪大了眼睛如是说。不仅如此，紧接着他又透露，世国兄还把那个小子的手指头咬掉了半拉！

这又是怎么一回事？那是 1975 年的冬季。在辽阳县小屯公社下麦窝村生产小队的一块地里，刚装好的玉米需要运往各家分配。按照当时的工作量，一个晚上，一人能扛个百十袋就算多的了。

当时生产小队头目，芝麻大的官箴书丙，曾经没少玩弄人，欺人太甚，不是个东西。他看咱哥老实厚道，不知哪根神经出了毛病，也想上来欺负人。派给哥最累的活儿不加工分不说，还要增加数量，让哥装运二百袋以上。

他平日的劣迹，社员们都看得一清二楚。说穿了，就是明目张胆地欺行霸市，想当黑老大。箴书丙心想：小样儿的，受也得受，不受你也得受。让你弯腰你定不敢直腰，不信治不了你这个小样儿的！

咱哥一眼便看透了他的心思。念了九年书的哥，绝对没那么好糊弄，学识水平就是比一般人高。

暗地里，箴书丙嫉妒得要命，想杀杀哥的锐气，来显示自己的威风，还以为别人都看不出来。其实，别人早就一眼看穿了他的小九九，只是敢怒不敢言，不敢公开揭穿他而已。

下麦窝村人都说，人怕逼，马怕骑。箴书丙玩弄人，要遇上一般人，也许能忍气吞声。然而，他没水平，看走了眼，没看出咱哥的血性。咱哥见篾书丙经常欺压别人，怒火中烧，憋了很久的气无处撒，全然忘记了爹叮嘱他不许打架，面对篾书丙的熊样，哥怒发冲冠，叉腰这么一站，眼睛瞪得溜圆，虽一句话也没有说，但此处无声胜有声。

有人曾经这样描绘当时的情形，王世国像一座耸立着的大山。他威风凛凛，散发着一丝威严，让外人不敢仰视。

篾书丙以前放的屁都很响，这回没一点儿响动，指派的活儿，也一下子落空了，他失了脸面，掉了老些链子，气得脸红脖子粗，一时乱了方寸，不由得气急败坏地吼道：“你不干就扣你双工分!”

秋收，正是挣工分的最佳季节，社员视工分为救命的稻草。

然而，不怕被工分威胁的也大有人在。下麦窝村人爱说硬顶硬绝不怕，怕理不怕“刀”。哥不听他那个话，猛地从农具堆里抽出一个新买的，用来代替木叉的钢叉，紧握在手中。锋芒毕露的钢叉，如若刺到人，保准透心凉。

早已憋足的愤怒，即将爆发。当晚的月亮，照得大地雪亮如昼，再加上哥的脸正朝着月亮，他的一举一动，在场的人看得清清楚楚。

社员们都知道，在以往的日子里，队里不好干的、太累的农活儿，篾书丙总是在暗中想方设法，用种种歪理由派给哥；公社若有工程，肯定会派哥去做大苦力①。脏活儿和累活儿，也直往哥的身上胡乱摊派。

欺负人的事积累在一起，让人越想越气愤。往日欺人的情景，清楚地闪现在哥眼前：见老实人就欺，见硬就怕，如今刺死你这个王八蛋，看你小子还牛不牛！哥一狠心，心想今晚就宣判你死刑，明年此时，是你小子见阎王爷的周年。

哥的怒气，在心中猛烈燃烧，手握钢叉似利剑，不容分说，以迅雷不及掩耳之势，带着疾风向他的前胸直接猛地刺去……

---

① 另辟项目分派活。是个别队长欺负人的手段，既挨累又少挣工分，是一种对人的变相惩罚。

当年40岁的箴书丙，根正苗红，要风得风，要雨得雨，大家对他都是百依百顺，从来没人敢在他面前立棍，真没想到，哪里有压迫，哪里就有反抗。哥一旦急眼动起手来，他不一定是哥的对手。

哥身高一米七八，身强体壮，体重近百公斤，站在那儿一动不动，活像座大山一样威风凛凛。平常藐视哥，从没正眼看过哥的人，此时一看不由得感慨，世国帅气，一表人才，红脸大汉，乃当今的关公！“关公发怒，是要有人掉脑袋的。”想到此，箴书丙心里一时害怕慌了神，面对如此情况，竟然被吓蒙了，不知如何是好。

在场的人看得明白，箴书丙打错了算盘，这回他可要栽在王世国的手里了。被压制多年的社员既欣喜又解气，他二叔箴程仁，看到事情不妙，急得直拍大腿，本想大喊“书丙”，但人一旦着急就顾不了那么多，语无伦次，高声大叫：“你个狗东西，不要小命啦，还不快跑逃命去！”

人平静时看什么都很明白，到关键时却乱了方寸，被吓蒙的箴书丙，受到了刺激，此刻也不善，想起了三十六计中的一计，逃命为上，脚下溜滑，铆上劲，撒腿拼命逃跑……大家看到，他的两条腿，好似突然变成了四条腿，比兔子跑得还快……

哥紧握钢叉，猛追不舍，吓得箴书丙魂不附体，狼狈不堪，连跑带号：“哎呀妈呀，咱的亲妈呀，这回可不好啦，快来救命啊……”

于是出现了前面牛人箴书丙边拼命跑边喊救命的场面。当时，有人看到，要不是箴程仁豁命地抄近道跑过来阻拦，拖延了一些时间，箴书丙肯定被钢叉刺个透心凉，早已成为人肉筛子。

好事不出屋，坏事传千里，很快在下麦窝村里，传出箴书丙掉坑里的丑事，他被王世国撵得嗖嗖跑的精彩事，不胫而走。不晓得此事的人，误以为此事有虚。可当场有证人却说：“精彩绝伦，事实的经过确实如此，让人们一辈子也忘不了那个惊险的场面。”

对此，有人会问：“为什么你家老是挨人欺侮？究竟原因何在？”对此

牛人箴书丙拼命喊救命，哥手握钢叉拼命追来……

咱曾向哥请教，哥说：“一是咱家是中农①，是受欺侮的对象；二是咱家人耿直，一是一，二是二，对阿谀奉承、欺软怕硬、溜须拍马之流恨之入骨，绝不与其同流合污；三是咱家人不喝酒、不赌博、不随波逐流，王家人还是挺牛气的，绝不跟不正经的人往来。”

受到欺侮怎么办？哥是王家的顶梁柱，挺身而出，绝不服软。在咱心中始终是为人耿直，谁也不惧怕的硬汉子。

曾有段时间，哥一边锻炼身体，一边“踩点”磨刀，将杀猪刀磨

① 中农：当年，贫下中农在农村是最吃香的。明面上中农是团结依靠对象，但实质是最不吃香的约束对象。中农是团结对象，地富是管束对象。基层的个别头目，假公济私，竟然把中农也变成了管制对象。

得雪亮……这些事情，只有咱哥俩知道，哥不让告诉任何人。当年咱才十多岁，头几天能守口如瓶，过几天就感到忐忑不安，哥曾经在1960年大洪水中救过咱，是咱的保护神，人不能没良心，咱绝不能没有哥。

箴书丙是堆很臭的粪土，不值得与他拼命，虽多次劝说，但哥就是听不进去。实在无法，只好偷偷地向爹和嫂子打了个小报告，结果还是不管用，他们数次规劝，仍然不听。最后，只有嫂子给哥跪下哀求多日，哥才勉强含泪答应下来。

箴书丙被哥撵得“嗖嗖”跑一事，在村里震动很大，多数社员都感叹，老实人一旦发怒，说不定会干出什么惊天动地的大事。知晓内情，一点儿也不感到意外。如果不是当年哥承诺嫂子绝不杀人，一旦惹得哥的牛劲上来，甭说一个，就是两个甚至更多个，也不在话下。

那么，哥把缪登彪手指咬掉小半拉的故事，又是怎么一回事？有人看了本文开篇语，不禁会如是追问。要说这件事，首先是因咱而起的，至今咱还清楚记得，那还是在某一年的冬季。当时，由于挨累挨饿又吃不好，咱时常精神不振，身体虚弱得很。

当时，有个小子叫缪登彪，长得一脸横肉，体壮腰粗，狗仗人势。不把精力用在劳动上，净做些溜须拍马的勾当，干些欺软怕硬的损事。

有一天，受人支使，缪登彪假装看咱不顺眼，竟然没事来找碴儿，三下五除二，把咱好一顿猛揍，打得皮开肉绽。挨揍是小事，虽然咱认了，也隐瞒了下来，但不知谁走漏了风声，很快让哥知道了，他心疼得直掉眼泪，责怪自己没有保护好老弟，让老弟受人欺凌被打成重伤。

在场院的门口，哥鬼使神差地遇见了缪登彪，哥怒气冲天地说：“咱最瞧不起欺软怕硬、溜须拍马之辈。你别欺负老实人，有本事直冲咱来！”当时，缪登彪是个社会渣滓，见到哥心里直打怵，表面上还要装出一副强硬的样子。

缪登彪要是独自一人，也就低头说说软话，尽快地躲过挨揍。可在此时，十米开外处他的亲叔伯弟兄缪登武，闻到腥味不由得赶了过来。胆怯的他本想溜掉，但看到兄弟一来，仗着人数优势，胆儿肥了起来两人打一人。他们俩围了过来，妄想吓唬住哥。但他们哪里料到，哥是个血性汉子，是个刚正不阿、宁折不弯的碴儿。别说他俩，就算再有几个也不惧怕。

哥紧握钢拳，大吼一声：“两个小东西，有种的就冲咱来！”围观的人越聚越多，其中有少数人在起哄，煽风点火，唯恐天下不乱。

很快，全场院的社员形成了甲、乙、丙三派，爱看热闹的小青年，分成甲、乙两派。此时的甲派：二打一准赢，还不动手？乙派：世国，你是好样的，单打二，大英雄。说时迟，那时快，缪氏兄弟如猛虎杀了过来。丙派看咱哥孤身一人，高声喊：“世国兄，你快跑！”

血性的哥没退半步，还迎了上去与他们混战在一起，很快哥被打得伤痕累累。哥的右眼被拳头打伤，鲜血四溅；紧接着乱棒猛打哥的头部，鲜血浸衣，但哥宁死不屈……

当时咱不在场，不了解战况，听社员说，哥当时很像猛将张飞，异常勇敢无畏：左右开弓，越战越勇，没让他们占多大的便宜。可实际上，缪氏兄弟正值壮年，哥的年纪已经偏大了一些，自然吃亏。

见到血人，他们吓坏了，以为哥必死无疑，妄想逃跑。

此刻的哥，开始反击——挥舞拳脚，左右开弓，奋战二虎，异常英勇。

他们万万没想到，此人如此经打，又如此神勇，一下子被哥的顽强反抗精神给彻底吓蒙了，渐渐地倒退，已无还手之力。

哥打红了眼猛地咬住缪登彪的小手指，缪登彪一看，哥这是要与他们拼命。奸猾的他，顾不上被咬住的手指，猛地挣脱，逃命去了；缪登武一看他兄弟只顾自己，便也逃之夭夭……

对这两件战事，哥很感慨地说：“当年的芝麻官，牛气冲天，咱与其决斗真的很值得，应该狠狠地教训他一番。原以为他强势，与其斗智斗勇，只是用计谋吓唬吓唬，虚晃一枪，结果他真是纸老虎，胆小如鼠，逃离现场，没想到芝麻官更怕死。”本来缪登彪、缪登武这两个软蛋，很不值得与其决斗，只是发发牢骚而已。但他们不知好歹，欺人太甚，做事做人都差劲，是不值一提的可怜虫。

换土移植　马铃薯改良“第一人”

秉性低调、从来不显山不露水的咱哥，凭智慧成为辽宁马铃薯（下麦窝村人习惯叫土豆）品种改良的第一人。对此殊荣哥受宠若惊，他都有点儿不好意思接受了。

辽阳小屯下麦窝村村民、咱的胞兄王世国，念过九年书，在村里可以说是学问比较高的几人之一。他不爱吱声，按乡下人的话说，肚子里有玩意儿，不是一般的农民。在那个粮食稀缺金贵的年代，人人都想吃饱。咱哥深入研究马铃薯，争取让它高产再高产。

可大部分人认为，土豆不是主食，只是蔬菜中的一种而已。然而，咱哥始终认为，这是人们天大的误解，土豆是大主食。围绕圆圆的土豆，哥曾经背井离乡，跑到千里之外的黑龙江，去寻找土豆品种的改良妙方。

1977 年的春节刚过，3 月 9 日的黎明。天还没亮，哥就摸黑往小屯火车站急赶。他要从小屯乘火车赶到辽阳，再由辽阳换乘火车到千里之外的地方。从表面来看，是到黑龙江省呼兰县看望二姑①，其实在他心里，另有一番深意。

多年来，由于信息不畅，再加上控制人流，哥在村里憋得实在喘不过气来，总想出去透透风，换换新鲜空气。这次出门的名义：一是走亲戚串门；二是看看下麦窝村以外的黑龙江，那里到底是个啥样子。这些事连咱都不知道，只有他心里揣着小九九。

---

① 二姑：作者爷爷的弟弟的女儿。爷爷的弟弟没有儿子，仅留下两个姑娘，便过早离世。大姑嫁给老徐家；二姑嫁给老杨家。本文的二姑，是作者最近的亲戚之一。

当时的交通工具比较落后，火车开得很慢，像老牛走路似的吭哧来吭哧去，顺着轨道慢慢爬。每站必停，慢得闹心。一旦遇到晚点，慢车就得给快车让路，本来很慢的车就更慢了。在车上熬了一天一宿，终于在第二天上午九点三十分，哥到达了人声鼎沸的哈尔滨车站。

虽说哥是首次出门，但他一下子就能找到长途客运站，乘坐长客到达呼兰县，又步行十几里地，很快找到了二姑家。

让二姑万万没想到是，下麦窝村的娘家侄儿突然造访，二姑既惊喜又意外，想念亲人的心情让二姑一下紧搂着哥，控制不住地痛哭起来。

二姑特别热情，像对待贵宾一样款待他。每顿都能喝上纯粮食酿造的烧酒，吃上牛肉馅饺子、猪肉炖粉条也管吃管添，好吃的年糕等更是应有尽有。一晃在二姑家住了一周，哥都不想回家了。可这再怎么好，毕竟不是自己的家，还得回到下麦窝村自己老婆孩子的身边。

二姑看实在留不住哥，只好将冻在缸里的猪肉、年糕、牛肉馅饺子等一些好东西，足足装了两大袋子让哥捎回，好给咱们尝尝鲜。

可让二姑没想到的是，哥将两大袋子的好东西全都倒了出来。二姑不知何故，疑惑地看着他。对此，哥实在不好意思地指着墙角十几袋土豆，喃喃地说："咱琢磨了好几天，还是拿土豆最实惠。"这也是他此行的真正目的。他继续说："二姑，咱想装一些土豆回去，咱给您钱，您也别客气。"

这可让二姑万万没想到，不解其意地说："你傻啊？土豆是蔬菜，不值几个钱，在咱们这里很多，你要它干啥？"

"拿土豆做研究，想改良一下咱村的老品种！"

"哎呀，弄了半天咱才明白，你是很有心的好孩子，谁也没想到的事情，这回让你想到了。好吧，二姑成全你，一分钱也不要，能背多少就背多少。"

哥特别高兴，一块年糕也没装，装的全是土豆。可在当时，不允许携带土豆上火车。哥没出过远门，不解其中缘由，还追问这到底是为何？

检票口的检票员是个小黑丫头，仔细看清白净的哥是个农民，就大声说：“傻帽，你要啥理由？割资本主义尾巴，不知道？”当时正值“割尾巴”期间，背土豆被认为是走邪路，弄不好会全部没收。

哥很不高兴地说：“你吵吵啥？咱还是年轻人，一点儿不耷，你这样难不倒咱！”不怪别人说哥聪明透顶，一点儿不假。很快，哥将前后两大袋土豆分成了若干份，分别求助几位农民兄弟，帮助拿上车，他们通过另外的检票口，很顺利地带土豆登上了火车。

那年月，人们都把助人为乐当作美德。只要见到有人求助，乘客就会纷纷上前帮上一把。这下子，哥放松了心情，轻松地上了车，优哉游哉，好不快活。当与亲如兄弟一般的农民兄弟快分手的时候，哥想给他们一些土豆留作纪念。可不管怎么送，最后没有任何人肯留下一个土豆。哥费了九牛二虎之力，终于将两大袋子土豆，安全地运到了村里，交到了嫂子手上。

当看到盼望已久的哥，捎回的不是好吃的东西时，咱不由得生气了：“怎么连个好吃的东西都没有？坏哥哥，竟给咱们捎回黑皮还带点黑土的大土豆。”当时的哥还在逗咱：“下次一定捎回好东西给你吃，保证让你的牙都粘在年糕上，让你连嘴都张不开，看你今后还怎么开口要好吃的。”

那时咱已二十岁出头，但仍像是个傻乎乎的小彪子，四六不懂，还像猫似的到处嗅，只知道嘴馋。有吃的就好，其他什么也不留意。可到了七月份，看到咱家前后园子，都是茂盛的土豆秧子时，才感到哥的神奇。当地里起出一堆又一堆光滑的大土豆时，咱似乎也长大了。

咱看大土豆看得出神，哥便问：“安子，你是要一时的年糕，还是要常年吃的大土豆？”听了这话，咱心想，这不错怪哥了吗！在这个世界上，咱跟哥，永远是一条心。咱立刻认识到自己错了，当即表态：“当然要常年吃的大土豆。”既然错了，就应该勇敢地承认。咱向哥做了第二次检讨①！

---

① 第一次检讨在书中《外强中干 “牛人”被撵得落荒而逃》一文有提及。

哥笑了，亲昵地摸了摸咱的头，很少见他这样开心笑过。咱家房前院后的大土豆高产，堆积似小山。咱控制不住自己的欲望，立即将大土豆埋在灶坑里，不一会儿便散发出香喷喷的味道，赶紧扒出。本应该剥掉外皮，将鼓起的皮一掀，放在嘴里吃很是香，可咱等不及了，连皮带瓤，几口便吞了下去，感觉特别沙，特别细腻，特别好吃。那些年咱家的土豆可没少让咱吃，如今咱仍然有爱吃土豆的习惯，这一点儿没有改变。

哥可有才啦，还像考官似的常常考咱，不断给咱灌输土豆方面的新知识。什么叫马铃薯？他说，马铃薯是学名，俗名叫土豆，还叫地蛋、洋芋等，它可是渡海而来的外来户。追溯到几千年前，从秘鲁南部山区，逐渐移植过来，是中国五大主食之一，营养价值高、适应性强、产量巨大，是全球第三大重要粮食作物，仅次于小麦和玉米。哥还神秘兮兮地小声告诉咱：别小看土豆茎，可入药，性平味甘，能治胃痛、痈肿等疾病。马铃薯拥有的维生素 C，含量可是苹果的四倍左右，营养价值极高。

哇，土豆还有这么大的神力？让咱赞叹不止，为哥的一肚子学问而倾倒。

早在几年前，咱就悄悄地得知，哥深受苏联著名植物育种学家米丘林[①]的影响，在暗中搞科研，着手开发土豆项目。他发现了种子变异的潜力，别出心裁培育土豆。米丘林能把热带苹果，移植到寒冷地带种植成功，咱为什么不能另辟蹊径，把多年一直低产的土豆，通过改良土壤，把黑龙江黑土豆，移植到咱辽宁来栽培？通过多次试验，终于成功，哥被称为辽阳的米丘林。这一惊人的成果，令乡亲们赞叹不止。

当时，有不少社员都很眼馋，求哥多卖两筐土豆做良种，甚至昔日瞧不起咱家的极个别人，也托人过来买，哥不计前嫌，一一地满足了他们的要求，成了有功之臣。

---

① 米丘林：苏联著名植物育种学家，曾租赁一块 500 平方米的土地，进行天然的人工杂交、有机体培育、人工选择三个方面的理论研究与试验，一生致力于培育新品种的水果，荣获列宁勋章，成为世界级的科学家。

阳光普照，一切温暖。从此以后，每年的三月初，嫂子都忙着打理行装，支持哥去黑龙江省呼兰县二姑家，选最好的土豆做种子运回，分给乡亲，叫他们拿回去精心栽培。

但总有极个别的肮脏小人，看不得别人成功，在暗地里蠢蠢欲动，宣称要割掉土豆栽培的尾巴。上级也十分重视，公社经过认真的调查，发现事实并不是如检举人说得那样。哥不但没有被整，还成了功臣，荣获了“辽阳市劳动能手”称号。

在计划经济时代那种老死不相往来的特殊年代，哥的行动有力地推动了一方经济的发展。当初不少人，甚至生产小队也紧跟哥的步伐，纷纷栽上黑龙江呼兰的土豆种子。

深入改良土壤，栽培高产的土豆，哥没有止步，继续向北延伸，跳出呼兰，向绥化市的北边，采购更新的土豆种子。

有人回忆说：当年的下麦窝村和上麦窝村，加上下崴子、达子、小屯、耿家、安平等村的社员们，都积极行动起来，通过栽培哥运回的土豆种子，每队、每户的土豆都获得了较大丰收，得到了经济实惠，乡亲们要求扩大生产面积，创造更多的经济效益，以此来解决广大社员的温饱问题。

咱记得很清楚，那个时候，在下麦窝村第五小队，有个很出名的善搞经济的能人魏久山，一眼便看好了这有利可图的商机，主动加盟哥的运输队，来到辽阳长途货运站，租一辆挂斗的解放牌卡车，开往黑龙江省绥化市以北的广大农村，采购纯黑的新土豆，让当地卖土豆的社员们好生眼红，好生嫉妒，又好生羡慕。

黑龙江省的社员纷纷称赞：辽阳王世国的土豆运输队，很像当年夹皮沟的小火车，来得及时又赶劲，真乃“火车一响，黄金万两”。咱们从此抬起头颅，发大财啦！在哥的大力研发下，东北的土豆适应了不同栽种地域，改善了人们的生活。小小的土豆，让人们解放了思想，转变了观念，脑袋开了窍，创造了新的商机。

哥的运输车队，行驶在东北大地上，经常被阻、被罚，可以说一路之上吃尽了千般苦，受尽了万般累。空车去时拉上大米，换了土豆拉回来，缓解了小屯一带乃至辽阳地区，改良土豆种子难的实际问题，解决了绥化市以北的北大荒农村，卖土豆一时难的困境。大米换土豆，土豆换大米，物资交流，优势互补，一举两得，激活了市场，颇受两省农民的欢迎。

这一现象引起了黑龙江省领导的高度重视，他们通过深入调研，认为哥异地大米换土豆的做法是个创举，是个大产业链，集全省优势与辽宁进行优势互补，有利于搞活土豆大市场。

水涨船高，船借水劲，两省的产业链迅速创建，土豆很快从北疆广阔区域通过一个又一个车皮发过来，土豆被运到了辽宁的广大农村，很快挤垮了哥的运输小队，让首位敢吃螃蟹的人、激活市场的大功臣，一时欲哭无泪，又无可奈何。

关键的时候，怎么办？哥这位淳朴的农民，没有任何怨言，急流勇退，及时放弃了一手扶持起来的运输车队，很快便走出泥潭。人们看到朝气蓬勃的王世国，跳出了土豆大市场，另谋了一条新的金光大道，率先进入了人生的二次创业。

坐怀不乱 不输气节的“硬汉”

在咱们兄弟姐妹六人当中，要说文化水平高、智商高，非咱哥莫属；做人低调也非咱哥莫属。为深入写好家史，咱多次探访哥，他总是说自己没做啥事，这让咱说啥是好？

当咱询问同学、朋友和最熟悉他的人时，他们却纷纷说，世国的事可多了，写一本书恐怕也写不完，像他宁可栽在女人手里，也绝不屈服的事，就为人津津乐道，这是纯爷们所为，天下少有。这事是真的吗？这引起了咱的极大兴趣。

那是1976年的事。辽阳国营庆阳化工青年农场所管辖的太子河那段河滩，在筛河卵石的过程中，哥曾经担任国营企业的业务员。太子河畔发生过令人意想不到的“鸳鸯戏水”的那些事，至今让哥念念不忘。

在庆阳的太子河畔，小河卵石特别多，卖的钱也多。小屯公社下麦窝村离此处很近，在哥的带领下，众人舍弃了自己的河滩，骑着自行车去了20里开外的庆阳，到南河岸边去筛河卵石。哥特别爱钻研，常常巧借力，筛得多还省力。这一招儿，被农场的场长史敬全发现了，他很好奇地走了过去，哈腰想向哥虚心地请教一二。

哥历来讲义气，爱交有真才实学的朋友，从来实实在在不保守，没有多余心眼儿，将经历过的事一五一十地向他道来。哥说：灵人找窍门，笨人凭蛮力，如何在上大板锹时，巧妙借用惯性，上扬就会省劲；在接筛子的过程中，要是顺风晃悠起来，就会特别轻松省劲。一上锹、一接筛子，所筛的石子都有大学问。不会干活叫硬顶硬，硬顶硬干活就会很乏很累；会干活者，不仅不累，还特别地省时省劲省心，给人劳动的快乐感。

史场长是多么聪明的人，头一点三转，他看哥很有实战经验，不由得蹲了下来，不断地请教技巧，哥很耐心地一一回答。话是开心的钥匙，眼睛是心灵的窗户，俩人推心置腹，很快变成了无话不说的好朋友。

“看你有许多新鲜经验，咱们就特别地邀请你出山。先委屈你当个业务员，帮助农场推销河卵石如何?”通过几次相处，史场长看中了哥，主动抛出了橄榄枝。起初，咱哥没有答应，禁不住他再三邀请，盛情难却，哥只好勉强地答应下来。

当年，农民被邀当国营企业的业务员，可是件很新鲜很牛的事，哥在当时可以说是那地方第一人。当年，农民仰视国营工人，羡慕得很；个别工人，从骨子里根本瞧不起农民。介绍对象时，如果对方是工人，不管他长得怎样，智商如何，农村的俊俏姑娘都乐意。哥人长得白净、帅气，一米七八的个头，人见人爱。在业务上更是硬气，用顶呱呱、响当当来形容并不过分。

筛出的庆阳河卵石成品，堆积如山，过去销售很差，积压很多。哥走马上任，及时调研市场行情，主动出击，经过两个月的积极推销，很快占领了辽阳一、二、三建和水泥制品等单位的大市场。紧接着，哥又开辟了沈阳、鞍山、本溪等市场，一棋走对，全盘皆活，一顺百顺，很快迎来了河卵石对外销售的明媚春天。与此同时，哥还帮助农场要回了拖欠多年的款；有的人驾照被扣，出现车辆违规等事，也拜托哥到交警队去办理。

业务过硬，人缘又好，哥很快成了工人堆里的红人，为工人所称道。那时的哥很是得意，怎么做怎么顺，精力充沛，风光无限，不管再怎么忙碌，却也是心情舒畅，干什么都感觉不到劳累。

可好景不长，在哥扬眉吐气之日，也是烦恼之事悄悄来临之时。在农场的财务科，有位财经大学毕业的本科生，姓郝名雅芳（化名）的俊俏姑娘，她经过两个多月的仔细观察，预测将来的世国，一定是农场的掌门人，别看他刚来不久，业务能力却很强，不管干什么一弄就通，一搞就灵。虽是农村佬，但能领导城里人，在一些问题上很有经验，甚至比老领导还精明能干。特别是在具体复杂的一些往来账目上，雅芳要有解不开的问题，哥总能三下五除二全部搞定。

一来二去，雅芳不久便得了相思病，一个多月吃不香睡不着，脑海里总是出现哥帅气的身影。想来想去，决定主动出击，以免夜长梦多。

于是，一个比较完美的约会计划，不知不觉地出笼了，她先寄一封情书给哥。哥的敏感度比较强，早已从雅芳的眼神和言谈举止中，得知了她的心事，但哥的心里有数，想找个机会，把问题敞开言明：爱是你的权利，可咱有妻儿老小，不能在外边再搞恋爱……可终没有找到机会叙说事实，只能继续装彪，绝不能接受她抛来的红绣球。

女人一个月未得回应，举棋不定，徘徊不前，不知如何是好。

然而在美女面前，哥却不受诱惑，坐怀不乱。

这期间，双方稳如泰山。但是，最终还是雅芳等不起了，不久她一狠心，来真格的了，拿出了一封情书，准备强硬拿下。当哥打开这封情书时，不由得大吃一惊，后悔得直跺脚。

情书正式邀请哥，在明晚必到辽阳市最高档次的鸳鸯楼，她在那里等候。该酒店都是以鸳鸯命名，是吃、住、玩一条龙的服务。这地方甭说去，光听了都不由惊叹档次太高了。

哥心想，不怪人家说她是大家闺秀，见过大场面，安排得挺周到，让人无可挑剔。要是一般的男子，岂能挡住此诱惑，非得屁颠屁颠地跑去享受一番不可。下麦窝村的老人感慨，没有不吃鱼的猫，英雄难过美人关。

可千万别忘了，情是个好东西。情能动人，但情也能伤人甚至置人于险地。哥虽是有情之人，但哥有着极强的自制力，是绝对不能赴约的。这是因为，家有贤妻，好男儿绝不做对不起贤妻之事，哥毫不犹豫地奋笔疾书，专门求个好友复命：家有贤妻，男人不做另外异事。毫不留情、彻底干净地拒绝了。他心想，玫瑰花儿虽香，但有刺护着；多年招野色也有老婆护着。让人捎去回信之后，哥头也不回地骑上自行车，心安理得地打道回府，面不改色地见老婆去了。

下麦窝村的人还说：出门看天色，进门看脸色。第二天，哥没见雅芳的踪影；第三天，雅芳也没来。第四天哥上班遇见了雅芳，她脸色紫青，青得吓人，不搭理哥转身就走。要是以前，她会热乎得很，无话也能找话茬儿说上两句。此时要是一般的男人，也许非得上去说说软话，编个理由讨好一下，好让女人转怒为乐。

有情哪怕隔千里，无情哪怕门对门。此刻的雅芳，与哥仿佛是不认识的陌生人，脸色冷得很。很明显，哥并未搭理她，还立马上自己的办公室去，这一系列的硬汉行为，美人看了不生气才怪。

此时史场长正召集开场务会，参会者有 12 人，其中有哥还有雅芳。史场长与大家研究，派谁去沈阳索要拖欠农场的 200 万元。场内无人答话，都知道这是块硬骨头不好啃。史场长深知，农场过去有不少死账，之前都是哥给硬要了回来了。现在没人敢去，实在没招儿，只好再委派哥去啃这块硬骨头。哥虽不愿去也实在推脱不掉，只能硬着头皮答应了下来。

话音还没落地，雅芳突然间自告奋勇，主动请战，非要同哥一道不可。史场长和大家见状称好，均表示赞同。黄金搭档，郎才女貌，联手攻关，再好不过。

对此，下麦窝村的老人有言，顺情说好话，耿直讨人嫌。咱哥明明知晓这个道理，却仍直言不讳，当即表态：不行！绝对不行！假若她去咱就不去，咱去她就不能去！

场面一下子静了下来，此话要在家里或者在两人面前说，也许还好些，可在领导面前，直接拂了人家的面子，众目睽睽之下，黄花大姑娘如何下得了台，难堪得很，雅芳即刻红了眼圈，恨得牙咬得咯咯响。

只听见“哇”的一声，雅芳立马捂上小嘴巴，边哭边向外疾跑。

她这么一闹，在场的领导也不好意思，只好打圆场。一边猛劲地劝哥，说他不像大男人样子；另一边派人跑出去直劝雅芳：世国是直肠子的人，对谁都一样，但绝对没坏心眼儿，你可千万别往心里去呀……

打这以后，雅芳一个多月没来上班，一切都风平浪静，好像什么事情都没有发生过一样，然而越平静越让人发毛，更让人觉得不可思议。

眨眼的工夫，两个多月过去了。下麦窝村人说：眼皮跳，祸来到。哥虽然眼皮没跳动，大祸来临却成了事实，他被告到总场去了。紧接着，史场长也被人告了，告的级别更高，管总场的上级派下来了调查组，这儿查查那儿看看，没查出史场长有什么违法乱纪的事情，他还是跟往常一样，照常上班。这次调查，证明了史场长还是个好干部。

状告哥的事情，还真的不少，但一件也落实不了，他不但没事，还让哥拥有了好人的美誉。尽管如此，上告者还是死磕，不依不饶，搅得人心不得安宁。在这里，别人不知内情，哥却深深知晓，主动请求辞职，史场长不答应，上级又不批准。

那阵子，哥就像下麦窝村北的龙子山，不管风吹浪打，不管山崩地裂，始终以男子汉大丈夫敢作敢为的气概，死磕硬掐到底，不被任何的风吹草动所动摇，心如磐石，面对来自或明或暗的不断打击。

再后来，为稳定人心，上边派来新的调查组，又找史场长和哥谈话，提出了种种疑问：你没有贿赂，史场长为何如此重用你？他没有受贿，为何不批准你的辞呈？

哥一下子明白，老牛心苦无言无语，世上做君子真难，做真正的男人更难。哥坚定地说，再难之事，男人也得扛住。如今咱栽在女人手里，早已是预料之中的事情，这不怪别人，全是自己惹的。哥深知，雅芳大方迷人，是个好女人，是少有的才女，她做任何事情都没有错，至今想起此事哥仍然不怨恨她。

对此，下麦窝村人则说：三日不怨天，必定做神仙。别人再怎么挽留，留住了人也留不住心。哥当机立断，主动移交工作，心甘情愿地辞职还乡了。

一晃几十年过去了，哥嫂平安无事。直至嫂子身患癌症逝世十年，在漫长的十年里，再怎么难过难熬，哥的心仍然坚定，不改初衷，至今没再娶别的女人。

为对史实负责，弄清事实的真相，2016 年元月 10 日，咱特意给 83 岁的史场长打了一通电话。史场长说了许多，似乎望天长叹，理解哥的平常心态：世国是难得的经营人才，太可惜了。有些单位，偏偏把无德无才的人留下，浑水摸鱼使企业亏损；然而有才干的人，却偏偏被压被挤走，岂有此理，让人的心里难以平静。

连续叫板　小舅姐夫掰手腕

要讲这个故事前，必须先介绍两个人。一个是在工人堆里的技术大咖王德汉；另一个是刻苦钻研、老实且不得志的农民，他是咱胞兄王世国。

有人会着急地发问：怎么将工人兄与农民哥凑在一起？可千万甭急，两人就是组成这个故事的主人公。

1978 年 11 月 18 日上午，咱哥骑着自行车到辽阳城东的庆阳亲戚家办事，在过铁道口时正巧遇见工人王德汉。说起德汉，他可是咱的表姐夫，是个办事非常扎实的男人，又是位不怎么爱凑热闹的男人。可他偏偏看中咱哥的为人处世，对别人可是少言寡语，可他见了哥则特别有话，有时高兴也小闹两句，权当是活跃气氛。

德汉微笑地说："听说你被国营农场炒了鱿鱼，炒了就炒了，不要怕，更不要生气上火，这不，还有姐夫在支持你呢。"

哥也打趣地说："你多下点及时雨，少放点马后炮，有二姐夫在此，咱绝不灰心！你有啥样的锦囊妙计，亮出来，让咱看看？"

"咱考虑过了，就怕你一朝被蛇咬，十年怕井绳。有贼心没贼胆，有喊声无动静。"德汉的嘴还是不饶人，没说啥事儿干脆与哥叫起板来。"你可别先卖关子，有话赶紧说，先看看啥名堂，然后咱再说也不迟。"

德汉说："老弟，咱给你介绍到新的农场去，换换环境，干干老本行去承包土地，种种大田怎么样？你小子还敢不敢去？"

哥也笑着说："这个嘛，你得给咱点时间考虑一下。好饭不怕晚，越陈的酒越香，陈年的老窖越放越纯越好喝。"

德汉干脆叫起板来了："明人一点就透，愚人棒打不回。看看，做缩头乌龟了吧？胆小不敢干了吧？告诉你，胆小不得将军做，历史上只有胆大的人才能发大财!”

哥被姐夫的叫板激怒了，反击道：“庄稼人用力不用嘴。姐夫，如今你不领咱去包土地，却在此处乱吠啥?”

下麦窝村民王成志说，蜡怕风吹，人怕日追。姐夫小舅子本来是闹着玩的，一般情况下没有什么正经事。可经这么一闹腾，又经德汉叫板，很快俩人都当了一回事。德汉是位较真的人，很快将哥领到庆阳的职工农场，见到了陌生的肖场长。

肖场长非常精明，先上下打量一番哥，然后不由得问：“想包多少地?能拿出多少钱?咱这些地可要上打租（先交款后办事的意思）。”

哥一时没吭声，德汉以为哥没拿定主意，二次叫板，他挺了挺腰，硬掐脖子似的进言：“你可不能包一亩半亩的，最少也要包五亩!”他以为哥要打退堂鼓，气哼哼地说：“非五亩地不可。否则，胆小如鼠，你就不是个真男人，今后别出门，回家抱孩子算了!”

哥还是没理这个茬儿，先看了看肖场长，然后又瞧了一眼德汉，看他们俩都没电了才一甩袖子，伸出三个手指。他俩见罢，不由得惊讶地异口同声：“三亩?就包三亩地?”

哥摇头，低声说：“看菜吃饭，量体裁衣。少的不来多的不要，第一年，咱再加个零吧。”

三十！是三十亩吗?他俩瞪圆了眼睛，异口同声地说，仿佛不相信自己的耳朵和眼睛。在他们心里，兔子不拉屎的破山地，能有人种就不错了。勇于创新的肖场长，原以为对外承包土地仅是个戏言耳，是随便和德汉说说而已的。德汉是热心肠的好人，看哥被农场炒了鱿鱼，怕他上火，便想转移一下他的注意力，让哥消消火气，逗他玩。真没想到，哥竟然一下子承包了三十亩山地，让人咋舌。

哥看他俩那个模样儿，从怀中掏出了一个包，包了三层纸的一沓子人民币，往办公桌上“哐当”地这么一放，不由得说：“你们看够不够?先给你们打租钱，先礼后兵嘛!”看着厚厚的一沓子现金，再看着哥憨厚的脸庞，工人两兄弟肃然起敬。谁小瞧农民，谁就忘了“根”。

有脑不如智商高，手巧不如家什妙。那时节，哥租来大牲畜和各种农具，全力以赴，精心耕种这片山地。很快，在这片凹凸不平的山坡地上，出现了新搭建起来的棚舍，能干又贤惠的嫂子张丽，陪着君郎撸起袖子加油干，在周围不歇脚地连续播种、铲地、施肥、秋收，热火朝天地大干了起来。

下麦窝村人说：“无事田间走，谷粒长几斗；日日行不怕路万里，常常做不怕万事多。”人勤地不懒，对于勤劳能干的农民哥，老天爷都特别地照顾。那一年，风调雨顺，天遂人愿，承包的三十亩凹凸地，获得了“颗壮粒实”的意外丰收，这让两位工人兄实在没有想到。他们仰天长叹，同样是这般田地，过去连年歉收，如今一换了农民耕种，地也变了笑脸，怎么变成了两个天地？是老天爷偏心眼儿，待咱们门外汉太薄了？

其实，有些人看事物总是只看外表，没有深入底层，没有看见草根农民夫妻的劳苦，更没看见他们在狂风暴雨中，赤膊光脚，昼夜守护着自己的庄稼，拼命大干的真正实景——顶着小雨在移补幼苗；冒着大雨在扶植倒下的秆枝；在齐腰的深水凹处，调水筑坝，与水抢时间，争粮食，感动天地。

咱记得，那年的冬天，一般的农民刚卖完苞米，就正式解放劳力开始猫冬（农民俗语，休冬）了。可是，猫冬并不耽误想事。去年尝到了大甜头，肖场长的心里在琢磨事，他恳求德汉：请您再到下麦窝村去一趟，再找一找世国，看世国还能不能再继续承包？德汉是个热心肠的人，他想头次去没答应，还得再次力争。他二话没说，骑着破旧自行车去了。

可是，这回还是让哥一下子给谢绝了。

这是因为，当时小屯公社正在接受培育新式种子的任务，要求每个社员都要培育出优良的玉米种子，这样下来，社员的收入也会大大增加。坐在家里都能育上优良品种，何必舍近求远去庆阳？

德汉是多么聪明，虽是这样，但一想还没完成重托，不管怎么讲，也算是个失败。他眼珠一转计上心来，第三次叫起板来：“老弟呀，单眼皮算什么美？双眼皮才算真正的美！”他接着说，“下麦窝村的地你种，庆阳的地你也种，如今的双眼皮，才算美得厉害！”

此之前，在下麦窝村社员当中，哥是一枝独秀，被小屯公社评为种田能手。哥不自满，要再创丰收，早已在琢磨，一个鸭子也是放，一群鸭子也是赶，就在德汉没来之前，他的心里早就有了想法：可甭让工人笑话，咱农民有勇气绝不当孬种。于是果断一挥手，斩钉截铁说道：“姐夫你去回话吧，告诉肖场长，咱明天八点就到，继续签合同！”哥的决定，令德汉十分惊讶。

翌日清晨，还没等他们到来，哥便早早地到了，让他们实在没想到。德汉说：“还是老价格、老亩数，老弟呀，你意如何？”肖场长也连连说：“人没变，政策也不变！”

哥将背包往办公桌上“哐当”一放，又从背包里掏出一大堆整捆整捆的人民币，坚定地说：“可这回，咱的政策变了，变得大气了，凑了一个大整数。”他们一愣，连连追问：“多少亩？”

哥不动声色：“两位贤兄做梦也没想到吧？咱再添点钱凑个整数，这样好记，又好算大账。”

他们万分惊讶，不约而同地喊出了声：“一百？一百亩吗？”

看书看皮，看报看题；从上到下，办事看人。过去，有些人总是瞧不起小农经济的农民，这回，哥一下子就承包了一百亩。知道此事的人都很兴奋：世国兄弟真棒，真给下麦窝村人提神气，长脸面！

于是，哥领着嫂子，刚一出正月，就在庆阳山区的百亩田地上，找遮风挡雨的山旮旯，很快垒起了临时的家舍，准备大干一场。

咱知道，哥嫂有智慧又有经济头脑，身体又很棒，令人羡慕。甭说在十个甚至三十个人的人堆里，单挑单干，还得是哥嫂，不用咱多嘴，你一定早知结果：哥嫂两头跑，经过辛勤的劳作，大获全胜，又是一个丰收的年头，更是一个翻身振兴的年头！

德汉望着一大片丰收的景象，自豪地说："老弟呀，如果没有咱三次叫板，岂有你今天的场景?"

对此，哥爽朗地笑了，笑得很是开心，他兴奋地说："强医单找难病治，能人专找难活干。咱衷心地感谢二姐夫的鼎力支持!"但是咱哥一转身，神秘地变换着另一种口气："其实，你不晓得内情，咱早就在心里，跟你实对实地叫了三次板了，你可是个绝顶聪明的人，英雄所见略同，咱心明不便明挑。"

德汉是了解哥的，用手一指说道："原来你是手软不明掐，在抬举、恭维咱的坏小子!"姐夫与小舅子的关系，从来都是"左手搬右手——没反没正"的，掐来再掐去，仰望蓝天白云，都不由得开心大笑起来。

一晃又是一年。等哥再去庆阳承包土地时，肖场长一口回绝："今后，咱农场不对外承包了。"

哥追问："到底为啥?"

德汉生气地接过话："得了红眼病，留着自己种呗。"

一晃又是一年的秋末，德汉又来到下麦窝村走亲戚，正巧遇见哥，这回他迫不及待地说："换一个人则换一片天，没有老弟种地，职工农场又走了下坡路，今年的老天爷一个雨点也不下，大地旱得直冒烟，裂开了大缝子，颗粒无收，农场彻底赔了个底朝天。"

深情似海　靓哥偏爱“娇妹妹”

辽阳小屯的下麦窝村，至今有位仍然是白白净净、红光满面、身板溜直、一米八九高个儿的靓仔哥，常常行于辽阳市与太子河之间。他表面上平平静静，但在内心深处，始终思念着一个不在世的亲人。

你若远远望去，一定赞叹不已，但是，当你靠近一看，不由得大吃一惊，他已是位70多岁的人了。

他是村中的名人，东西二堡的人都认识他。从表面上看，他与老婆的关系一般，没看出有什么特别之处。多多少少，还有点男女风流绯闻的话流传。突然有一天，让老爷子万万没有想到的事突然发生……于是，这个传记故事，悄悄地拉开了序幕……

他的老婆张丽一向健康、硬朗，突然检查出患有肺癌，这可把老爷子吓昏了。他想尽一切办法，花重金四处邀请名医诊治。老爷子发誓，不管花多少钱，甚至倾家荡产也要把老婆从死神手中夺回。

可是，再怎么救治，病情仍在继续恶化，不到半年的工夫，老婆怀着对老爷子的依依不舍与深深的眷恋，撒手人寰了。他的心，像被突然割掉一样剧痛无比。

这下子，老爷子长时间失眠。打那时起，他满脑子里都是老婆的好，很快精神变得恍惚起来，瘦了一大圈。虽然老婆临终时再三叮咛：“不要再想咱，快找个老伴陪陪你，彻底把咱忘掉吧。”可老婆越是这么说，他的心越痛得厉害，仿佛满身都在不断地流淌着鲜血。有人劝他，你应该想开点儿。现在社会，能行又有钱的男人，老婆在没死之前就有人提亲，甚至有的女人以护理为名，正大光明地入住了。然而这位老爷子，条件比别人有优势，人缘又好，丰神俊朗，有房有钱。多少年来，围绕女人这台唱不完的人间大戏老在唱，老爷子的绯闻多少也有一点点，要说没个女人，男人在世简直就是白活。老婆见了上帝，身边没了小尾巴，男人能不随心所欲吗？

对此下麦窝村人蹦出新言论，爱情的力量是伟大的，更会创造情真意切的罗曼史。可一晃十多年过去，老爷子爱老婆的心情没有减弱反而更强，始终是孤苦伶仃的一个人，对别的女人看也不看一眼，人还是挺牛气的。

在农村，一些街头巷尾爱编瞎话的民间“聊斋家”，对老爷子的事，演绎成两个版本：一说老爷子一生只爱老婆一人，属于传统男人，爱情忠贞；另一说老爷子想多玩几个女人，感受一生浪漫，活到老玩儿到死。那么，老爷子属于哪一种？这帮“聊斋们”忽然发现：老爷子真怪，哪一种都不是，而是另外一类。另外一类到底是什么？谁也猜不透，谁也摸不清。

后来有许多情节，让人意想不到，甚至大大地出乎所有人的预料，其中也包括老弟咱。老爷子其实不是别人，是咱胞兄王世国，一个壮壮实实、高高大大的美男子，让人着迷的大帅哥。

2015 年 8 月初，下半夜一点多，在哥家的炕头上，咱瞥了一下手机上的时间，哥还想与咱进一步交流。让人万万没想到的是，过去咱和许多人都盲目地瞎猜，其实都猜错了，哥正派得很，是天底下真真儿的一个大好人，在做人方面，有些人可千万别冤枉了一个本分的农民。

原来，哥是那么痴情，发自肺腑深深地爱着嫂子，隐藏在心底的秘密，一般人是不知道的。今晚要不是因手足之情，与其漫漫长聊，平时很难窥视到他的心灵深处……

可以肯定地说，咱是兄嫂结婚的见证人。在 50 年前，哥是风华正茂的小伙子，还是人见人爱的大帅哥。许多媒婆接连不断地给哥介绍对象。毫不夸张地说，哥很吃香，十里八村的女孩子都爱慕他。

但是最终只有两个姑娘入选。一位是朝阳的姑娘，人长得水灵灵的，嘴甜能说会道，两人一见钟情，但却遭到咱爹的坚决反对。理由很充分：咱家的人本分，生怕养活不住让她跑掉了。另一位是辽阳城西的姑娘，长得很一般，老实人，就是不会来事，哥不乐意，暗地里甚至顶撞老人。爹恰恰相反，十分满意，他说：丑妻近地家中宝，宝中之宝日子好，人会过日子就行，王家需要朴实能干的好媳妇。

记得当时，父子矛盾十分激烈，互不相让。爹是强硬派，脾气又暴躁，最终还是哥的小胳膊没拧过爹的大腿。那个时候，咱在一旁也偷偷看好了朝阳姑娘，人长得漂亮又会来事。咱坚决站在哥这一边，勇敢地指责老爹，您违反《婚姻法》，不许包办婚姻，谁包办婚姻谁就是违法，就是大坏蛋。哥要上告，让您吃不了兜着走。可怜的哥呀，受传统家教的束缚，还是当了孝顺的儿子，不敢反抗，只能硬着头皮顺从，在没有自由恋爱的情况下，像个孙悟空再怎么蹦跶，也没逃出爹的手掌心。爹强硬做主，哥在不情愿的情况下，违心地娶了城西姑娘。这位城西的“丑小鸭”，还是咱三表姐赵帼臣介绍来的，是她的小姑子，姓张名丽。

这可是咱的一己之见，不足为据。张丽姑娘，中等个头，不胖不瘦，长相也算中等人。结婚之初，哥不爱搭理她，嫂子老实厚道，是个好姑娘，咱们都很尊敬她。对哥的不搭不理，她表面上似乎不在乎，处处显得很有涵养，但到底是怎样的想法，咱就不晓得了。那时咱家对婚姻之事是透明的，朝阳姑娘之事嫂子是知道的，哥嫂一来二去也没有什么大的矛盾。但后来街上有风言风语说，大个子这么帅气，早晚会把张丽踢了不可。现在有他爹的神威在，他小子不敢；一旦爹不在，就是踢了张丽的时候。老实地说，哥与嫂相比，哥在各方面占了绝对优势。嫂子对哥存有戒心，这也是路人皆知，不便公开的秘密。有关他俩之事，街上总有传闻，说世国最近跟哪个女子又有暧昧关系啦，听起来有鼻子有眼的。嫂子对此从来不闻不问。嫂子越不搭理流言蜚语，谣言传来传去也就自生自灭了。乡亲们都说：这是痴人说梦——从来没有的事。

后来，咱考进了中国企业报社，被调往北京，走上了新闻记者之路，很少顾及老家，从此再也没有听说过哥有什么样的绯闻。爹仙逝后，也没有见兄嫂闹过离婚，始终是平安无事。可在十年前，让咱万万没有想到的是，一向身体健壮的嫂子突然间被检查出吓死人的绝症，让人震惊，咱曾多次回乡看望。嫂子疼痛难忍，没少遭罪，不到半年就病逝了。她的病逝让人揪心，令人遗憾，更让哥心如刀割，悲恸欲绝。

万物在变，人心没变。照外边人的话，嫂子走了，哥也就彻底地解放了，可以将昔日的小情人、老相好，领到家中来玩儿，不受任何人的约束，随便又自由。可一晃长长的十年、漫长难熬的十年过去了，哥仍孑然一身。人有七情六欲，太正常不过，哥却十年如一日地独自生活。乡亲们惊异，疑问甚多，实在读不懂咱哥。

卜麦窝村都是有话直说的人，一日三次哈哈笑，胜过一瓶好补药。咱真替哥着急上火，为了让他笑起来，咱特意在大连左找人右托媒，终于在上百号的美女当中，替他精选了从国有银行退休的徐女士，她是知名的佳丽，哥要看了准成。可还是黄了，咱还怪罪了一番徐女士，问她为啥黄？她也没客气：“你哥张嘴闭嘴都说你嫂子好，真让咱受不了。咱跟你哥说过，张丽再好，也是不在了，你要现实一些，必须跟活人过日子！而不是跟不在的人过日子！”徐女士伶牙俐齿，着实说得在理，这让咱这个大媒人就算浑身是嘴，也无话可说。

可在问哥时，他盯着咱说：“你嫂子就是好，还不兴人说吗？”对此，咱费心费力地解释说：“形势变了，你要跟新人过日子，在新人面前，就不要再提嫂子了，这样你看好不好？”

他坚决反对：“怎么的？你嫂子就是好，还不许提吗？这样霸道的女人，白给咱也不要！”得，这话气得咱也不知说他什么是好。

哥也曾被亲友们劝说，去过沈阳、大连、鞍山、辽阳等城市看过对象，结果拉倒的拉倒，一个也没谈成。按他的话说：不管她怎么漂亮，也不管她怎么有钱，更不管她的条件怎么好，只要她不接纳咱家张丽，再怎么好也不要，爱要献出真情，不相爱的女人，坚决不要。哥真是当今富有血性的纯爷们儿。

对哥有这样的要求，咱既尊重又费解。按照这样的高标准，他一生还能让咱有个新嫂子吗？对此他自嘲地说：“姜太公钓鱼——愿者上钩。”

仔细想想，嫂子真的不一般。做饭好吃，做衣服合体，做事稳妥；干活抢先，专找累活儿脏活儿干，没活儿找活儿干；给哥洗脚敲背，给哥讲故事；遇事不慌不乱……

哥特别爱吃黄花鱼，嫂子经常给他做。那个年代鱼不多，再加上哥的块头大，三下五除二就几乎吃没了。看到这个情形，嫂子不由得微笑说：“咱怕腥味最不爱吃鱼，这盘你吃光就对了。”哥说还没有吃够，嫂子就继续做，哥也不客气地继续吃下去。之后，咱问过嫂子：“你从小就怕腥味吗？就不爱吃鱼吗？”嫂子拽过咱，在背人处小声地说：“要怕腥味儿，还能去认真收拾那些鱼鳞，还能顶着呛人的鱼味儿去煎鱼？他是个大馋猫，最爱吃黄花鱼，就让他多吃点儿。事到如今，天知地知你知我知，可千万别告诉你哥呀。”

咱不由得眨眨眼，此时的嫂子，也许是刚刚煎过鱼有些热的原因，她的脸颊红彤彤的，红润的方脸显得特别漂亮，可以与很多女明星媲美。女明星描眉画眼，搽脂抹粉，而嫂子是美人本色，明眸皓齿，秀丽端庄，楚楚动人。乍眼一看一般，但仔细端详却十分美丽。其实大家都看错了，嫂子确是十分美丽的人，现在说是美女也实不为过。咱一拍自己的脑袋，真瞎了自己的狗眼，这么多年怎么将嫂子误划入丑女行列呢！

自从咱记事时起，在心中敬佩的就是哥。为人血性、仗义，这是在咱们兄弟姐妹中公认的。家中遇到事，都由他出去打前阵，遇到谁欺负咱们时，他像一座顶天立地的大山，像爷、像爹那样横刀立马，挺身而出，不要命地保护咱们。

一次有人欺负咱，哥义愤填膺，要与对方死磕，那个劲头就是十头老牛恐怕也休想拽回。在关键的时候，咱也不知道嫂子施了什么样的魔法，竟然能把哥的怒火一下子给熄灭了，在危急的时候起到了决定性的作用。咱晓得，像这样的事，还曾经发生过不少次，可见外柔内刚的嫂子，魅力无穷，算得上王家上等谋士。

嫂子慢慢地改变了哥的暴脾气，特别是对她的看法。哥从原先不爱搭理她，到爱得要死要活，这里面的夫妻之道谁也猜不出。事实证明，是哥彻底地爱上了嫂子这个“丑小鸭”。咱从聊天中，意外地知晓，哥还给嫂子洗过脚，问她：“你觉得舒服吗？”嫂子控制不住自己的感情，甜甜地说：“真好，真舒服！”哥从来都以大男子主义为荣，不下厨房，在与嫂子的相处中，竟然亲自下厨房为她做饭菜，让嫂子品尝个够！

下麦窝村人说：“老婆管汉子，金银满罐子。”奇怪，新奇！一直在外边有主张、敢作敢为的哥，在家里竟被嫂子活活地管住，夫妻和睦，甜甜蜜蜜，哥家自然金银满罐子。

退一步说，如果嫂子还健在，以后的故事也许就不会发生。嫂子的早逝，再加上哥这么个痴情郎，故事还在悄悄地发生……

想当年，哥在庆阳农场跑外的时候，人缘好且业务水平高，干出了一番好成绩。上级看中了他，力推他当一场之长，真可谓要权有权，要钱有钱。像这样的好差事，是许多人想托人送礼，都轮不到的，可嫂子硬是不让干，让哥回村种自己的十亩责任田。

哥是个爱想事、能干事的男人，有许多机会可以飞黄腾达，嫂子就是不让，像是一股无形的神力在控制着哥的灵魂。哥感慨地对咱说：咱有许多条件和机会可以升官发财，都眼睁睁地错过，再也找不回来了。主要是你嫂子不让干，你嫂子的主张是生活一般即可，为人做事不要张扬。一遇到好事，你嫂子就会猛劲拉后腿，这也许就是命中注定。在外边咱是响当当的当家人，在家里只能听你嫂子的。男主外女主内，咱一生不管怎么扑腾，就是只有你嫂子一个女人的命。过去咱不信，如今彻底地信了。哥再三地重复这些话，快成为他的口头禅了。

女人可以不美，但必须要有魅力。哥表面虽平静如水，但从他细微的表情中，看到了嫂子的无穷魅力，看出他对嫂子的挚爱，比她活着的时候更强烈，更揪心。嫂子曾对哥说：“咱死之后，你不要再想咱，咱们一起攒的钱够你花了。你已经是六十多岁的人了，不用种地，找个老伴儿度过余生吧。家有满堂儿女，不如半路夫妻。”

嫂子的话是金言，虽然她过世十年有余，但她的音容笑貌，她的嘱托，仍然活跃在哥的心里……十年来，当哥要吃美食时，就会想到她；看到耄耋夫妇随行旅游时，会立即想到她。不管哥走到哪里，不管他在做什么，嫂子在精神上、灵魂上，甚至骨髓里，都仍然是他的伴侣、知音、保护伞。

嫂子在哥的心中太完美了，这不，刚过七十岁的哥，想起了嫂子，嫂子的声音久久在回荡：带上照片，想就看咱一眼。

2015 年 9 月，咱哥带着嫂子的照片，带着对嫂子的一片深情，孤身一人到云南、海南、广东、新疆、西藏等地旅游，一走就是很长时间。

苍天为凭，大地作证，哥对嫂子的无限思念，所有的一切，都悄悄地融化在热血之中。

初生牛犊　整死黄鼠狼

一张桌上的八菜一汤，早已摆好，只等咱上桌方能开席。

自从爹妈仙逝以后，咱在家里，年岁最大辈分最高，自然成为一家之主。咱要不上桌子，其他人不能拿碗，更不能动筷子。这是王典家族留下的尊老敬老的传统家规。

学黄鼠狼喝上生鸡蛋

六岁时，咱学过黄鼠狼喝生鸡蛋补身子，这个事儿一直隐藏在心底，从来没好意思跟任何人讲过。

那阵子，下麦窝村的黄鼠狼闹得很凶。小鸡在三更半夜被黄鼠狼叼走的事屡见不鲜，让人担惊受怕。可谁曾想过了一个月后，黄鼠狼明显见少，再后来竟见不到它们的踪影。

酒过半盏，咱的小孙女涵，禁不住好奇地问："这是怎么一回事呀，爷给咱仔细讲一讲?"

当年很多人都在说，黄鼠狼总在吃鸡①，那可是天大的误解。那时候咱的年龄尚小，听人说，黄鼠狼很厉害，还特别邪性，装神弄鬼、能掐会算，让一些孩子闻风丧胆。下麦窝村人常说：黄鼠狼给鸡拜年——没安好

① 吃鸡：在农村，黄鼠狼吃鸡是小事，人们总会由此有一些迷信的言论。传说狐狸是狐仙，黄鼠狼是黄仙，让你肚子痛就痛，它们让你脑袋疼就疼。谁要得罪它们被怪罪下来，会得怪病，很难治好。按照这种说法，应躲着它们，但作者却替鸡行道，大灭"黄仙"。在当时的情况下，只能在暗中偷偷地进行。此事鲜为人知，让人好奇就不足为怪了。

心。可见其狡诈阴险，令人生畏。

初生牛犊不怕虎，出于好奇又有贼心还有傻胆的咱，傻乎乎地偷偷背着爹妈，学黄鼠狼，在夜间摸黑鬼鬼祟祟地开始活动了。深夜了，万籁俱寂，人们睡熟了，咱的小眼睛一眨巴，悄悄地穿好衣裤，猫腰钻进黄鼠狼可能出没的后墙根儿（王忠宝后院北，原北大泡子的前墙变压器再往西的那一排墙内）。通过几次观察，终于发现了黄鼠狼活动的踪迹。咱没急，赶忙把自己巧妙地伪装起来，偷偷摸摸地埋伏在附近。经过多少个夜晚的坚守和仔细观察，终于有了突破性的进展。

记得那夜，月明星稀。叽喳的黄鼠狼，凑在一起，让人移不开眼睛。过了一会儿，一小队大大小小足有二十几只的黄鼠狼出现了，它们非常机灵敏捷，小脑袋左右摇晃，小心翼翼向周围试探。它们比较瘦小，体形细长细长的。黑黄色的皮毛，在月光照耀下发出了闪亮的光泽，让咱兴奋不已。

此时，它们蹦蹦跳跳地你拉着我，我推着你，顺着墙根由东向西窜去。当时，咱真想扑上去抓两只，放在怀里顺顺毛与它们玩玩。但听说它们不是好惹的，牙齿锋利且有剧毒，要是被它们咬着，会中毒死人的，咱有些胆怯，没敢贸然行动，眼睁睁看着它们在咱的眼皮底下，招摇过市。当它们走后咱追悔莫及，恨自己无能，错过了这个千载难逢的大好机会。

有人会问，一个孩子夜间出来，家中父母兄弟姐妹们没有发现，出来寻找吗？农民以耕耘大地为生计，疲劳得很，一躺下就睡熟了，不容易醒，也根本想不到孩子敢出去。

曾经听有学问的咱哥说，黄鼠狼也叫黄鼬，是哺乳动物。它身体细长，四肢较短，尾蓬松，浑身棕灰色。特机警，鬼点子又多，昼伏夜出，主要以捕食老鼠为主，有时也吃些弱小的动物。哥还特别告诉咱，黄鼠狼是一种毛皮兽，尾毛可以制作很好的毛笔头；还说它浑身都是宝贝，若抓住还能卖个好价钱。可它鬼得很，一般人是抓不到的。听完了这番话，咱又增加了对它的好奇。

有一次半夜，咱家外屋地上的鸡架里，突然家鸡受到惊吓大叫起来，咱妈听后立即连连大喊：“黄鼠狼，黄鼠狼，不许抓鸡!”然后妈立马披上衣服，开门就往外屋跑……咱也紧跟其后，看到黄鼠狼正从鸡架里拼命地往外叼一只鸡……不容分说，妈上去就急忙猛打，其实是在假打，只是轰走了之。黄鼠狼见状不好松了口，一眨眼的工夫嗖地一下便跑得无影无踪。咱见状要紧追出去打，被妈一把拽回。妈用眼瞪着咱：“它鬼着呢，你还能抓住它？再说了它能迷人，小孩子家还是远远地躲着点儿好。赶快回去睡觉，明天重活儿还得你去干呢。”

咱不服气地回来了，暗中却与黄鼠狼较上了劲，一旦有机会非要把它制服不可。咱想只要用心去琢磨，制订好捕捉计划，它们再能耐也逃脱不出咱的手掌心。

经过一段时间的连夜跟踪，咱掌握了黄鼠狼居住的详细位置、每天的行走路线以及它的生活习性。咱还发现，它不是在吃鸡肉，而是将不老实的鸡王叼走，放到安静的地方，慢慢地将鸡的血吸干。咱听说，只有吸过鸡血它才能过冬，否则将会冻死。咱一直在想这个问题，有矛就有盾，家鸡也很聪明，看它靠近时，想尽一切办法去啄瞎黄鼠狼的眼珠子。很自然，黄鼠狼在抓鸡和吸血时，必须乱晃脑袋，紧紧地闭着眼睛，生怕雄鸡啄瞎它的小眼睛。

小孙女涵听得很入神，好奇地反复叙述着。“黄鼠狼最怕鸡做什么——啄瞎眼”，很像个歇后语。

有一天早晨，咱隐藏在离鸡窝不远的地方观察老母鸡下蛋，仔细看黄鼠狼是怎么偷鸡蛋的。因为在那时，黄鼠狼与鸡打了几次交道，它也学精了，一改夜出的习惯，猖狂到大白天竟也敢跑出来偷吃鸡蛋。它们的突然改变，让咱一眼发现，立即进入了紧急状态，藏在很隐蔽的柴火堆里，偷偷地观察，很有耐心地等待黄鼠狼到来。

“等着急了吗?”涵特别好奇，眨巴着她的大眼睛，不住地发问。

可别着急，“咯咯哒，咯咯哒……”鸡下完了蛋，算是完成了任务，先后离开了窝。真是功夫不负有心人，大约过了 20 分钟，三只黄鼠狼贼眉鼠眼地钻进了鸡窝，挨个扒拉挑选鸡蛋，选中后就把鸡蛋滚动到鸡窝旁边，看看四周无人，便用尖牙磕了几下，鸡蛋便露出了一个小洞眼儿，它的尖嘴靠近蛋猛劲地往外吸。不到一分钟，整个鸡蛋变成了一个空壳。这三只坏家伙，各抱一个蛋，畅快喝完便鬼鬼祟祟地开始环视四周，感到一切正常如初，才一个个钻出鸡窝溜之大吉。它们走后，咱悄悄地上前去看，发现红皮的鸡蛋除了很轻之外，若不仔细端详，还真看不出有任何的不同。但事实上，它却成了一个名副其实的空心蛋。

“黄鼠狼真厉害，有一套好办法。”涵不住地拍手称快。

此事让咱萌生了一个大胆的念头，这些黄鼠狼不劳而获，能够轻松喝上别人家的生鸡蛋，咱为什么就不能生喝？谁规定自己家的孩子就不能喝自己家的鸡蛋？

生鸡蛋是个怎样的味道？当时，咱看到鸡窝里有七个鸡蛋，还有四个完好的蛋，咱再多喝一个也无妨。于是不自觉地伸手拿了一个大蛋，转一下手，掂了又掂，学着黄鼠狼的样子，用牙尖这么一磕皮就破了，捅破薄膜，露出了小洞，咱的小嘴唇迫不及待地挨了上去，吸了一小口，感觉不够劲儿，于是开始猛劲抽吸，眨眼的工夫，一个生鸡蛋很顺畅地进了咱的小肚皮里。只感到滑溜溜的，略带点儿腥咸味儿，清凉爽口，顺喉而下，好不痛快。喝完了一个，还想再喝一个。于是，小手又伸进鸡窝，用牙尖轻轻磕去，嘴一抽吸，又一个生鸡蛋很自然地流入咱的胃里。生怕妈追究，又将空鸡蛋壳拿走，深埋在大门口的粪堆中。

“爷，是您馋嘴，偷喝鸡蛋，好羞、好羞！”涵很开心地笑话咱。

神无大小，灵者为尊；人无大小，智者为上。咱也怪不好意思的，连喊两声羞愧、羞愧，那一夜好兴奋太幸福，激动得一夜无眠。

每每回想起童年的丑事，咱还沾沾自喜，总在做那时的美梦。真开心，真好玩儿，真真儿有些意思。

吊死黄鼠狼替鸡报仇

当年，曾经多次梦见咱家和邻居家的鸡，被黄鼠狼不断地叼走，为此鸡群把咱围在其中。鸡群好厉害，纷纷用它们的那张尖嘴，一边乱啄咱，一边恶狠狠地说："啄你！啄你！谁让你不替咱们报仇！"

先前不懂，蒙在鼓里，然而渐渐被它们"啄"明白了。死去的鸡纷纷再现，非让咱替它们报仇不可。被逼无奈，只好连连口头上喊"报仇，报仇。"当时，被吓得出了一身冷汗，生怕它们急了，啄瞎咱双眼。

下麦窝村民刘春棉总爱调侃，胆大骑龙骑虎，胆小骑猫骑鼠。无奈之下，咱只好答应为死去的鸡报仇。

言而有信，咱绞尽脑汁想了一夜办法。第二天，咱用细细的麻绳线，精心地做好套子，设计隐藏好套子，放在鸡窝的大门口。不一会儿，三只黄鼠狼出现了，它们小脑袋乱晃，小心翼翼地查看周围的动静，看了没危险，便往鸡窝门口小心地走去。当它们已经进入了设置好的圈套时，咱立马一拉绳头，正好小绳勒在其中一只黄鼠狼的脖颈上。咱猛劲地拽住绳头，把它高高地吊了起来。它的小嘴儿叽喳直叫，好像在威胁咱，让咱放了它。面对非常可爱的黄鼠狼，心若软些也就会放了它。但咱已答应替鸡行道，便果断做出尽快勒死它的决定，决不能松手。只见它四爪在空中乱蹬，但无论怎样乱蹬，也逃不出咱的手掌，很快它不叫不蹬了，身体直直的，见了阎王。

见到已死的黄鼠狼，咱的心里特别高兴，不由祈祷："尊敬的黄鼠狼先生，你可千万别怪咱心狠，有言在先！是你先杀了鸡先生，咱替它报仇雪恨，让你尽快死去！"从此以后，咱养成一种习惯，每吊死一只黄鼠狼，咱就为它祈祷，将上述的话再郑重地说一遍，撇清责任，生怕在阴曹地府里面，它们怪罪下来，加害于咱……

鸡蛋，是营养丰富的好东西。当年，咱一年仅在过生日的当天，才能吃到一个，还得有个重要的附加条件，必须不能离开大门，要看守一天家。可如今这么好的鸡蛋，怎能轮到黄鼠狼呢！

于是，咱悄悄地变成了披着人皮的黄鼠狼，消灭或者赶跑它们，还学着它们的样子，一天喝上一个大鸡蛋，来补补弱小的身躯。

当年的黄鼠狼一旦遇到咱，就意味着要倒霉了。过去人们常说："教会徒弟饿死师傅。"不！如今咱要说，谁教会了劲敌，谁就彻底地完蛋了。从此以后，咱有了强有力的行动，黄鼠狼先生的日子，越来越不好过了。

说心里话，非常感谢黄鼠狼，是它教会咱喝上生鸡蛋。在那个食物非常短缺的年代，也正是咱长身体的时候。正因为咱有了这硬功夫，才有可能夺回咱家和所有鸡群的尊严，让咱先强壮起来。

现在回想起来，咱还真的有点儿对不住黄鼠狼。咱虽然为死去的鸡兄弟报仇雪恨，替它们行道，先后用细绳吊死了不少黄鼠狼，但在心里头，也有深深的愧疚，实感对不住它们。下麦窝村人对咱说："一分精神一分财，十分精神财就来。"当时被吊死的黄鼠狼经过处理，咱偷偷地拿到辽阳土产公司卖了不少钱，买了不少小人书。

你还别说，黄鼠狼真聪明，有灵性，但它们遇到了咱这个克星，早被吓破了胆，知道斗不过咱，被迫无奈搬家，纷纷落荒而逃。咱的此举竟使嚣张一时的下麦窝村周围的黄鼠狼家族，迅速地逃到河滩、堤坝上去，以致销声匿迹。

听到此，涵咂了咂嘴，不由得说："爷好厉害，是您把黄鼠狼吓跑了。您一共吊死多少只黄鼠狼？又喝了多少个生鸡蛋？有没有被太奶逮住，打您的小屁股呀？"

面对涵的一连串追问，咱也不由自豪起来。心想，自己如此成功，也许是黄鼠狼师傅心里不服气，在背后纷纷保佑咱的结果吧。

不好意思，多吃菜！少饮酒！这次爷太累了，有空再讲其中的细节。

说罢，觥筹交错，推杯换盏，咱摆出了不醉不休的架势，豪爽地畅饮起来……

犟劲冲天　“脑尖”长脚

看到这个题目，你也许会直摇头，认为作者是在胡诌八扯。

其实不然，这是一个令人警醒并充满正能量的真实故事。这件事让咱知道，适当的激将法，是催人奋进的灵丹妙药。

1969年3月14日上午十时许，距今已有50个年头。吾舅（化名）在太子河的北岸，确切地说是在辽阳市文圣区小屯镇下麦窝村南一里地的平坦的河滩上，看着生龙活虎的孩子们正在河边嬉笑打闹，开心地玩耍着。他是村中长辈，人们都叫他“吾舅”。

此时的吾舅，突然一转身，指着一个孩子说：这个孩子的面相长得多好，天庭饱满，地阁方圆，将来一定有出息。大家不由得看过去，孩子是从市里来老刘家串门的小外甥，人长得的确精神，圆圆的脸蛋，虎头虎脑，着实招人喜爱。

这句话说得谁也挑不出毛病，大家以为说完就罢了，但他又走向另一旁，对着另一个很蔫儿的男孩，拍他的肩膀说：“你看人家那个小孩多有出息，将来一定能当上大官。”

一听这话便可立刻判断出，吾舅没看得起这个孩子。从外表上看，男孩也真的不争气：一副无精打采的蔫巴样子，确实很不招人待见。

瞅着生厌吧，可以不理睬；看着不顺眼，也可以干脆走人。可他偏偏不走，还慢慢地绕着男孩转悠了一圈，指手画脚，由此引来众人的注意。吾舅又开腔了，声音很大，在场的人都能听到：“城里的小孩就是有出息，再看你那个样儿，整个村里就你将来没有一丁点儿出息！”

恶言一出，像天上突然炸个响雷，让人震惊，现场的气氛立刻紧张起来，一群小孩都围了过来，看这儿出了什么事。吾舅还没说够，用手指着男孩：如果你要有出息的话，咱脑尖①长个脚走出下麦窝村。

脑尖长个脚走出下麦窝村，这么新鲜的词儿，出自农民的口中，大家从来没有听说过。对这种蹦出来的新词，小孩子们虽然听不大懂，但也能听出个好赖话来。人群中，有些不怕把事情闹大的人，不停煽风点火，怂恿男孩跟他大干一场。其余的孩子，也围过来起哄，不停喊“打他！打他！打他！”生怕他们打不起来似的，现场加油点火的人也不在少数。孩子们都很天真，有爱看热闹的天性。

可是，吾舅火药味很浓的话语，像一只无形的大手，扇在了蔫巴男孩的脸上，也打在人的心里，男孩立即觉得脸上火辣辣地疼，想和吾舅大打一番，即便不打也要好好地理论一番：“您凭什么在大庭广众之下，这么狠地损人?”这时，蔫巴孩子忽然想起了韩信受胯下之辱的故事，他的内心一下子平静了许多。

男孩慢慢地站了起来。看看大家，又看看吾舅，小心翼翼地说：“您老说得对，您千万不要用脑尖走出村，那样走怪累的，还会崴着脑尖，路若不平坦还是挺危险的。今后的路还很长，还是让晚辈的脑尖长成大脚，扎实地走出下麦窝村才对。”

声音虽然很是低沉，但大家还是听清了。男孩说罢，弯腰低头，很恭敬给他及在场的众人们，深深地鞠了一躬，像自己犯了什么大错误似的，给人家赔礼道歉。人们看到，他的脸色是铁青的，眼泪汪汪的，像夹着尾巴的小狗儿，鞠完躬一溜烟儿似的往自己家跑去。众人见他一副像“杀猪不吹——自动蔫退”的熊样，脸上不由得写满了“嘲笑”二字，笑他不敢打架，笑他胆小如鼠……

无人的时候，蔫巴孩子偷偷地跑到这个伤心地，痛恨自己无能为力。

---

① 脑尖：是下麦窝村人的方言土语，专指头尖，脑顶的意思。事实上，谁能用头尖走路呢？这是不可能的事。

吾舅从门缝里瞧人，把人彻底地看扁了。他自己猛捶打自己的头，怎么能这样无能，总是让人瞧不起？索性像癞蛤蟆跨洋刀——当个邋遢兵算了？然而在此刻，他的身旁仿佛有人在说话：“胆大漂洋过海，胆小寸步难行；山大压不住泉水，牛大压不住细毛；胸无大志，空活一世！”

这些话让人惊醒，催人奋进。蔫巴孩子听罢，仿佛是爷奶在激励自己。

这个不起眼的蔫巴孩子，原本在村里就被人藐视，通过这件事情，处境更加窘迫。下麦窝村有话：“土疙瘩也能绊倒人，鸭子踩水暗使劲，学会低头的人才会出头。”蜘蛛网拦不住燕子飞，蔫巴孩子憋了一口气，下决心将来一定要好好地改变和发展自己。

瞧瞧，蔫巴孩子的家是村里的孤户，人丁稀少，没个背景，家族中连个芝麻大的官都没有，办事也没人帮扶。论成分是中农，上哪儿都遭冷眼；蔫巴孩子的文化底子薄，更谈不上考大学；想当兵吧，成分不行，也与其无缘。他真是叫天天不灵，呼地地不应；上天无门，脚下无路啊。

不行！现在不行，难道永远不行了吗？实事求是地说，当年不只是吾舅一人下了那样的定论，大部分人也都下了同样的定论。即使生活中有一百个理由哭泣，自己也要有一百零一个理由微笑面对。然而，蔫巴孩子没有被这些讥笑的话语所击倒，反而却唤起内心深处极其强烈的自尊心、奋斗欲。心字头上一把刀，忍得住来是英豪。经过几天的自我挣扎，终于有一天，他彻底地想通了。

一天清晨，空气特别新鲜，让人心情也好了起来。蔫巴孩子一口气跑到村南的小树林，登上一个大土包，把这个大土包当作讲台，做了自己的演说，发表了人生首个宣言。

> 咱是个人人瞧不起的蔫巴人，是世界上第一个特大号的傻瓜软蛋。然而，这个大软蛋要在事中练，练出真本领；刀在石上磨，自然快又光。马不知脸长，牛不晓角弯，做人应知弱点，把不可能的事变成可能才算成功。咱郑重发誓：天下无绝路，敢拼有出路；早晨勤锻

炼，心中存大志；勤多读书多领会，写作放在第一位；追逐人生梦想，成就一生辉煌；努力再拼搏，全靠多琢磨，实力会说话，功到自然成。用脑尖当脚，倒立走出下麦窝村，那才是纯爷们儿。

强者成材，石缝挤出参天树。这是弱者发出人生最强的呐喊，在微微的晨风之中，在绿叶掩映的树林里，久久不息地回荡。

随后，他疯狂地向河中心跑去，边跑边甩掉衣裳，一丝不挂地扑向河中，甩开膀子拼命向河的对岸游去。当膀子酸疼再也游不动时，力气也已经消耗殆尽，只好让赤裸裸的身躯浸入水中，让水冲去身上的污泥。

笨拙的身躯停留在河中的小洲上，无力动弹，他感觉自己像个木乃伊。

他太累了，不知不觉，他竟然在河之洲睡死了过去……

此时，他梦见自己躺在小洲上，让自己的小鸡鸡往天上直射尿，由低往高，再往更高处喷射，突然间，他发现自己的尿，直直地射到了九霄云外，“吱吱”地射呀射呀，人只有这样才会长生不老……下麦窝村人说，人的尿水能直射多高多远，人就能活多久；他还感到，自己的身体周边，有无数个一寸长的小鱼儿，蹦蹦跳跳在跳舞，舞姿美妙，跟人玩耍，“众鱼托人”浮动向前，看来人生有贵人相助，一时受点儿委屈，权当享受罢了。见此情形，他不由感慨万千。

裸上似九天
裸背大沙滩
穿衣多虚伪
裸身方上天
裸人不怕险
折腾不畏难
裸身常游泳
虽死胜似天
……

这一切的一切，还没被传播出去，却引来了嘲笑讥讽声。

此后，村里人不时地冒出闲言碎语：你瞧那样子，在小树林里乱跑，肯定没当上作家，疯了……看这小子，一张纸画个大鼻子，显摆他的大花脸……

下麦窝村人常讲：眼跳眉毛长，不怕背后讲。那时的他，暗暗下决心学王典爷爷，只有在苦练七十二变的硬功中，才会笑对人生八十一难。不怕山高路远，就怕途中偷懒。人要有目标，有恒心，多读书，不要怕百战失利，不要灰心丧气。

不怕身上衣服破，就怕肚里没干货。从此，他向书本汲取营养，向自然获取阳光，向乡里乡亲获取智慧，增添力量。

不靠天，不靠地，不靠他人，靠谁不如靠自己。在小树林里，有了一个闻鸡起舞、发奋砥砺，誓做“语不惊人死不休”的人。

生活如逆水行舟，这个世界从不相信眼泪与运气，只青睐人的实力。从此，在风景如画的下麦窝村前，在清澈见底的饮马河畔，有了一个笨鸟先飞的弱小子，他战胜了一个又一个困难。他认为人绝不是被别人打倒的，而是被自己打倒的，只要你有足够的信心，在哪里跌倒，就会在哪里爬起来。知人者智，自知者明，自助者天助，自胜者强。十几年过去了，世上少了一个焉巴孩子，多了一位专业的新闻记者，多了一位名誉厂长①，还多了一位小有名气的草芥文人。

当别人说你不行时，你就行！蔫巴孩子终于可以对自己说出一直深藏在内心的独白！当他拥有了学问，真正践行了凭自己的刻苦努力，脑尖长脚走出下麦窝村，从市到省，从省到进入北京大展才华……

光阴似箭，是庸才还是人才，岁月可以充分验证，给人以坚定的答案。

---

① 厂长：由于脚踏实地工作，1994 年作者被国营大连第四机床厂聘为名誉厂长，这一事迹曾被刊登在《新闻出版报》《辽沈晚报》上。

一个人最大的能力是能抗事。苦要自己吃，事要主动扛。下麦窝村刘申志说："人生从外打破是压力，从内打破是成长。只有主动扛起人生必经的苦楚，在黑暗与泥泞之中脱胎换骨，才能坦然应对生活的每一次严峻考验。"

这个令人瞧不起的蔫巴孩子，是作者的原型。人不是靠别人捧红的，是自己真的行才成，这些不是说出来的，是踏踏实实干出来的。

终于有一天，咱从北京回村休假，正巧遇上了这位昔日的吾舅"贵人"。见面笑吟吟的，他尴尬地小声问："小安子，咱的小外甥，想起当年的往事，如今你还怨恨咱吗?"

吾舅早已做足准备，也许会挨上几个大嘴巴，也许会挨上一顿臭骂，也可能遭受白眼，自作自受、自食其果。

然而，他被面前这个人所说的话弄傻了。

> 吾舅大人：您好！此言差矣。咱怎能怨恨您老呢？没有您老人家当年的激将，岂有当今的晚生！咱在心里向苍天发誓，这句话不是虚伪、讽刺、挖苦，而是发自肺腑的心声。下麦窝村的俗语说得好：情人鼓励，小人监督。所有的一切，都是人生最好的安排，应该铭记并感恩，所有看不起咱的人、猛激过咱的人，才正是激励咱出彩的人。

一个有作为的人，其胸怀应该是宽广的，连容人之量都没有，那他还怎样在外边做人、做事？海纳百川，有容乃大。吾舅也深深晓得，他的远房外甥，是一个老实本分的蔫巴孩子，从来没有说过谎话，他当年只是恨铁不成钢说了些气话，岂能当真？就是这些气话，造就了一个村里的小秀才，谁能把现在的文人和当年的孩子联系在一起?

现在，吾舅在村里养老，始终没有用脑尖走出山村。而当年在他看来不争气的远房小外甥，却真的用自己过硬的本领、聪明的头脑和常人无法拥有的自制能力，凭借智慧，彻底地摆脱了困境，兑现了当年用脑尖走出下麦窝村的承诺，越走越远。

这不是虚构的故事，是真人真事，下麦窝村的老人都可作证。正像村中前任老书记金明林所言：小安子是咱们村有史以来书念得最少，学问却最高的秀才，他是个成功者！

村中前任老书记樊德生也感言：小安子，是万吨巨石也压不倒，永远挺拔的一棵蒿草！

听闻用脑尖长脚走出下麦窝村这样的新鲜事，身为高级政工师、庆阳报社总编辑的张吉福，很受感染，即席赋诗：

世安走麦城
卧薪尝苦胆
谁解其中味
而今著《裸山》

著名青年学者、中国人民解放军原大连陆军学院副教授于江，也感慨献词：

名士逸事声在外
但有雄心无人猜
君尝少年胯下辱
老天不负酬贤才

如姐似母　三嫂陪小叔闯难关

1976 年 12 月的一天晚上，在古城辽阳东 15 公里的下麦窝村，上演了一场感人至深的三嫂陪伴小叔攻读文学的传奇故事。

家中主人是咱的表兄刘志凯，在葠窝水库任财务处处长，由于工作繁忙，离家较远常不回家。他的爱人曹素坤[①]年长咱一轮，是位贤妻良母，带着四个孩子在家操劳度日。

那时候，在她家的屋子中间，有一个不知疲倦的小伙，喋喋不休地讲着《西游记》里的故事。当讲到牛魔王那段时，故事被此起彼伏的鼾声所打断。原来一家大小五位听众，不知不觉都进入了甜蜜的梦乡。

这小伙便是咱。咱不由得一看，只见那四个小脑袋瓜，齐刷刷地躺在枕头上一动不动。只见三嫂曹素坤虽闭着眼睛，但晃着头好似在听。咱不讲了，她没睁开眼睛却断断续续地说："咱没睡，真没睡，在听呢，你继续讲呀……"

咱见状不禁鼻子一酸，眼泪情不自禁地滑落下来，低声喃喃地说："三嫂别装了，你已睡熟，为陪伴小弟还在硬挺着，咱走了你锁好门快睡吧！"

说罢，咱悄悄地转身带上了里屋的房门，大步流星地走出大门，转眼间消失在如墨的夜色之中。

走着走着，咱不由得哼起自己独创的乡村小调：

---

① 曹素坤：1943 年 2 月出生于辽阳市文圣区小屯镇小旋村，汉族，小学文化。2017 年不幸逝世。闻讯，作者携夫人及时赶到，连续忙碌三昼夜，以此表示深切的哀悼和缅怀。

三嫂呀三嫂
你已劳累疲惫不堪
仍然半睡半醒陪伴小叔
你已进入了甜蜜的梦乡
心里还惦念小叔
回家的路上是否安全

已是午夜，万籁俱寂，星星不断眨着迷人的笑眼，仿佛宇宙都沉睡了。

此情此景，咱心潮起伏，热血沸腾，咱是有血有肉的热血青年，当今世界谁能理解？村里没图书室，也没任何娱乐设施，咱是热爱学习，白天在生产队劳动，晚上就趴在被窝学习。当时村民只认识庄稼，认为读书是不务正业躲避劳动，爱学爱写在农村简直是另类。咱就是在这种被人瞧不起的恶劣处境下，全然不顾这些世俗的偏见，用积极的心态面对，努力追求自己的梦想。

你斗大的字不识一箩筐，还想当记者？是癞蛤蟆想吃天鹅肉，是瞎子点灯——白费蜡，真是不知好歹。

连记账员都没有资格当！还想当作家？真是痴心妄想。

你要能行，咱脑尖长脚走出下麦窝村！

你要有出息，公鸡都能下蛋！

你想出人头地，咱不让你走出下麦窝村半步！不让你再去辽化发展，不让你再去机械厂当工人①！

……

---

① 工人：1975 年，作者参加由毛主席圈定的辽化建设，当过民兵连通讯报道员；在辽阳建材机械厂当过工人。本应实现个人发展，后多次被村里扣留，让作者失去了许多发展机会。

当年，面对来自四面八方的冷嘲热讽，咱感到万分耻辱，虽然在外人面前咱假装无所谓，但私下却很想得到家人的鼓励和安慰。对此，咱跑到三嫂家大哭一场，任凭那些不争气的泪水肆意奔流。英雄不是没有脆弱，只是没被脆弱所击倒。善良又贤惠的三嫂听完，一改往日的慈祥面孔，严厉喝问道："大哭能解决什么问题，男儿有泪不轻弹，你立刻擦干净！"咱被突如其来的训斥震慑住了，立刻止住了眼泪，像做错事的孩子似的愣在那里，有些不知所措，同时也在反省自己。

三嫂继续道："一忍可以制百勇，一静可以制百动。一个顶天立地的大男人，胸怀应在委屈中壮大，受委屈越多胸怀越宽广，这点困难就把你吓倒，不是你的性格。大丈夫能忍常人不能忍之辱，方能成常人不能成之大事。你老弟在咱心中，是个书不离口，字不离手，永远不服输的男子汉！啥困难都吓不倒的爷们儿！你可不能认输啊！"

三嫂的训诫掷地有声，咱自惭形秽，深感自己还不如她这位普通的家庭主妇……

听完这话，咱越发尊重三嫂，不是因为别的，而是她为人处世高人一筹，遇事能有独家见解。她是懂咱支持咱的人，但咱也心生疑惑，便问："您为啥如此坚定地支持咱？为啥?"她毫不犹豫地说："一个人有足够的信心，就会创造奇迹。咱认准你是有出息的人，相信你将来会有所作为。在那人生黑暗的夜晚，三嫂像亲姐更像母亲，那样温馨让人信赖。"从此以后，三嫂家就是咱的图书馆、娱乐场、写作的办公室，更是咱倾吐衷肠的温馨家园。

好三嫂天下少，她给了咱极大的精神鼓舞和鞭策，每每受到别人欺负，咱就跑去向三嫂倾诉一番。有一次生产队场院扬高粱粒儿，有人指着落地的高粱壳，讽刺咱说："小安子，去托壳①。"他们知道，咱从来没有壳，也不会托壳。面对如此挖苦，三嫂不以为然地说："只要你挺胸昂头，

---

① 托壳：下麦窝村的方言，是挖苦人的贬义词。意思是拿重礼托人走后门出去找工作。

苦水也能化为美酒；有了满腹才学，不怕好运不来；运气好，绊倒了也会拾个大元宝。西汉开国功臣，大将军韩信胸怀大志，都能受胯下之辱，与其相比，这点委屈算个啥？凭真才实学独闯天下，才是下麦窝村的好男儿。”

受到训斥虽然脸上有点挂不住，但细细品味，三嫂说的是对的，让咱瞬间敞亮了许多。从此以后，晚上一有时间咱就跑到三嫂家，跟她说一说干活的滋味，聊一聊心得体会。每当听到一段精彩的故事，咱就跑去讲给她听，请她评析一下，哪句讲得精彩。

每当写完一篇文章时，咱也急不可待地跑去朗诵，让她说道说道哪里差劲，她是唯一的听众，也是良师益友。

三嫂是民间大师，观察力极强，每次都能从不同角度去评论咱的作品，让咱从另一个角度去看人看事。

咱的文学功底差一时也改不了，老是把一些词句表达得很模糊，三嫂总是提醒咱要反复琢磨用词的准确性。一次，三嫂很严肃地说：“写出来的作品必须经得起反复推敲。”咱不由得傻问：“什么叫推敲？”三嫂耐心地说：“推敲就是斟酌字句，反复地琢磨。”

她继续说：“唐代诗人贾岛骑驴作诗，对敲和推两字犹豫不决，便用手做或推或敲的动作，正巧碰到了韩愈，韩愈想了一会儿说，还是用敲字好。”

回家后，咱反复斟酌三嫂所说的典故，认为三嫂借典故说事很有说服力，咱的缺点不正是推敲不到家吗！从此每当写稿时，咱都争取多推敲几遍。可回过头来想，还是不够，可见文化差得太远。三嫂“一字之师”的指导，让人终身受益。

大舅①看咱老是与三嫂在一起探讨，很看不惯地说：“小安子，你老旗

---

① 大舅：作者亲娘舅叫刘宝山，大车把式，赶马车出身，人品极佳，虽没多少文化但实践经验丰富，在村中德高望重，是位实干的老农民、土专家。

杆顶上敲锣——贼心不死啊，响（想）得还挺高！凭你那点墨水能做个啥？简直是癞蛤蟆上公路——愣充小吉普。”

每当遇到大舅过来挖苦，咱也很不好意思，便无可奈何地冲大舅笑笑，伸伸舌头做个鬼脸。三嫂则不慌不忙地向公公点点头，以示回敬。大舅总是不爱看咱这个熊样子，便甩袖子走了。三嫂说道：“观鸟观其翼，观人观其识；石看纹理山看脉，人看志气树看材……”

三嫂一边热心支持咱读书写作，一边教育孩子。四个孩子都养成了爱学习的好习惯，也很有教养。孩子们也常听咱讲故事，积极互动，成了咱的学生。每当想起这些事情，便特别想念多年未见的他们。他们都是好孩子，成长飞快，有的在银行当了行长；有的在商海中当上了商人，个个都有了出息。

一曲清歌值万金，回忆起去三嫂家的羊肠小道，激情所至，哼出的独创小曲，如今仿佛又在咱的耳边响起。

三嫂呀三嫂
你用那温暖柔软的手
牵着小弟逆风前行
你用那单薄的身躯
替小弟阻挡刺骨的严寒
让咱的身心顿感温暖
你用那省下的一点点的粮食
填饱小弟空空的饥肠
你用那瘦弱的双脚
踢跑了欺负小弟的地痞流氓……

三嫂曾说，孤独比死亡更可怕，和自己交朋友才会不孤单。三嫂是咱的亲戚，是咱在极其困难孤独之时的引路人。三嫂为咱讲了许多励志的故事，如李白看铁杵怎样磨成针，终成大器成为大诗人；保尔是盲人，经过努力排除一切困难，写出了《钢铁是怎样炼成的》，以此鼓励咱在黑暗中前行，激励咱走向成功的彼岸。每当回首往事，常常庆幸自己遇到了三嫂这样的贵人。

让人感到十分内疚的是，咱后来走出下麦窝村这块故土，一直为工作奔波，为事业繁忙，渐渐地与三嫂联系少了，2015 年 5 月才与三嫂通上了电话，当听到咱热切问候时，她显然很是激动，对于那些陈年往事记忆犹新。她饱含深情地说："每个人都要有属于自己的时代，命运似掌纹，虽然弯弯曲曲，但永远掌握在自己的手里。记得你当时挺难的，仍然不灰心，是很有骨气的男子汉，经过不懈的努力，终于圆了自己真正的记者梦、作家梦！有人说命不好，那是失败者的借口；遇到好运，乃是成功者的谦辞，人生的好运是汗水换来的，你的成功，也是嫂子的成功。你现在是大人物了，这么多年过去了，你还记得三嫂，咱就知足了。咱衷心地祝愿老弟'百尺竿头更进一步'，你在日后工作中定会有更好的前程。"

三嫂的鼓励令人动容，她给予的无私帮助和深厚的感情，是一生的无价之宝。无论是当年她对咱的谆谆教诲，还是以第一读者给咱的建议与批评，对咱来说都是雪中送炭，这与别人的落井下石形成了鲜明的对比，咱铭记在心，终生感念。

不管过了多久，美好的回忆总是永恒的。那些精彩故事应该载入王典家族的史册，成为辉煌的一页。咱的成功，也是三嫂的成功；咱的荣誉，也是三嫂的荣誉。

三嫂呀三嫂
你播下的文化种子
已发芽长大
遥祝你和三哥幸福快乐，身心健康
这是老弟永恒的心愿

巧结良缘　大字报引来“金凤凰”

下麦窝村人有言：家栽梧桐树，招引金凤凰。这在下麦窝村生产大队竟然成真了！不过，这回根本不是梧桐树引来的，而恰恰是几张大字报“钓”来了金凤凰。

谈起这则真实的故事，必须从一个铁算盘说起。

被称为仙人居的辽阳文圣区小屯镇宝镜山村管辖的井尔沟小山坳里，隐居着一位很了不起的名人，姓王名绍宽。别看他卧居乡野放弃了算盘珠甘当土坷垃，你若拿来账本给他瞧一眼，再翻几页账目，他便精神抖擞，只要用算盘上下左右一扒拉，很快就能得出结果，并告诉你这个账目错在哪里。如此神算，行业专家也得心悦诚服。他看问题、办事情也常常独具慧眼，他的故事很多，三天两宿也讲不完。今天仅讲一件事情，就能让你知道他的厉害，对他刮目相看。

想当年，他在小屯贸易货栈当主管会计，又在下麦窝村这儿蹲过点，做过村南饮马河这段河卵石业务。

1978 年 2 月的一天，下麦窝村生产大队的大墙上，不知哪位不知好歹，狗胆包天的人，竟然在墙壁上贴满了大字报。围观的村民纷纷窃窃私语，气氛异常紧张。此时正巧绍宽吃完午餐出来溜达。出于好奇，他逐字逐句看完了大字报。

绍宽看大字报上的毛笔字迹写得醒目且刚劲有力，其内容翔实，有理有据，令人信服。从头到尾反复阅读了几遍，越看越感兴趣，可见真正有才之人还在村民中。他爱才心切，也出于成人之美的目的，迅速转动大脑，不知不觉联想到一件事情。

于是，他问村生产大队“跑会”（通讯员）的老蒋头：“外边写大字报的人是谁?”老蒋头随口说：“是个愣头青似的小伙子，他是西院老王头的小儿子。唉，他命比纸薄，没有多少文化，直性子好打抱不平，写了个真人真事，村里还不认可，年轻幼稚呀。”

说者无意，听者有心。绍宽连连点头，又打听了几个人，都验证了自己的想法是准确的。他随即做了个决定，当一把红娘，给这个写大字报的人牵一牵姻缘。惊奇，实在惊奇。在当时做这件事情简直是痴人说梦，没人肯信。他想证明自己，非要把不可能的事情变成可能。

在农村，最讲究的是门当户对，其次是讲究知根知底，眼前这两点都不具备。他凭着古道热肠与执着，毫不犹豫地跑到老王家，想登门探个虚实。

当时有关大字报的一切线索都要收集，所有人都害怕受牵连。然而大字报像一棵高大耸立的大树，树欲静而风不止。有些人躲避还来不及，但也有人敢逆风而上。绍宽是杠头似的性格，冒昧提亲这件事情如果让外人知晓，是天大的笑话，甚至会被人当成茶余饭后谈论的笑料。但是绍宽没把这些当回事，甚至全都抛到九霄云外。他三步并作两步来到了老王家。说来也不巧，正赶上王老太太在炕上收拾破烂，整个屋子一片狼藉，无处立足，让宾主都很尴尬。就在此时，大当家老王头凑巧回来。老王头不认识绍宽，他也不认识老王头。当听说要给老儿子介绍对象时，老王头一愣，深感意外。抱着做人不能驳人家面子的想法，考虑了一会儿也就答应下来。老王头心想，先看看姑娘再说，其他事儿慢慢谈也不迟。

媒人刚走不久，写大字报这个小伙子回来了。一听此事，他不但不乐，反而还噘起嘴来。

在前一天，跟小伙子相处两年多的大学生黄姑娘，突然跑来告诉他，说她爹不同意他们相恋。这突如其来的坏消息，让人好生不痛快。按理说他俩的缘分还没到山穷水尽的地步，如果换个油腔滑调花言巧语的小伙子，至少还能守住这份情缘。但他是个直性子，正在揭穿某村干部腐败的关键时刻，姑娘爹不理解不支持也就算了，还火上浇油，给了他精神上一记致命的打击。

这个小伙子就是咱。当时咱在村前杨树林里站立，不假思索地说："咱是条汉子，站着倒着都是个棍儿。如今九死不悔，就算你有九十九条同意，有一条不乐意，咱也要果断断绝这一恋人关系。"

姑娘听后委屈地哭了。咱把她送回去，一个人跑到村前杨树林里的大土包①上，面对旷野，让每一棵树都能听到咱的倾诉心声：

> 人人都说患难之中见真情，而你爹说写大字报会被人陷害，还会犯错误甚至被捕。你就因害怕胆怯了？为此抛弃了爱情？咱是男子汉大丈夫，为了真理，别说牺牲了爱情，就是被杀被剐，又有何畏惧？

咱心里明白，当爱你的人弃你而去，心里再怎么不平，任你呼天喊地也无济于事。应学会放手，学会承受。生活本来就是酸甜苦辣，要学会适应，学会面对才是。

下麦窝村教师蒋维广爱调侃："鸡冷爱攀树，鸭寒水中游。"刚走了一个美女，又来一媒人。前者因大字报被吓黄了，后者再因此黄了又怎么办？那不是自寻烦恼，雪上加霜吗？当时咱还在气头上，不客气地说："看与不看也是个黄，还是甭看算了，图个心静。"咱爹却来了脾气，瞪大了眼珠子："既已答应人家，咱要守信用，看，一定去看。这是死话，没个商量的余地。"当时，咱是小胳膊拧不过大腿，再反抗也是徒劳。

按约定，第二天刚吃完早饭，媒人准时登门。咱不认识绍宽，连一句搭讪的话都挤不出来，虽然打心眼儿里不乐意，但还得乖乖地跟随他，向村北的方向走去。

---

① 土包：是作者设置的乡土大讲坛，专给自己练胆讲演时用的。不管遇到什么事情，总会跑上去对着大自然讲演一番，抒发一下自己的真实情怀。

一路上，咱虽然心事重重，一言不发，心里却是暖融融的。他主动问起大字报的事。

“你为什么要写大字报？”

“有些村干部贪污，如果不敲打敲打他们，那还得了。”

“贪污与你有何相干？”

“是与咱无关，但与全体村民有关，谁侵犯村民的利益，咱就跟谁斗！”

“这样做你图个啥？不怕他们打击报复？”

“不怕！不图名、不图利，见不得人间不平事，专打抱不平。咱不犯法，何惧之有！”

他听后不住地点头。一问一答，不知不觉已走了一个小时的土路，来到媒人井尔沟的家，在这儿休息片刻，从房后的山坳翻越了大山，来到了山北灯塔县沙浒乡头道沟村。

相亲那天正赶上姑娘在白灰场上夜班，咱只能等候她归来。为了迎接咱的到来，她家将60瓦的灯泡换成了200瓦的。虽然夜黑，但室内犹如白昼，全家人都陪咱聊家常。大约半夜时，咱借着灯光看到一人。她个头不高，身材消瘦，瓜子似的脸庞红润发光。进屋二话没说，脱下外套打一盆水，把两个袖子往上一撸，洗起脸来。白皙的脸庞精神焕发，浑身有使不完的力气，这就是名副其实的“小白丫”。小白丫让人一见好生喜欢。咱心想，一生就选定她了。第二天早餐后，咱俩正式谈起恋爱了。那时咱开门见山，直截了当地说：“咱瘦骨嶙峋，丑陋难看，又与村干部势不两立。倘若被人陷害，进了笆篱子（方言，监狱的意思），你可怎么办？”当时的对话，虽在38年前，却记忆犹新。

“不管你怎么样丑陋，也不管你如何穷困潦倒，更不管你进不进笆篱子，有了你咱什么都不怕了！”爱的尾巴藏不住，闭上了嘴巴眼睛都会说话。姑娘不想多说，但还是回答了咱。

“你有这样的想法，到底图啥?”咱又穷追不舍地问。

“早就听人说下麦窝村有个土秀才，就是没机会相见；咱还听说你人好，有才干又能写文章，咱就喜欢有真才实学的人。咱爹娘相信二姐夫（媒人绍宽）看人不会走眼。他办事历来可靠，也了解到你家人本分，家风正，爹娘的人品又好。这样的家庭，才能够培养出品质优秀的后代。二姐夫还说，别小瞧人家，是金子总会发光的。所以咱才决心与你相伴终身，白头到老……”姑娘虽羞羞答答，但气度不凡，话语间铿锵有力。

“写大字报得罪了小人，有人陷害……”咱加重语气，想狠狠将她一军，看她有怎样的反应。

“你进牢狱，咱像赵四小姐那样陪你进牢狱；你要一直过穷日子咱也陪到老，绝不食言!”姑娘坚定又腼腆地说。

当年，山姑娘这个金凤凰，遇见土秀才心花怒放，一见钟情。

下麦窝村民兵连长闫忠义常说：“早生儿子早得济，早娶媳妇早成器。”1979 年 2 月 8 日，咱也不知道前世怎样修来了人间情缘，仅凭大字报这棵梧桐树，无意之中招来了金凤凰。有道是千里姻缘一线牵，不管咱怎样刁难，怎样拒绝，山姑娘就是不放手，一万个同意，一万个不舍，一万个不悔，一万个随你便，让咱领悟了人间患难见真情的真正含义。这是一生从未有过的，这颗冰凉冰凉的心，一下子被真诚的爱意彻底地融化了，裸露之心突然升起温来，火热地沸腾了，胆儿也大啦，咱紧紧地把她抱住，别说这辈子就算是下辈子咱也不松开……

你若盛开，蝴蝶自来；你若精彩，天自安排。在人生最低谷的时候，你最需要什么，什么就会到来。当时的咱不名一文，穷得叮当直响，骨瘦如柴。山姑娘有稳定的工作，收入颇丰，是纯九年的高中生①，比咱可高多了。在相处的日子里，她给咱买水果买纪念品，又以咱的名义，买礼品

---

① 高中生：据资深教师张力介绍，当时的教育，小学五年、初中两年、高中两年，读至高中即为九年。

到她姐姐家串门，处处给咱挣足面子。为了走形式，她还邀请众亲戚帮助，把好自己婚姻这一关。亲戚非常精明，看她一百个同意，还有谁不会做这表面的文章呢？亲戚们没有一个投反对票，算是全票通过了。

看完对象，咱还是一边继续写大字报，揭露个别人的丑陋行径，一边处在干柴烈火般的热恋之中。酒不醉人人自醉，情人眼里出西施。咱从来没有意识到，爱情的力量一旦燃烧起来，能有这么巨大的威力，它能把咱的冰川融化，爱情的烈焰成了咱的精神支柱，一直在鼓舞鞭策咱前行。

咱暗自想，个子小又丑陋的自己，在农舍里也就是一堆不起眼的牛粪。可她集心灵之美、贤惠之美、道德之美、劳动之美于一身，亭亭玉立、鲜艳夺目，她这朵鲜花怎么就阴错阳差插在了咱这一堆牛粪上？让人百思不得其解。有缘千里来相会，无缘对面不相逢。咱和她成了鸳鸯鸟，恋爱不到一个月，在爹妈的提议下，1979 年 3 月 16 日，咱们闪婚，结成连理，风雨同舟，幸福地生活在一起。从此一夜淑女成贵妇，咱成家中大丈夫。媒人自然成了咱的连襟，成了好兄弟、铁哥们儿。

现在回想起来，感触颇多。据老乡们说，咱是当年全村第一个勇敢站出来，给个别村干部写大字报的人，真有一种初生牛犊不怕虎的精神。咱是个极普通的农民娃，老实厚道，总会挨人欺负、鄙视。不怕起点低，就怕不到底。不管有人怎么样变着法儿整咱，但他们终究都没有得逞，反而让咱在抗争的过程中，越来越成熟，越来越坚强。

咱之所以成功，得感谢金凤凰似的爱人。人累了，总要有个地方可以依靠；心累了，总要有人一直不离左右精心呵护。一生中最大的福气，莫过于在风雨之中，有人能为咱撑着伞；苦难之时，有另外一双手握着。心里的话有人倾听，就是安慰；眼里的泪，有人读懂，就是知己；肩上的活儿再苦再累，咱也满足，总感到有甜蜜的爱情在温暖着心房……

咱还常听别人说，绍宽放荡不羁，背后没少讲咱的故事。他调侃地说：“正是世安有才能、有骨气、有魄力、有创造力，才能顶住各种压力。他凭自身的不懈努力，创造了麦窝村新的历史。从小学文化到高级知识分子，从新闻记者、大连记者站站长、党支部书记，到成为青少年学习的榜样，已经潜移默化地影响了三代人的成长。”他不喝酒，一谈到咱时，就像喝醉酒似的直拍着自己的胸脯，眉飞色舞，激昂慷慨：咱就是大媒人，是世安走向成功的见证人。

时辰未到　三进三出“饮马河”

辽阳市文圣区小屯镇下麦窝村南二里地，有条清澈见底的神河，说它神是因为它有独特的故事。两岸的垂柳婀娜多姿，像仙女在不断地梳洗长发；水面上树的倒影仿佛靓妹在河中向你甩出媚眼，迷人的神河，让你流连忘返。最让人称奇的是，天再冷河水也不结冰，一年四季川流不息，让家乡人的生活富有诗意，充满了无限的生机与欢乐……

关于这条河，下麦窝村人称它为饮马河、大梁河、东辽河、代子河、衍水河、太子河……一条河流为何有如此多的名字？很值得人们关注。在幼年玩耍时，咱妈曾多次讲述，饮马河上演过许多刻骨铭心、催人泪下的故事。

经过深入挖掘，2015 年 5 月，咱将饮马河的由来、生死瞬间、谁命名了太子河这三个故事融为一体，独家对这段渐渐被人们遗忘的历史故事，原汁原味地呈现给人们。

饮马河的由来

相传，努尔哈赤领兵打仗，曾经浩浩荡荡地经过这里。当时，正值数九寒冬的季节，河水封冻，无处取水。经过长途跋涉，人困马乏，大队人马饥渴难忍。看到冰冻的河面，努尔哈赤犯愁了，不由喃喃自语：“如果这条河不结冰，让战马能饮水该多好。”奇怪的是，他的话音刚落，河中的厚冰“嘎嘎”直响，逐渐开始松动，那水如同被烧开似的，冒着腾腾的热气，自然而然地喷出。士兵畅饮一番，感到又甜又热，精神百倍，浑身是劲儿；战马饮完水撒欢嘶鸣，前蹄腾空，雄壮威武。

对此奇怪现象，努尔哈赤非常惊讶，不禁狂喜，随之畅饮起来，品尝之后连赞三声“好水”。看到士兵、战马兴奋不已，他有预感，这是苍天相助，便立即发兵，一举拿下了辽阳城。为纪念这一有功之河，特赠名“饮马河”。

自此以后，不管天气怎样寒冷，饮马河仍然冒着热气，不结冰不封冻。咱在年轻时亲眼所见，即使在刺骨的三九寒冬，河水依然腾腾地冒着雾气，仿佛让人感到春天提前到来。水的温度不似温泉水，是正常温度，喝起来甜润爽口。咱想在这儿创建矿泉水、汽水两个工厂，但忙于新闻采访，一直分身乏术。

这条河流，为什么不结冰？对此，咱斗胆猜想，这与努尔哈赤的故事无关，是历史上地理变迁的结果，是自然现象，也许在河下深层，储藏着大量的宝贵矿藏，散发出的热量所致，也许是河流恰好流经温泉地带，这一切有待科学考证。随着科学的不断发展，咱还预感到，距离揭开它的神秘面纱已经为期不远了。

生死瞬间

这条饮马河曾让咱三次差点儿命丧黄泉。回忆起这些掉链子的往事，咱仍历历在目。

第一次遇险是在咱16岁那一年。那是1971年8月的一天，刚进入阴雨连绵的8月，连续几天的大暴雨，让河水猛然咆哮起来，再加上上边泄下的洪水湍急凶猛，像一群猛兽向人们扑来，吓得饮马河两岸的人们心惊肉跳，眼前茫茫一片。那个时候，咱在河边上不但不惧怕，还在琢磨着自己的小心事，萌生了一个小念头：何不借助暴雨的冲击力，多捡些柴火（村民称它“浪水”）背回去，父母见了肯定说咱是过日子的好手。

说干就干，咱返回家中拿着绳索和镰刀，走到河边四处张望。双眼紧紧地盯着河面上被暴雨冲下来的浪水，开始实施水中捞柴火的计划。有的浪水随水翻滚而下，有的离岸边太远，让人干巴巴地眼馋，怎么努力也够不着。

两天之后，洪水渐退，捞柴火计划逐渐有了希望。爹下令不许涉河，更不许游泳，咱满口答应。然而见“财”起意，爹的嘱咐早已忘在脑后。河水虽然已经退了许多，但咱这个旱鸭子，还是忐忑不安，面对河水有些不敢靠前。

在岸边经过仔细观察，发现距离咱不远的河边，有一堆树枝已好久不动。咱知晓此处水浅，下河捞上这堆树枝，估计还是比较安全的。小心无大错，咱在心里不停地自言自语，脚却在不知不觉之中向水中小心翼翼地迈进，慢慢地移向了树枝。咱拽住树枝，使出全身力气往岸边拖，可树枝仍然不动。只见树枝弯曲得很，却不见松动，很快树枝被拽成了一个大弓形。再次使劲时，咱脚底下一滑，树枝像弹弓一样，猛地将咱的身子一下子弹出很远，落入深水之中……很快喝上了几口免费水汤，顿觉头昏眼花，心慌意乱。咱急中生智，胡乱地抓住了树枝，迫切地想从水中站起。但脚下怎么踩也踩不着底，眼看着就有被水冲走的危险。生死瞬间，突然意识到，咱是风华正茂的少年，怎么能被小小的水给淹死喂鱼呢？绝不能放弃生命，绝不能这样白白地送死！

此时周围没有一个人能来救援，也没有小舟或木头借力。怎么办，只能听天由命？咱心不甘，在水中定睛细看，忽然发现河的北面离村庄最近，是条生路。咱立马决定向河的北面下麦窝村的方向划去，就是死了也要朝北。有了这一决心，便使出了全身力气，伸手向北面树枝抓去，又向另一个漂浮物追去，抓了追，追了又抓。

说到此，咱想问问读者，人怎么叫死？又怎么叫活？咱认为，只有尝过被水淹过的滋味，死里逃生的人，才能有深刻的体会。具体地说：当你大喊大叫时，别人却丝毫听不到你的声音，周围的一切都很平静，你与大家仿佛隔着什么，无法彼此互通，这就叫死。怎么叫活回来了呢？当你渐渐地又仿佛听到特别细微的声音，这声音慢慢地扩大，它催着人彻底地醒来，人也就活了回来。

下麦窝村人曾说：“不识马性勿骑马，不懂水性莫下河。”咱在水中挣扎，凭借水流的冲击，咱慢慢地被冲到了河的北岸边。经过长时间的挣扎，全身力气耗尽，再也不能动弹地躺在岸边的柴火上，昏死过去……当慢慢地感觉太阳照在身上的暖和时，身体已经恢复了正常，慢慢爬了起来，看到河水已经退下足有半尺多。因为经历过被水淹，所以咱的胆量变小了。顾不上身体的疲惫，慢慢地将附近河边的柴火捞到高处晾晒，晒到半干紧紧地捆绑起来，拼尽全力背起回了家。这段丢人现眼的丑事，始终藏在咱的心窝里，无人知晓。

第二次遇险，是在1979年11月的一天傍晚。饮马河只有下麦窝村和下崴子村两条船可用，在河中来回接送村民。为能方便两岸村民过河，在邻村下崴子村民的大力支援下，用柳木搭建了一座简陋木桥，横跨在河面连通南北，有效地缓解了两岸村民昼夜过河的燃眉之急。因年久失修，简陋的木桥摇摇欲坠，但不管怎么说，能及时地运送行人与物资，解决村民的困难，这是下崴子村民的一大贡献，多年过去了，咱还记着他们的好处。

就在这天夜里，咱去河南小屯场院，用麻袋将妈从硬板地里刨出的土稻子包裹好装在自行车上，为省时尽快运回，过桥时急急忙忙，再加上身心疲惫天黑如墨，一不小心急中出错，自行车的轮子掉进桥面的缝隙中，重心一偏，失去了平衡，车子、土稻子和人，随时都有坠落河中的危险。

保护自行车和土稻子最重要，咱大脑立即发出这样的指令。那年月贫困得很，自行车是家中特大件；土稻子是咱妈一粒一粒从硬地板里刨出来的，绝对不能损失一粒。想到此，咱毫不犹豫地用最后一点儿力气，屏住呼吸将车子和货压倒在桥上，而自己却不得不松手，跌入深深的河水之中……

可当时，咱反应极快，只那么一瞬间，猛地抓住挂在桥上的柳树枝，在双脚落入河中前吸足了一口气，落水后又牢牢地抓住了河面上的漂浮物，让水冲不走咱，躬身向前，一只手紧抓住挂在桥上的树枝往前靠，另一只手划水向桥靠拢。在抓住桥身时猛地往高处一蹿，同时另一只手也抓住桥沿，这才有了转机，死里逃生。

喘息片刻，恢复点儿体力后再次爬上桥，人已经精疲力竭。恍惚中，仍坚持将土稻子运回了家，记得当时仿佛有许多人在身边帮忙。

哎呀，你怎么像个落汤鸡，头破血流，快到陈素云大夫那儿去包扎包扎。咱进屋时，老婆见状吓坏了，边说边要扶咱去治疗。咱不去，把落水的事情与她一讲，她的脸唰的一下变得苍白，心疼地说：让咱怎么说好呢，你真是要财不要命，以后千万注意。咱的当家人要牢记，生命是宝贵的，保住性命是首位的，你懂吗，咱们的世安同志！

第三次遇险，是在 1992 年 12 月 28 日。那是个昏昏沉沉的傍晚，咱从北京参加《中国企业报》年末表彰大会归来。在会上，咱光荣地被报社授予“全国优秀新闻记者”称号，真是骑毛驴吃豆包——乐颠馅了，心里高兴得不得了，将存放在小屯咱姨家的自行车取出，匆忙跨上，那时归心似箭，向下麦窝村飞速赶去。

咱已好久没有回家，不知饮马河木桥被拆，新建的大桥下正在打桩、施工……

天色漆黑，只顾高兴赶路，没注意到桥面的巨大变化。当自行车驶进桥北边时，被眼前的突然巨变吓坏了。仅一个多月工夫，桥北的部分桥体已经拆除；在靠桥左边，只有两米多长临时搭的跳板，让胆大的人通过，胆小的人不敢走这险道……咱正拼命地蹬车子，毫无防备，一旦冲进二丈多深的河底，便会车毁人亡，还会成为人们闲聊的笑柄——世安出差一个月，急赶回家见阎王……

危急时刻，总结上两次遇险的教训，咱果断决定，来了个一百八十度急转弯，采用舍财保命的方案，毫不犹豫地弃车保人。

关键时刻，咱猛推着车后面，自己则退在桥南沿的地面上，在咱没跌入桥下，还在桥南沿边的时候，说时迟那时快，咱又使劲一挺，身子再次往后倒，此时似乎有人在空中往后拼命地拽咱，也似乎在下一步人生险棋，直到最后安全地跌倒在桥南的地面上……

咱迷迷糊糊，心被吓得咚咚乱跳，不知怎么回的家，老婆连推带叫，咱才缓过神儿来。她唠叨："你真是胆大命大，要咱早就摔得粉身碎骨了，真是大难不死，必有后福。"

咱心里明白，这是行善积德的福报；家乡的河、家乡的水，施了神威，活生生地救了咱。第三次遇险，如果有一丁点儿失误，咱便早已到了另一个世界。现在想起来，还是有点儿后怕。三次逃生让咱有了深刻体会，平时要练胆、练智慧，才能在险境面前游刃有余，才能捡回一条可以活蹦乱跳的生命。

谁命名了太子河

说到此，有人会提出疑问："咱已上网查了，怎么没查到辽阳的饮马河?"咱说："一般人不晓得饮马河逸事，请记住饮马河流经下麦窝村的这段，仅1公里的河，其他地方仍然叫太子河。"

对不起，咱光顾讲述三次遇险，怎能将太子河的典故忘却?据咱妈多次讲，在很早以前，有位皇帝领兵打仗来到了下麦窝村。当时他非常着急，想立即拿下古城辽阳，创造历史上用兵如神的战绩。

那时正是三伏天，炎热难熬，再加上河水上涨，大军无法渡河。怎么办?皇帝先派大儿子到河边打探水情，很快回来禀报：河水一浪高过一浪，无法渡河。皇帝大怒：谎报军情，立刻斩首。又派二儿子前去打探，迅速回报与前面的大儿子所报一样，皇帝二话没说，将二儿子斩首。皇帝又派了三儿子……

三儿子特别聪明，很快返回禀告：儿臣赶赴河边，突遇严寒刺骨，寒冷胜过严冬三九天，冰冻足有三尺之厚，建议调兵遣将攻打辽阳城池。皇帝闻讯大喜，重奖了三儿子，立即下令发兵过河……当众兵将赶到河边一看，不由得惊讶起来，只见满河面爬满了甲鱼、螃蟹，在阳光的照射下金光闪耀，好一片壮观景象。皇帝一挥战旗，战马、战车、众将士等踏上甲鱼、螃蟹，像踩山道似的很快全部过了河，一鼓作气攻下了辽阳城。现在咱们吃的甲鱼、螃蟹壳上，均可看到马蹄印迹，据称，这就是它们的老祖宗，在河面上被马蹄所踏留下的印迹。

咱还深入民间采风，得知民间还有一种说法，大致内容同上，只是结果不同。当皇帝赶到河边一看，大浪滚滚无法过河，便使用了障眼法，让士兵看到眼前的河面上全是甲鱼、螃蟹。皇帝闭上了眼下令渡河，用士兵人踩人、马踩马，沉了再上的方式，将河道填满之后，人从人身上践踏而过……这些都是民间的传说而已，无法考证，权当戏言罢了。

据传，皇帝打下了辽阳城，为了纪念大儿子、二儿子，将他们葬在了辽阳城东的东京陵西山坡上坎①，大兴土木，修建了两个大墓地。为怀念这两个冤屈而死的亲生儿子，皇帝金口玉言把以前这个有众多名字的大河，赐封为太子河，以此纪念两个儿子。经查证，在大小河流当中，以人名命名的河极为少见。

辽阳市老记者、历史学家、咱的老文友姜兴涛，看了本文，拍手叫绝，他肯定地说："公元前227年，秦燕之争，燕国太子丹领兵屯集下麦窝村，以河作为防御屏障抗击秦军。秦国威胁燕国只要处决太子丹，秦可不灭燕。太子丹为百姓免于战乱，献出头颅赢得和平。为纪念太子丹的英灵，把衍水河改太子河，这有文字记载，并非妄言'衍水大桥''慈云衍水'等历史名迹，都来自太子河名称原来的叫法。太子丹深情厚谊在'衍水河'上，送荆轲'风萧萧兮易水寒，壮士一去兮不复返'的豪情壮举场面，咱深情追忆起来，仿佛就在今天。"

如今咱站在太子河河畔，多次苦思冥想，多少年来，悠悠的太子河，是母亲河、英雄河，它源远流长、气势磅礴、威武壮观，演绎了多少人物

---

① 上坎：2016年8月12日傍晚，为求证太子坟真相，作者专程赴辽阳东京陵阳鲁山（后改为上坎村），实地查考太子坟。结果让作者大跌眼镜。此地确有太子坟，规模宏大，正在大兴土木投资维修。据守灵人吴秀香介绍，这里有四大陵园，均为努尔哈赤后裔。她强调，这里的太子坟与民间传说的大儿子、二儿子被杀的故事，无任何关系。可见，民间传说与历史真相有很大的出入，有些事情，必须进一步考证。

的豪迈故事。新时代的太子河，从辽阳城中穿过，使辽阳形成了新格局，是多么富有诗情画意呀！太子河已拥有了古城辽阳，如今又打造了新的东辽阳，河东文圣拔地而起，扩大了辽阳城域规模，使古城壮美的身姿，更加宏伟灿烂，成为辽阳英雄儿女崭新的化身。

悟出真谛　秘方泄真言

20 世纪 70 年代，在咱的家乡有个流传甚广的故事，说的是，有位老农只认死理。他认准的事，绝不会因周围人反对而改变，为此遭受了不少磨难。他的坚持感动了一个神仙。这位神仙偷偷下凡，找到这个老农，赠送他一个秘方和六句真言。

到底是怎样的秘方和六句真言？许多人都想知道，也想得到。这件神秘事传来传去，都说是咱爹获得了，并且深知底细。再后来，还说这件事就发生在爹的身上。

可是，不管咱当时怎样追问，爹都矢口否认。

1978 年，当时的生产队集体经济还普遍存在，社员的生活仍旧贫困，家无存粮，总是吃了上顿没下顿。咱也是常常饿得无精打采，经常眼睛都懒得睁开。这样下去怎么能行？为寻找生路，咱去询问爹，求他给个灵丹妙药……爹沉默了许久，才对咱说："办法倒是有，就怕你嫌弃太苦、太累、太脏干不了，就是干了起来，也很难坚持。"

下麦窝村民刘志民说，鸟无食无法飞行，人没钱无法生存。人是铁、饭是钢，一顿不吃饿得慌。为能够治饿，咱挺起胸脯："只要是人能干的事，累不死的，咱就能拼命干。"咱暗自发誓：在走投无路的情况下，非闯出一条属于自己的谋生之路不可，只有这样才算是真正的男人。

"咱就等你说这句话，有骨气才是咱儿子！编筐织篓，重在收口，有一门手艺就能养家糊口。爹看过城里的豆腐坊，也细心考察过，凭眼力心力手力，也能做出豆腐来。做豆腐是水里捞财，累死人的活，一般人干不了。

有爹做后盾，咱要争当先锋，妈和老婆做后勤，全家四口人齐上阵，在老宅的中心地角率先创办了王家豆腐坊。经过一个多月的紧张筹备，王家豆腐坊鸣锣开张。村民喜笑颜开，逢人便说："平常咱们每年只有过年才能吃上豆腐，这回好了，只要有钱可以天天吃上老王家的大豆腐块啦。"

王家豆腐的制作经泡黄豆、煮汤、过滤、挤压等多道工序，因味道鲜美、块大、筋道、价格便宜、卫生过硬等众多优势，一炮而红，备受乡亲们的青睐……[①]两年之后，虽然豆腐坊多如牛毛，但乡亲们仍然认可王家豆腐。有童谣曾经称赞王家豆腐唱道：

豆腐嫩　豆腐香
唇咂不吃心发慌
豆腐嫩　豆腐香
咱娃眼馋咱爹想

那么，王家豆腐好吃的秘诀到底在哪里？

多年以来，许多人都思考过这个问题，甚至追问王家的历史，老王头是不是有什么神仙秘方和真言。爹听后仍然不作声，直至临终也没有泄露过，这秘方和真言，到底是个啥模样呢？

历史已经证明，不管做什么事情，都必须走在前面。在跟爹反复制作豆腐的过程中，咱也走过好多家豆腐店，不用问也知道他们家的致命弱点在哪里，出于行业规矩，只是不揭穿他们而已。咱们家的优势具体在哪里，咱能说得一清二楚。许多人对爹说，你家从来没做过豆腐的小安子，如今咋成了行家里手。

在这里，咱偷偷地告诉你，做豆腐可是个良心活儿，其中也曾有极个别人偷工减料，应该投入十八斤黄豆而少投了两斤，即使勉强出两板豆腐

① 那个年代，豆腐按块出售，王家豆腐块头大，两角钱一块，买的人很多，一天四板，板板售空。

也会砸牌子。在这方面，爹每次除了足斤足两之外，会再另外多添一大碗豆子，以保证豆腐的质量。再就是做豆腐是累死人的活儿，有套老嗑儿令人玩味：

豆腐香来豆腐软
雪白鲜嫩令人馋
吃起容易做起难
一年四季把水担
起早贪黑腰累弯
身疲体乏筋骨酸
好汉嫌脏远远躲
水里淘金实艰难

七十二行，行行难，再难也得有人做，知识和秘方，都是咱家的宝贵财富。不献出就是小心眼儿，在没征求爹意见的情况下，咱擅自做主，向外界透露，这样的做法大家说合适吗？

只要对社会有帮助，咱想爹会支持的。在此咱就将所得的秘方全部拿出来，权当王家做一点儿贡献，对王典家族有个念想。

早听说下麦窝村有句"不怕学不成，就怕心不诚"的至理名言，在咱心里早已化作行动，在做豆腐的几年中，通过大量的实践，感悟人生颇多道理，获得了精神财富。其中最值得推广的是，要想说人过留名、雁过留声这样的硬气话，必做堂堂正正的人，才能获正果。

要做一个真正有原方引子的良心，再配上灵验的道德正方，它们在一起锤炼，方能逐渐形成属于自己的秘方。将良心道德放在掌心掂上一掂，再拍拍自己的心口扪心自问，自己做事对得起一撇一捺的人和良心道德吗？对得起！你才能获得人生的秘方。

经过深思熟虑，咱认为，这就是神仙给人间最大、最珍贵的良心道德上的一个秘方，是人类获取财富的绿色通行证。

做豆腐看似简单，其实是一门学问，是高尚的手艺。只有“良心道德”四个字做得好，手艺才好，口碑就好，生意才能红红火火。做好豆腐是考究生意人品德的试金石。在历史上，手艺人多如牛毛，只有品德好，豆腐才能做得好。

1981年秋，为继承父业，打造一身好手艺，咱可下了一番苦功。一熟三分巧，一通百样好。一丝不苟，千锤百炼，终于练就了六句真言，成为咱们传家至宝：

第一句，凭良心精选原材料。病从口入，根在原料。在选豆子时必选无虫眼、无豆瓣、无杂质的精豆。只要符合这三大标准，价钱再贵也要买下。否则再怎么便宜，甚至白给也不能要。

第二句，精选优质的制作工具。必须用上等用品，像选磨、选木料、选布料等必须细而再细，不得有半点马虎。

第三句，熬熟豆浆，掌握火候。锅下不用很冲的柴火，专用软软的文火，反复地熬制豆浆，只等翻滚到了十分成熟时才能用。

第四句，做好点豆腐，心力眼力到位。卤水往锅中要慢慢地滴，要用勺子均匀搅动，到一定的时候才能停止。

第五句，压力视火候为宜。豆浆用纱布包严，用大木板压上，再加上一块大石头，压的时间太短显然太嫩……压成了四不像更没人要。做豆腐必须细看火候，火候是经过苦功练就的，正所谓梅花香自苦寒来。

第六句，严把食品安全关。人勤、活儿好，做豆腐必须在干净的房间里进行。任何一道程序，必须讲究、干净，让人吃起来放心才行。

这六句真言，在激烈的市场竞争中，本来连一个字也不愿外泄。谁一旦获得，谁就成了豆腐仙子。秘方真言，是咱家至高无上的宝贝，血汗的结晶。

其中有一件事，让咱一辈子忘不了。当年，爹找不到抹布，突然看到抹布堆了一大堆，不由得训斥道：“这么多抹布堆放在一起，能不起球繁殖生娃吗!”对此，帮忙的妈不但没有生气，反而还被爹逗得“扑哧”一声笑了。这是多么生动的语言艺术，对于抹布起球[①]，不管妈怎么笑，爹一直在严肃教训人：要讲究！抹布必须洗干净，放到每一个该放的位置上，随时将有水的地方抹干净。这是铁的规矩！

咱在精心做豆腐的时候，看到刚刚出笼的豆腐，在豆腐板上冒着腾腾的热气，似仙境一般，放在盘里，四周都充满着灵气、香气；豆腐在豆腐板上，不断地移动，像仙子一样活跃，又像一对连体胖妞儿互相拥抱，喜笑颜开，十分地招人喜爱。

有人看热闹，让咱白送豆腐。说起白送，还真的有了奇效，今天你听好了，咱白白送给你新知识。经过反复实践，发现豆腐对女人养颜防病大有奇效，这是咱的一大发现。豆腐有利于防范妇女常见的乳腺癌；雌激素有助于中年女性减轻潮热、烦躁等更年期症状，还有助于延缓绝经期的到来；有润肤美容和延缓衰老的作用，女性每天多吃豆腐，益处多多。

咱们做的豆腐，不管怎样嫩，都能立得住、切得住、炒得住。很多人回家不等豆腐下锅炖，就情不自禁地放进嘴里吃一小块儿，那鲜嫩的味道，扑鼻的清香，让人陶醉，民间就有“小葱拌豆腐”“鸡刨豆腐”等多种美味的做法。

那时豆腐进了肚里，不仅营养丰富，还能耐饥饿。每天吃上一顿，可以挺住一天的心慌。那些年，王家豆腐不仅好吃，还大显了精气神儿，相传，就连小孩在跳皮筋时，也边跳边唱那时有关王家豆腐的童谣[②]：

豆腐热豆腐香
一天不吃心发慌
豆腐嫩豆腐鲜

---

① 起球：俏皮话，意思是说，像小猫小狗聚在一起寻欢取乐，形容做事和堆放东西杂乱无章，没个条理。

② 童谣：这一组组的王家豆腐童谣，经过几十年，依然在辽宁省和其他地方流传。

品尝豆腐似神仙

1983 年，咱成了当地小有名气的豆腐匠，直至现在，还有人在戏言：那个“土疙瘩记者”，咱早年就知晓，还是下麦窝村做豆腐那个臭小子。

很好，咱爱听这话，听后心里臭美得很，欣慰之时频频点头。抚今追昔，心里的酸甜苦辣，油然而生，不由得飘飘然。

昨夜凌晨，正在赶写这篇稿子，因太晚、太累的缘故，在朦胧之中，爹忽然飘然而至。咱忍不住询问：

“一个秘方与那六句真言”的事。

爹沉默了半天才慢慢地说：“你们老是要的那个‘秘籍’埋在柳树下，你们谁有能耐自己去找呀……”

梦醒了，留下了无数个疑问……天大亮了，咱猛跑到太子河畔。太子河两岸全都是柳树，数也数不清，宝贝到底埋在哪棵树下了？也不能将整个河滩翻个遍吧！此时，就算神仙也难找到它的踪迹……

这让咱冷静再冷静地想了想，反复琢磨好多天，突然悟出了人生真谛：爹为什么不告之秘方与真言？他看得很远，是担心后代人不动脑筋不想事，不劳而获，坐享其成，过上寄生虫式的生活，那样就是彻底地坑害了下一代……

爹给咱留下的疑问，让咱找呀找，永不止步地找……经过长时间的寻找，咱忽然醒悟，扎实自身，才是王典家族奋进的精髓所在。也是王家豆腐细嫩、好吃、实惠，做成一绝的秘方与真言，这些已经达成，王家的豆腐已经成了长盛不衰的品牌。

凭这一点，下麦窝村村史曾经有过王家豆腐的记载也就足矣。然而，这已经成为过去，一切不复返，咱们必须重整旗鼓，振作精神，去追求新的秘方和人生真言……

草根奇事　夫妻“条约”

1982年3月8日13时58分，经过耐心的等待，一锅热气腾腾的大面包终于出炉，咱迫不及待地把取货单递了上去，五大盘子的面包，从炉膛里被传递了出来，倒入了事先准备好的五个大纸箱里，立即被咱搬到十米之外的手推车上。

四两一个的大面包，终于归了咱，咱可以自由地支配它。呈现在眼前的枣红色的大面包，上边还点缀着一些芝麻粒，再加上中间及旁边油汪汪暄腾腾的样子，肯定比海绵还要软。香甜扑鼻沁人肺腑，再加上没用过早餐，现在又过了晌午，肚子里咕噜噜地叫，饥肠响如鼓，咱的心快要蹦跳出来，手、眼、胃都急切地盼望享用这些面包，真想先大饱口福。

“不许动！绝对不许动！”咱手正要伸向面包，嘴在蠕动，胃在急切呼唤的时候，一声令下让手像触电一般立即缩了回来。

咱四处张望，仿佛自己在偷别人家的东西，不由得琢磨，莫非老婆在哪里偷偷地监视咱不成？还是饿得头昏眼花了？

细看四处无人，自嘲无趣，自己坚持把手推车一步一步艰难地推出了小屯酿造厂，穿过了一道大街，右转一直向北走去，到了太子河边的柳树下再也走不动了。回想起刚才的喊声，又自嘲了一把，做家贼也心虚得很。当时哪有人在喊哪！还是自己大脑在给自己发出的指令，严防因一时挡不住大面包的诱惑，犯了舌尖上的严重错误。

做任何事情说起来容易，但要坚持做好就很难。为谋求创新和发展，咱敢想敢干敢冒险，1982年领取全地区首家个体营业执照，在下麦窝村的“私宅”，开创了全村第一家个体工商户的先河。

当时村里集体出资的合作社红红火火，村民都认集体商店，这种旧传统观念根深蒂固。谁还认识个体户？就拿咱本人来说，从心底也认国营认集体。要创办个体经销店并让它发展赚钱，受到村民的普遍认可，那可不是一件容易的事，必须有一整套独家经营策略，才能在激烈竞争的大潮中取胜。

下麦窝村人有哲理：价高门前冷落，利薄顾客盈门。在很长的时间里，咱仔细观察，反复研究各种经营之道，像上货要新鲜、食品要安全、商品要价廉；采取进真货、昼夜卖、包退包换等措施。为加强内部管理，咱提议经销店的货要比国营的还丰富，比集体的还廉价。咱绞尽脑汁首创可能其他地方没有的夫妻互监条约。这个条约，有很多新鲜事，之后怕被人当成笑柄，便藏在衣柜里，现在来看却成了难得的回忆。

如今思想解放，不怕人前人后被取笑，留个念想，拿出来晒晒：

夫妻条约

王世安、王伟夫妻二人，本着友好自愿，自立条约，警诫自我，彼此监督，所有款项自签字之日起生效，恪守信誉，终不反悔。

第一条：不管谁去小屯或辽阳上货，绝对不许擅自途中自食，违约者自罚两个大耳光，让对方见证，由自己严格执行，猛劲扇，绝不手软。

第二条：不管是谁，都不许以任何借口损坏任何商品，损坏时必须自罚，自己拿钱全额赔偿，必须向对方做深刻检讨，猛打自己一板子。

第三条：收支两条线。经销店公款与家中私钱，分别严格管理，分毫不差。小卖店中任何商品一分一厘也要付款，平衡账目，责任分明，决不含糊其词。

第四条：在经营过程中，绝不准许随意吃掉店中的丁点儿食品，如一粒毛嗑①、一块小糖球……违者反省，自罚多干活，少睡觉，向王典爷爷、邺氏奶奶磕头谢罪②，悔过自新，彻底地改掉不良习惯。

承诺人：王世安　王　伟

一九八二年三月一日于下麦窝村家中

可今天为赶早去购货，没来得及吃早饭，匆忙赶到远离下麦窝村五里之外的小屯酿造厂排号，足足等了好几个小时才拿到货，买卖中的艰辛，只有亲身经历过的人，方知其中的滋味。

已过晌午，吃午饭的时间早已过去，咱又饥又渴，不用付款，伸手便可得到的大面包在眼前不断地晃动，可有条约在先，咱绝不能伸手。要动，必须先狠狠地扇自己两个响亮的大耳光，还得有老婆监视才能食用。狗肉滚三滚，神仙站不稳，咱比神仙还要站得稳才算汉子，自个儿立的规矩饿死也绝不食言。想到此牙根一咬，脚跟一蹬，猛地站起，哈腰推动车子，向河北面自己的家走去。

咱心中只有一个念头，向前每迈进一步就是一步的胜利。生活中可能没少挨饿，总结几条，很管用能治饿的信条：你饿绝不能想饿，而想别的事情来分散它；你累绝不能喊累，而用其他活动来替换它，这样就能缓解心慌腿软的状态。

一边推车一边想事，干点什么能缓冲饥饿呢？左瞧右看，双眼不由得盯着大面包出神。忽然间灵机一动，想在面包推销上狠下功夫大做文章。想到此，咱不由得脱口而出：“大——面——包，刚出笼的大——面——包，又软、又香、又热，吃起来胜过活神仙。”

咱看车前后都有行人便胡乱地喊起来，你喊你的干脆没人搭腔。咱不气馁，不由得连续扬起脖子像小叫驴一样地吼叫，再次提高了分贝。每隔

① 毛嗑：方言，即向日葵籽经过处理，炒熟而成的瓜子。

② 谢罪：这是王典家族比较严格的自我惩罚，更是家规家教的具体实施措施。

几步就长喊一遍，使道边两侧甚至更远的行人，都能注意到咱车上的大面包，深情地勾引着他们的食欲。

前边有个小女孩，听了好几遍喊声终于听明白了，她蹲在地上直打磨磨不走，非要妈给她买个面包不可。

看看你竟撩小孩子食欲，孩子的妈直言不讳地埋怨咱。

没办法，咱只能善意地撒谎，说这东西是给大人吃的，不是给小孩子吃的，小孩子就是来买，咱也不卖。

说话间一位骑自行车的中年男子载着孩子追了上来问："大面包，多少钱一个？"

"国营牌价，四两大的个头两角钱一个。"咱随口回应。

"来两个！"中年男子爽快，把刚买的面包给了车后的孩子，自己也吃了起来。孩子吃得很香，直喊让爹再买两个带回去。

刚才不想买的孩子的妈，也挤过来要买。很快，前后来的行人围拢过来，买的人越聚越多。等咱到家时，面包箱里已经所剩无几了。这让咱一拍大腿，突然有了灵感。这么简单的事儿，过去怎么没有想到呢？人在饥饿之中才能想出妙招。明天再去拿货，咱一定要拿双份，可以边走边卖，肯定能多赚一倍的钱。老婆一数钱，再与面包对账，一个不多一个不少，她感慨地说："不磨不炼不成好汉，不能吃苦成不了好丈夫。"这时她用手指着咱："你吃什么了？早晨、中午都没吃？眼看就到晚上了，都该吃第三顿饭了！你这个傻呆子，怎么不吃面包？"

听完这话，咱脑海突然出现这样的声音：

夫妻情意似漆胶
互相关爱少唠叨
灯前对坐多言怂
同枕共眠度春宵

婚殿切勿讲条件

芙蓉帐内能逍遥
人生漫漫如拟戏
白头偕老伴月娇

不知是深受感动，还是深受委屈，咱两眼泪汪汪，掉下了久违的猫尿水（方言：眼泪）。咱连连说：“不能那么做！尚有钢铁般的约束，一家之主岂能先违反！”说完，咱跑进锅台前掀开锅盖，找到剩下的凉饭吃了起来。

那时生产队还没有黄，咱们夫妻俩还经常到队里干活挣工分。每次中午归来，三伏天炎热，吃点面包，喝点汽水，既不用动火又省事，何乐而不为。然而老婆不管怎么劳累，都自己动手做饭吃，不动用经销店一点儿东西。

在此之前，咱家在村中率先开办了王家豆腐坊，为多养猪多增加收入，老婆以她那瘦小的身材，从前街的老房子挑着两大水桶豆腐渣，还挑浆水一担担从大前街挑往后街（足有一里地），倒进猪圈旁的水缸里。一天往返多次，在饥渴难忍之时，她本可以随手拿到能吃能喝的可口食品，却始终没有动过一点儿，老婆给咱树立了榜样。咱常想，家有万贯不如有个好老婆。

在前房或后房的储藏间，存放着大量火烧、面包、麻花等美食，咱们是家中美食永不沾的店主。由老婆带头，天天煮高粱米饭做主食，白菜帮子做副食，用开水烫一烫，用手拧出水后，蘸点剩下的腐乳汤或臭豆腐汤。吃几次倒可以，连续吃会反胃。当时老婆怀着孩子，看到她顿顿坚持吃，咱也陪着强吃，边吃饭边看书，常常被书中情节所打动，竟忘记自己在吃什么啦。老婆在一旁开玩笑说：“吃饭看书不知香臭，弄不好吃到鼻孔里。”咱急忙反驳：“你才是呢！不然你怎么有这种特殊的想法？”当年，咱夫妻虽然时有拌嘴，但回想起来，连一个瓜子、一个火烧也没动过。

一分精神，一分事业，咱这样认为，不经一番寒彻骨，哪得梅花扑鼻香？此后夫妻更加勤俭，只要涉及经销店里的事，咱们处处都以夫妻条约自律，已成习惯。管理到位，买卖越做越红火，经济效益不断攀高，经销店早已捞回创业的第一桶金，为今后的发展打下了坚实的经济基础。

人心只要能静下来，才能体会家的温暖。家有小风小雨，也是一种不动声色的避风港。那时，夫唱妇随，向小康之路走去……后来，在乡村宣传员的不断宣传下，“夫妻店”一词被人们广知。他们还说：要说起“夫妻店”三个字，是从世安那臭小子那儿传遍十里八乡的。

你还甭说，王家的夫妻店真有她的独到之处，当年真的挺火，世安不做世国做，世国不做，忠宝继续做！

小试锋芒·破茧　情深意长·乡愁

小试锋芒 破茧

故乡偶感一

王世安

太子河岸边
背倚云台山
少年遭冷眼
蜗居山水间
腹有鸿鹄志
人生非等闲
卧薪尝苦胆
振翅冲云天

二〇一八年五月一日于下[illegible]村

王世安印

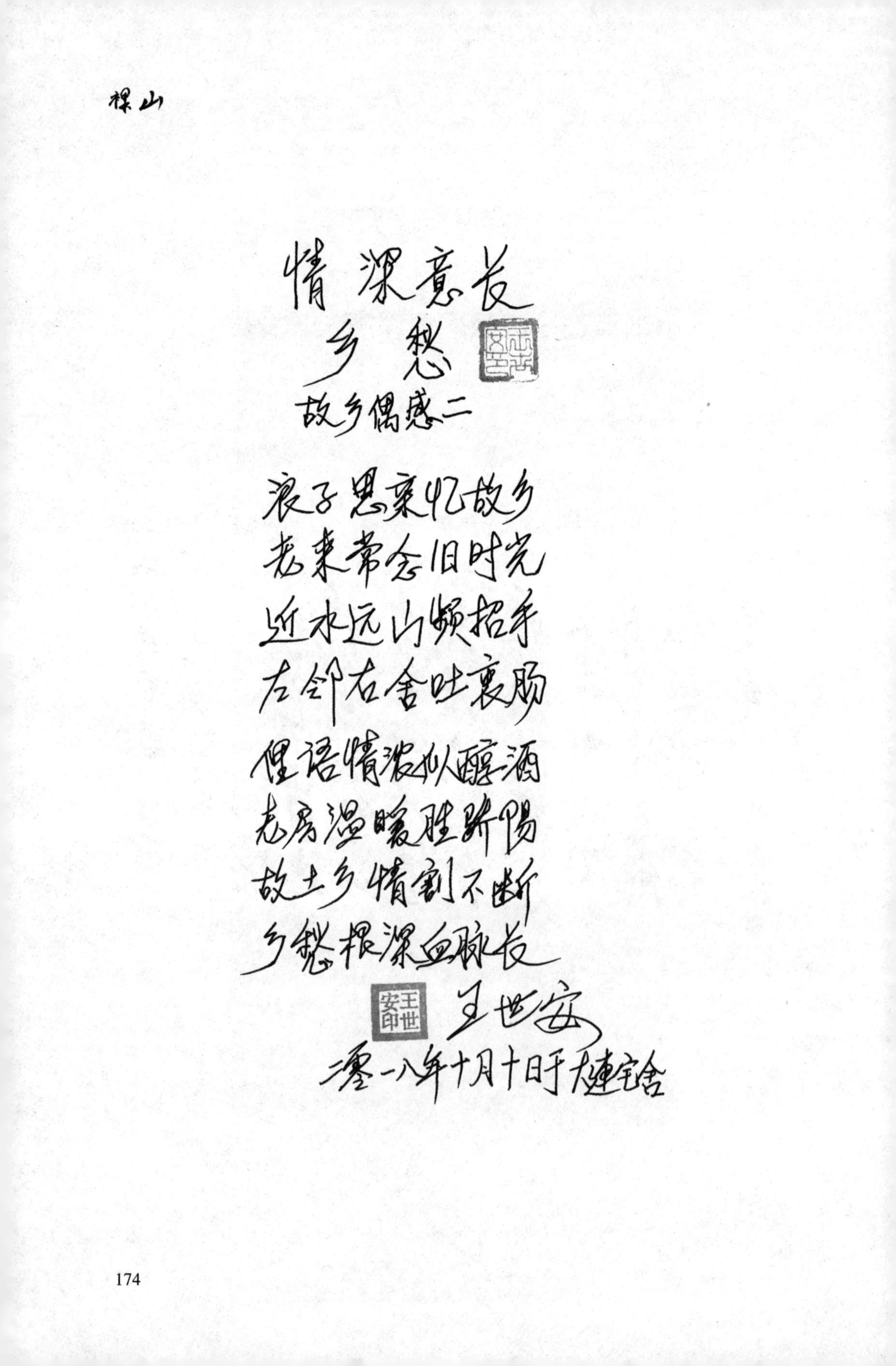

情深意长

乡愁

故乡偶感二

浪子思亲忆故乡
老来常念旧时光
近水远山频招手
左邻右舍吐衷肠
俚语情浓似醇酒
老房温暖胜骄阳
故土乡情割不断
乡愁根深血脉长

王世安印

王世安

二〇一八年十月十日于大连宅舍

人鼠大战 “耗子”跟人争地盘

叽叽、叽叽……

当东方露出鱼肚白，太阳公公一展笑容时，十几只老鼠摇头摆尾，围着草垛上蹦下跳，边跳边叫，它们已经攒足了劲，要与人比试一番高低。然而，草垛中的那个破烂不堪的小瘦人，全然不知老鼠的存在，也不知它们在此疯狂地威胁着他。他像十足的丑孩，无任何顾忌，鼾然大睡。

他的身上，零星地盖着碎草星儿，车把式盖鞭哨——盖上一条暖一条。那个睡觉的熊样子，非常滑稽可笑。

昨晚的老鼠难以预料，自己刚刚找到的新家，还没能够享受一番，就被这个不知从哪儿冒出的坏家伙一下子给占据了。

遇到这种情况，老鼠也咽不下这口恶气。老鼠家族联合起来，在此示威了大半夜，个个磨爪擦拳，跃跃欲试，非要与这个抢占地盘的坏家伙一比高低，一心想夺回属于自己的领地。

这个家伙可能是昨天疲劳过度，太乏太累所致，不管大老鼠们怎样喧闹，又怎样示威呐喊，他全然不晓。有两个胆大的老鼠，似乎想上前吃掉他的鼻子和耳朵，美餐一把……可此人不知危险降临，还在傻乎乎地鼾睡，他喘着粗气，嘴一张一合地发出怪异的声音……吓得老鼠连连退了下来。

这个人不是别人，就是本文作者。当年咱都二十有六了，因营养不良，人瘦得都走了形，全身只剩下了皮包骨，像个木乃伊。

昨天清晨，天刚刚擦亮，咱就套上了毛驴车前往辽阳酱油厂，准备进厂拉货。咱住在下麦窝村南，应该先行小屯，可当时没有桥梁，必须往西抄近道，路经庆阳南厂绕道而行，坡上坡下足有 20 公里，别说是小毛驴车，就是骑上自行车到达目的地的话，也得一个半小时以上。

下麦窝村民刘志才讲：“路崎岖凭脚力，雾茫茫看眼力。”跑呀、赶呀，一路上驴不停蹄，人不歇脚，等赶到了辽阳都快晌午了。到了厂赶紧往驴车上装酱油渣子，也顾不上吃饭，又立刻赶车往回返。近一个月来，该去卖的地方都去了，今天去哪里？这让咱犯了愁，边走边琢磨。

大约一个月前，咱到辽阳酱油厂找工会主席、大姨姐王秀芝办事，在工厂大库房里，只见紫红色的酱油渣子堆积如山，像黑色的臭稀泥直往外流淌，天气炎热再加上酱油渣子发酵，臭气熏人，走过都得捂着鼻子。虽然污染如此严重，一时又运不出去，大姨姐愁眉苦脸，厂方为此很是头疼又无可奈何。

按照常规，一般人办完了事就很快离厂返回，岂能管人家酱油厂的闲事。然而咱这个人爱想事儿，一眼便看到了无限的商机，不由得询问这渣子运出去还要钱吗？

听了这话大姨姐不耐烦起来，没好气地回答：“不但不要钱，咱厂往外运还得给人家运费和倒掉渣子的环保费。”

“咱要的酱油渣子能免费运出？”咱马上来了灵感，猴急猴急地追问不止，生怕天上掉下的大元宝没接住飞了。

大姨姐吃惊地看了咱一眼说：“挺脏，你还是干别的去吧！”

咱再三坚持，大姨姐不得不将咱领到刘厂长的办公室。她说：“咱的妹夫帮你免费往外运酱油渣子，你们研究研究吧。”只见 40 多岁大高个子的女厂长，瞪大了眼睛很不相信。面前这个人有这么大的能耐，能化解企业闹心事？刘厂长说：“还是工会主席妹夫有力度，你解决企业的排污问题，需要多少就往外运多少吧。”

幸运的机会就像市场上的交易，稍有延误就会错失良机。咱紧紧地抓住机会不放，成了企业排污的一员大将。在路程较近时，起早贪黑上午运走两趟，下午还能运出两趟；路程较远时，一天往外能拉三趟……对咱这一创举，刘厂长赞不绝口，早已乐得合不上嘴了。

下麦窝村民刘玉印说，不虚心不知事，不实干不成事，世上没有那么多的傻瓜。人往往是，在说别人傻瓜的同时，自己则是最大的傻瓜。从表面上看咱是傻，其实不将废物利用，创造新的价值，才是世界上最大的傻瓜。咱在想，在计划经济的年代，给农村各队分配些指标，不仅农民感恩戴德，还能给企业增加经济收入，何乐而不为呢？可是，他们总是想不到。看来，咱是那种与生俱来，善于在细小环节的夹缝中，捕捉无限商机的人。那个年代再有商机，也未必有人敢想敢做，真是撑死胆大的饿死胆小的。当时农村生产队刚解体，家家猪饲料严重不足。各种物资又是十分匮乏，干着急瞪大眼就是没办法。唯有咱明眸一闪计上心来，突然发现酱油渣子的潜力无限，可以代替猪饲料，还可以代替很贵的盐用，既调整饲料结构又增加了营养。酱油渣子是大豆压过的高级下脚料，饥饿时人都吃不着。每当村民们听说有人来卖酱油渣时，眼仁都乐，都跑过来争先抢购。很感激他们的认可，一大水桶上大尖儿的酱油渣，卖一元钱，一毛驴车装得满满的，能卖十元。现在看是少了点，但在当时很值钱，积少成多也算是一笔巨款。

酱油渣替代猪饲料是咱的独家创意，把它当作生意来经营更是创新，皆大欢喜，效果非常好。经过运作，离城最近的地方，出现了饱和状态，没有办法，只得跑到偏远的30里外小屯地区去出售。小屯与下麦，虽然仅隔五里地，但中间有条太子河隔着。当时没有桥梁，插翅也难飞过。

一到晚上，渡船停止了运行，即使白天有渡船，船不大也不能载运牲畜和车辆，隔河似隔山，只能让人望河哀叹。

在那贫困之时，年轻气盛，到了夜间想念老婆，心里闹得慌，真想脱个溜光，赤裸裸地跳入河中，挥手振臂拼命地游过去，疯狂直奔家里搂住老婆，猛地亲吻她几大口，再翻天覆地折腾一番，再睡上一个囫囵好觉……翌日早晨，在微风习习之时，再次裸奔小屯，喂饱牲畜，再去卖货也不迟。然而，驴不吃夜草不肥，驴、车、货一旦丢失将前功尽弃，因小失大。控制再控制，做人做事必须有自我控制的能力才行。

突然想起，咱的姨娘家就住在小屯，过去没少打扰她老人家，今晚再次赶到这里，已经是深夜十一点多钟，夜里惊扰很不礼貌。再说还得夜间多次喂驴，响动会影响别人。经过一整天的劳累和喂过几次驴之后，咱在不知不觉之中，迷迷糊糊地倒在草堆上，昏昏沉沉地睡了过去。

这才在无意之中抢占了老鼠的地盘，它们怒不可遏，一次次狠狠地咬咱，当咱感觉疼痛之时，才勉强翻个身……太阳升高，热度烤得人受不了时，咱忽然间打了个冲天的喷嚏，这才发现早已倒在小屯村第二生产队饲养院内的草垛中。一看外边雪亮雪亮的着实刺眼，方知自己已经昏睡了整整一夜。

众老鼠突然听到巨大的喷嚏声，不知发生了什么事，吓得四处逃窜。看到众鼠逃窜的身影，咱才突然意识到，昨晚昏睡无德，很不礼貌地抢占了众鼠的营地，是多么霸道无礼。想必它们会吼："就因为你是两条腿的人……"咱也想到此意，不管再怎么强势，做人做事都不能太霸道，应该给老鼠赔礼道歉和平共处，咱自知理亏，主动交出领地……

对此，咱有所感悟：每个人都梦想成功，但在成功的路上，有的人抱怨财运不佳，有的人埋怨社会不公，为什么不反思一下，自己有没有智慧的大脑和勤劳的双手呢？

故事到此就该结束了，但再向大家露个家底儿。经核算，1978 年改革开放的当年，咱通过帮助辽阳酱油厂运酱油渣子出售，仅短短的几个月，就成了有名的万元户。生意做得风生水起，为走出下麦窝村奠定了扎实的经济基础，也积累了闯荡社会的经验。

慌不择路 “傻小子”死磕爆米花

傍晚，小山村在树林的半包围之中，烟雾袅袅，景色迷人。

1981 年的秋季，连续多少天的傍晚，风景如画的宝境山①井尔沟前场院，大小孩子边排队边打闹，队伍弯弯曲曲像绵延起伏的长龙。有的用手拎着兜，有的用小盆盛着，还有的用帽子兜着……里头装着啥东西？其实不是什么稀罕物，就是家家都有的苞米粒。此时人声鼎沸，成了一幅别有情趣的黄昏风景画。

孩子们边往前挤边玩耍，但眼睛却死死地盯着爆米花机，很着急，满脸迫不及待的样子。

突然，有人高声吆喝：“躲远点儿，捂住耳朵喽!”随后“嘭”一声响动，霎时冒出好大一团白云烟向四处飘散，空气中满是从来没有过的爆米花香味……

原来有人在此架起葫芦式的铁锅，干起了爆米花生意。孩子们纷纷闻声跑去。他们顶着白烟抢着蹦出笼外散落在地上的零星爆米花，随手捡起丢进嘴中，满口散发着玉米的香味……

看到孩子们吃爆米花时狼吞虎咽的模样，崩爆米花的师傅急忙高声喊道：“别急别急，人人都有，先排队。”过了一会儿又高喊一声：“请上来一位取走，下一位提前做好准备。”

人们往前看去，只见一个孩儿郎，高兴地从笼罩网里装了一大堆崩好

① 宝镜山：神秘之山，是当年济公井里拔木头传说所在地，坐落在辽阳小屯镇宝镜井尔沟村。

的爆米花离去。下一位便笑嘻嘻地将玉米倒入葫芦似的黑锅之中。

像从煤窑里爬出来的黑脸爆米花师傅，将锅盖压得严严的，一手往炉膛里添煤；另一手转动着葫芦锅边的把柄，很有耐性地在摇啊摇，当压力表的指针到了红线时，新的一锅又出炉了。

当年乡村崩爆米花的热闹场景，真实地记下了劳动人民创造新生活的景象……

触景生情，如今仿佛这里的一切场景，都在眼前浮动。

1979 年，是中国改革开放的初期，农村的生产队逐渐解体，作为个体的农民兄弟，急切地想要发展经济，改善自身生活。当年的物资十分匮乏，想做买卖却没有两角钱成本，农民对本钱的渴望更加迫切。当年辽阳小屯下麦窝村人，无本难生金，无鸡难产蛋，无蛋难孵鸡，这让村民兄弟仰天长叹，没招。

眼下，最不安分守己的人就数咱，咱发誓要用自己的智慧投资，一生专做无本生意。只要咱认定的事情，十头老牛也甭想拉回来。最近一段时间咱将自己的思路打开，不分昼夜琢磨：做什么事情又实惠又简捷？还能赚钱养家糊口呢？

人到急处，必有奇招。咱想闭门造车不行，必须闯出去打拼一番。第二天早晨，咱骑着叮当响的破旧自行车，来到辽阳市各大废品收购站，里里外外溜达了一大圈，突然看见了一个葫芦式的小锅。看着看着咱突发奇想，这个小东西，通过改造能否用它崩出爆米花？看咱左右来回摆弄，收破烂的老太太不耐烦地追问：“你要还是不要？如果要的话，实在没钱，拿两倍的废铁来换也成。”

在没招的时候天遂人愿，咱正好在进城时，在道边的工地上捡了一些废弃的钢筋头，本想拿回家干别的用，此时鬼使神差地决定与老太太互换。面对小葫芦锅，咱连夜开始深入琢磨，怎样才能让它变成宝内生钱，再下更多的钱呢？

咱在双庙小屯轨枕水泥厂有位文友袁长福，人好，文化水平又高，咱果断决定去找他，毫不保留地把自己的想法说了出来。他一拍大腿说：“英雄所见略同，咱就知道你是能想事，还能干实事的好材料。放心吧，咱肯定支持你。”于是他帮咱找到缪师傅，缪师傅是个热心肠的人，根据咱的创意，立刻便有了灵感。

经过技术攻关，葫芦锅大致做出来了。但后面的事情越来越难做，咱心一横，脚跟一跺：你牛，咱比你更牛！跟你死磕，非搞定你不可！

光玩嘴皮子无用，还得动真格的。发现锅盖口必须用铅块制作，才能严实不透气，也才能崩出大爆米花来。

咱是土疙瘩的农民娃，对外只认识几位不顶事的文友。他们舞文弄墨尚可，但要摆弄机械部件谁都帮不上忙。于是咱只能扩大范围，再多找几个人。当时物资紧缺，最终也没弄到铅块。众所周知，农村只有土地没有工业，对金属铁器之类，除农具外再没有别的了。眼见制作爆米花机的计划就要难产，咱真的心急如焚，嘴上立即生了几个大水泡。

“不到黄河心不死，不撞南墙不回头”，下麦窝村民这样说。没办法，咱把家中所有的废铁件都归拢好，翌日清晨，咱骑着自行车再次进城，逐个废品站中翻找铅块，折腾了一大天，也没找到它的踪影。

下麦窝村民刘玉仁爱调侃：“窍门满地跑，看你找不找。”夕阳西下，到了该回家的时候，咱不甘心还在拼命地寻找。一个很不起眼脏兮兮的老头看到自行车上有废铁能换钱，便过来与咱攀谈。聊着聊着，他知道咱不是卖废铁而是找铅块，他眼睛一亮，神秘地再三说，成与不成不许与别人提及。从他的嘴里得知，上边对铅等金属废品控制得很严，不许自由买卖，多一事不如少一事。其实根本没有控制一说，只是他在骗咱，想多占点便宜罢了。铅锭可是咱的救星，别说多要点钱，即使再难也得办成，困难时必须低人三分，再难都得忍着让着。

寒天不冻勤织女，荒年不饿苦耕人，下麦窝村人说得一点不假，二话不说，咱付出了巨大的本钱换回了铅块，骑着自行车回到家，支起炉灶放上大勺，把铅块往锅里一丢，开始手工炼铅（铅有毒咱也不懂）。经过反复试验，最终制作到比较满意的程度才罢休。这时已是寅时，雄鸡啼鸣，人已干了一个通宵……

铅的问题解决了，可没有压力表怎么能行？这个压力表咱从来没见过。怎样能弄来？又怎样能使用？咱都不晓得。压力表可比铅块重要得多，咱的脑子里一片空白，他像热锅上的蚂蚁，一直在屋里徘徊。那时节人们闲余的时候，正热议“人变性”的新话题，如果有人立即给咱办成的话，咱就是动了手术，阉割了自己的性根，变成了人妖，都能大胆地豁出去，就是怕老婆死活不干。可没有人给咱办这件事，让人干着急而使不上劲儿。

思来想去，一套又一套的办法，在脑海中逐步形成，最终落实到电工身上。有人提供可靠线索，目标最终锁定鞍钢弓长岭铁矿①。有矿必有仪表，说不定就能找到，灵感促动，立马行动。

很快，咱赶到15多公里之外的山区，那里有许多古迹，但咱全都顾不上，直奔弓长岭铁矿寻找电工，经过多方的寻找，终于找到了压力表。不仅如此，还收集到了许多废弃的压力表，咱不松劲儿继续扩大搜寻范围，又找到了许多处理品。不管是什么型号的表，统统装入了咱的袋子里，用自行车全部运回家中逐一试验。经过几昼夜反复拆卸与组装，有了能派上用场的仪表，咱疲惫又丑陋的小脸蛋，终于露出了难得的苦笑。

豁牙子啃西瓜，再严也露道儿。虽然如此，新的问题接踵而来。不是铅化得快就是锅跑气，再就是仪表一震就坏掉。怎么办？不歇气，接着干。铅不行，重新熔化后再新灌；表不行，多准备一些备用的，随时更换。当时是哪儿坏了修哪儿，坏得多，修得勤。经过大量的实践，总结了所谓的能耐一词：能是前提，耐是根本。只要功夫深，铁杵磨成针，干事业谁挺到最后，谁就是赢家、强者。

---

① 弓长岭铁矿：鞍钢分公司，坐落本溪与辽阳两座城市中间，在群山峻岭之中巍然屹立，其矿藏十分丰富。

崩爆米花需要煤炭，为了降低成本，多挣点钱花，咱动了不少的脑筋，创造性地选中了道边及沟渠两侧的煤渣、水上的漂浮物以及乱木棍等。只要能烧的，咱统统收集利用。经过试验效果不错，初战告捷。

让咱自豪的是：咱崩出的爆米花香味十足，又很可口，让人常吃不厌。咱用心操作，火候把握得十分准确，玉米能全部开大花，几乎没有死粒。以致后来，有很多人虚心前来向咱求教，怎样才能崩出这么好的爆米花。但咱再怎么教授，他们也始终学不会。乡亲们通过比较，认为咱的爆米花有玉米的特殊味儿，非请咱去他们那里崩不可。

直至如今，咱不管走到哪里，还是有爱吃爆米花的老习惯。虽然老婆极力反对，但咱还是难改习惯，常常在梦中，再现那年那月的甜蜜生活。说句公道话，他们的味道与咱的味道无法相比。这是干手艺活与用心做手艺活的根本差别。后来才知道，这个高人上的词儿叫“匠心”。

想当年，许多人看咱崩爆米花挣了不少钱，犯了红眼病，他们逢人就戏谑地说：“小安子这个龟孙子，人不怎么样就是有心计，买卖叫他做绝了。不拿一分本钱，仅凭脑子和力气，东西南北十里八村的活儿，都让他划拉过去了；人家不仅能挣钱，还能挣回不少的人缘，在背后都义务替他传递资讯。乡亲们专爱吃他崩的爆米花，物美价廉，谁眼气都不管用。你看看，人家就有那个福气、财气。”

经商有道　激活白布袋

早年间，在文明古城辽阳城东三十里地，有个叫小屯的村庄，其实并不小；西侧二里地有个叫大屯的村庄，其实并不大。于是人们得出一句“小屯不小、大屯不大”的民间戏言。小屯历来发展较快，早已成为集镇；大屯虽然名字大气，却发展缓慢，至今仍然是个小村庄，始终归小屯镇管辖。

小屯镇下麦窝村有条农谚很有名，“干铲芝麻湿铲瓜，不干不湿铲棉花。”说的是小屯地区的土壤特别好，再加风调雨顺，连铲地老天爷都格外照顾，盛产特等棉花，名扬海外。

每年的秋季，放眼原野，白茫茫的大地构成了一片片棉花的海洋。更为奇特的是，这里还盛产美女，双眼皮白皮肤，直抓人眼球，让小伙子喜欢得不得了。有人戏称：“想娶美女当媳妇，快去小屯看一看。”一时间让小屯人很是牛气，名声远扬。

于是新的故事就此拉开了序幕。1984 年 10 月 18 日下午，小屯地区的棉农们将朵朵棉花从大地里摘回晾晒，晒过的棉花变得更白更蓬松，像泡沫似的膨胀起来，毛茸茸的更加招人喜爱。家家户户的场院里，棉花堆放得像小山似的，一片丰收景象，让棉农们欢天喜地。棉农逢人便讲：“今年的棉花又丰收了，日子更有奔头了。”在棉农享受丰收喜悦的同时，心里也有着几分担忧，这么多的棉花，用什么袋子来盛装？如果不及时装存的话，一旦遇到雨天可怎么办？

谁都知道，如果摘下来的棉花被雨浇着，那就意味着一年的辛苦付诸东流。可想而知，形势急迫，火烧眉毛。棉农中有人曾发狠地表示：谁能帮助解决缺袋子的大难题，愿把自家的大姑娘嫁给他。虽是调侃戏言，却道出了棉农火烧眉毛般的急切心情……

说来也巧，没用多长的时间，街上便传来叫卖白布袋子的声音。

有人卖白布袋子了，棉花有装的喽……

当时，谁也不相信，世上哪还有这种心想事成的巧事？既然有人叫卖，自己又急需用，不妨出去看一看。

叫卖的声音刚过，各家的棉农主妇从四面八方蜂拥而至，一个比一个跑得快，他们都想仔细看看，是不是心中急盼的白布袋？

这个时候，一位满脸漆黑，汗流满面的傻小子出现了。一看他那个憨样子，不像是游手好闲的江湖骗子，倒像是个傻呆呆守本分的农村娃子，棉农们才把慌张的心放回了原处。

下麦窝村老铁匠金明远常说："铁匠打铁，实对实心。"面对棉农们盯着的眼神，傻瘦黑小子不慌不忙，沉着应付。看人来得这么多，使劲地将自行车落地架支好，解开车后面的绳索，抱下了一捆白布袋子，放到了平整的地面上，全部铺开。这些用小帆布制成的较厚的白布袋子，高的能有一个人那么高，宽度能有一米，上面印有"棉花专用"的字样，全是使用过的旧棉袋。若是新的话，一条袋子至少要值二十块钱。在计划经济的年代，要想买条新袋子，多少钱也买不到，何况棉农的手里还是挺紧巴的。

大家上前仔细看了这些白布袋子，虽然都是旧的属于公家的处理品，但没有五六块钱也买不下一条。尽管如此，棉农还是喜上眉梢，这些袋子有些破损，修补一下，装棉花那是再好不过了。

"多少钱一条？最多能卖咱几条？"

大家纷纷询问，同时蹲下来急忙地挑选，还有的棉农早已抢先选了好几条。

"每条仅两块，最多一人只能选两条。"黑小子实实在在地回答。

这个黑小子不来虚的，很是爽快，看大家都想买，棉农实在不容易，钱还不多，怕不够分才作如此规定。大家听罢，都说这袋子怎么这么便宜，像白给似的，他们开始疯狂地抢购起来。

“萝卜快了不洗泥，货物快了不沾灰。”下麦窝村人这样侃事，可让咱泄了底。萝卜是事先洗好的，货物带罩是不沾灰的。可眨眼的工夫，从辽阳运到小屯村里的一百条大白布袋子，没等沾灰就被抢购一空。这种现象，买卖双方都没有预料到。尤其是棉农，这些旧白布袋子，彻底解决了他们的燃眉之急，他们的脸上，终于露出了久违的笑容。

这一现象，虽然已经是40年前发生的事情，现在仔细地回味起来，确实是做了一件大善事。每每提及此事，棉农们仍然心存感激。

秋收季节，每年需要大量的白布袋，自然想到那个专卖白袋子的黑小子。当时的民间曾经流行一段顺口溜，有人说得比较地道流畅，截取其中一小段，权当笑话戏言耳：

> 缺粮找紫阳/少米找万里/用袋找安子/解决大难题/想啥他来啥/谁急你别急……①（挺长，农民简略仅用‘缺粮、少米、用袋’代替了）

对此调侃，黑小子制止其说：“天壤之别，用词不当，刹住，坚决、彻底地刹住……”

想必诸位早已看了出来，当年那个卖布袋的黑小子，就是咱小安子，本文的作者。这也是当年时髦的顺口溜，至今仍有人这样津津乐道地念叨呢。人在一生中，应该多办点好事、实事。只要你有一小小的闪光点，人们都会牢记在心，其人生也就有价值了。

关于大白布袋子的逸事，现在许多人仍然有疑惑，有时还追问不止：“小安子，你讲讲，你是怎样巧解棉农之忧的？奥秘在哪里？”实在推托不了，咱只好如实“招供”。

---

① 当年全国的粮食十分短缺，老百姓吃饭难的问题十分突出。在如何调动广大农民的积极性的问题上，当时解决得比较好的省份有四川省、安徽省。

一日上午，咱到辽阳大姨姐王秀芝家办事，中午便与大姨父①在一起吃饭。大姨父时任废品公司常务副总。通过攀谈，了解到他的工作比较累心，事不怎么好办。那时咱没有其他事情，吃完饭就主动要求他带咱到废品公司转一转。

公司院落挺大，废旧物资堆得乱七八糟满满登登的，简直让人下不去脚。南北库房也都装满了废品，没有客户，废品也没人要。大姨父边走边抱怨地说："咱们这些人不会管理，有人送货就知道收收，没人要货干赔不赚。这个院子里，你看什么样的货可以出手，权当帮咱个大忙，把它们推销出去。"

在咱看来世上没有废旧物品，任何东西都有潜在的价值，关键是看东西在谁的手里，又是谁在运作。在咱眼里看来，这些东西都不是废品，都是金光闪闪的金条，耀眼发光，但一时不知该从哪儿下手才好。

环顾四周，眼花缭乱。看到大门口旁的库房挺大，出入也方便，咱不由得仔细去看。

这些破白布袋子，每条一元，你随便挑选就是啦。大姨父看咱在反复细看白布袋子，不等咱追问价，他抢先开了价。

咱仔细一琢磨，白布袋子可以帮助棉农解决燃眉之急；对咱来说，也有利可赚。咱心中有数，也没往下压价，不容分说，立即爬上垛顶，层层翻动，拼命地挑选起来。咱也不知从哪儿来了这么大的神力，在三人高的垛顶，反反复复经过两个多小时的精挑细选，把比较好的，能看上眼的百条白袋子统统运下，200 多斤的重量，把自行车压得吱吱乱响。

此时咱两手一伸，大姨父立即看明白："你来得及，手头没带钱，好说好说，下次一起给。"咱连连致谢，将自行车推出大门，左腿使劲猛蹬地面，右腿则往里一勾，抬腿往座位上一跨，自行车仿佛是添足煤的火

---

① 大姨父：大姨姐王秀芝的老公公暨大姨姐爱人徐成志的老父亲，叫徐文库，喜欢喝点小酒，为人忠厚，助人为乐，为辽阳废物利用立下了汗马功劳，多次荣获省市劳动模范称号。

车，满载瘦人与货物，向下麦窝村飞驰而去。咱心想：别的村卖两元一条，少一分也不行。但咱们村的人买，每条仅收一元五角钱，享受优惠。

当年，在白布袋子极其匮乏的情况下，它成了香饽饽。从此，方圆几十里的棉农都得到了实惠。他们还请求咱为他们采购其他紧缺物资，着实解决了他们很多解决不了的难题，咱成了乡亲们眼中最受欢迎的及时雨、小能人。

前不久，咱再一次与大姨父坐在一起吃饭时，他高兴地说：“世安，你的脑瓜好使眼力也好，不仅善于发现，更乐于挖掘潜力。在你的眼里看来什么都是宝贝，将来能做成许多事情，定能财运亨通。现在不管在哪里，都需要像你这样肯动脑子想事做的能人，在众多认识的人中，你是咱最欣赏最佩服的人物之一。”

听罢赞赏，让人惭愧，咱由衷地感谢道：“大姨父，在咱们的亲戚中，您老才是咱的引路人。”

对此，下麦窝村民刘信志调侃：“名师出高徒，后生更可畏。”

大姨父哈哈大笑起来，笑得异常开心，人们从来没有看到他这么笑过，咱也跟着老人家大笑了起来。他突然一转身，止住笑声，不由得说道：“当时咱再三地阻挠，不让你跟着上废品公司。如果你没去成，岂有咱们今天的乐趣?”

大姨父说罢，又转过身来，哈哈大笑起来。那笑声是难得的，是开心的，更是快乐幸福的。

手疾眼快　“闪手扶楔”的嫩女子

没人相信，甚至连自己也没有想到的事情，她竟成功了。

一个整天围着锅台转的瘦骨嶙峋的小个儿女人，通过目视、测验、闪光、命令等环节，竟然鬼使神差地练就一手绝招。这一绝招，连那些手疾眼快的人，也啧啧称赞。他们带着无比羡慕的目光，纷纷竖起大拇指，感叹道：“小白丫，真厉害！”

小白丫，何许人也？其实并非别人，就是跟咱朝夕相处的老婆，原名叫王秀兰，现名叫王伟，雅号叫小白丫。后文就叫她小白丫吧，这样显得顺口、接地气。

当年咱和小白丫，从河边运回直径似小缸粗的大柳树根，放在房前南院的正中央，很是抢眼。这些柳树根已有些年头了，看起来格外粗壮，说它属于特别难剁的头吧，实不为过。那时候，咱铆足力气，誓与大柳树根一比高低。

此时的小白丫正弯下腰，用她那双娇小的嫩手，紧紧地握着一尺多长的大楔子，抬起头来精神集中，看着咱挥起的五公斤重的大锤，心脏怦怦地加速跳动。

说时迟，那时快，咱憋足了全身的力气，高高地举起大锤，狠狠地往下砸去，就在大锤与楔子相接触的一瞬间，小白丫紧握楔子的双手似乎闪电般地松开。只听“咔嚓”一声，原本威严挺立的大树根儿，就像小鬼子的脑袋瓜儿似的被活生生地劈成了两大半，顷刻之间“哐当”一声摔倒在地，然而咱二人毫发未伤，干净利落地干完这项需要精神、眼力、体力配合的大活计。

正趴在咱家墙头上看热闹的乡亲们，不由得连连拍手说：“闪手扶楔真是厉害。”可谁晓得呢，这一闪手扶楔的硬功夫，背后蕴藏着多少天的辛苦。

当时咱和小白丫为了把小日子过得更红火，起早贪黑地跑到太子河岸边筛河卵石。为再多挣点钱，除了筛河卵石外，还在每天回家吃饭的沿途中，把道路两旁的大柳树根儿统统挖出来，辛苦地抬回家，还得把这些树根劈开收拾利落垒起。但随之问题也来了，树根太大人太小，如何能够劈开它？而劈不开堆积的树根又将如何堆放？积攒多了卖不掉也无处堆放。难道这些树根就因这点麻烦而弃之不顾吗？对此咱很倔强，岂能有甘心罢休的道理？

树根无法劈开很难堆放，成了咱们眼前最急需解决的闹心事。仔细分析，咱们挖回的树根无非有两种：一种为杨树，另一种为柳树。这两种树根的最大特点就是潮湿太重太硬，为能顺利劈开，咱们先后采取了好几种措施。首先是拿小楔子钉，结果钉上不但不开，小楔子还会钻入树根中，想拔出来已是万难；后来又用铁镐抡起来刨，不管费多大劲，也丝毫劈不动它，对它干瞪眼，让人无可奈何。

下麦窝村民刘志合常说：“天无绝人之路，办法总比困难多。”夜深人静的时候，虽然劳作了一天很疲惫，小夫妻躺在炕上一直在琢磨，屋外的树根就像一根刺似的，扎在心口上，令人辗转难眠。

关键时要冷静，小白丫劝说咱，到外边溜达溜达，换一下脑筋，再换个思路去考虑、去做事。咱到室外透透空气，让脑子再清醒一些。在不知不觉之中，咱走到生产队的旧粪场，又转身走几步看着大队前的铁匠炉，不由得停了下来，像哥伦布发现新大陆似的，开始翻捡起铁匠炉里的旧物件，就这么找呀找，终于在墙旮旯的铁堆里，找到了生产队冬天用过的一尺多长的大铁楔子。跟铁匠大舅金明远（如今成了村里创富成功人士，担任“鸿远酒作坊”的董事长）借用一下，他爽快地答应。让咱如获珍宝，高兴地拎回家，越想眼睛越亮，心里已经蠢蠢欲动。

但在劈柴的过程中，总是找不准时机，试验多次均以失败告终。眼看这种劈树根的方法将要搁浅，小白丫的心里很是纠结。她说：“世安兄别急，只要手中有家什，就不愁找不到好的办法。”她撸胳膊挽袖子，“咱就不信，劈不开这个大树根！”咱也顺水推舟地把这事交给了她，应验了下麦窝村的那句：家有贤妻胜万金，谁说女子不如男。

小白丫领到任务，非常认真地开动了脑筋，将树根和大铁楔做成了模型，反复钻研，终于找到了突破口。通过实践，咱们给这一招儿起了个很形象的名字——闪手扶楔。

首先，咱们想方设法把树根固定稳妥后，再将十多斤重的大楔子拿到树根上，再选好了易进易开的关键部位，接下来的扶楔程序是最不好把握的，也是最关键的一步，扶楔主要是考验上、下两人的智慧和胆识，更主要的是，看有没有“心有灵犀一点通”的默契，以及密切合作的精确度。

开始，咱们老是掌握不好这一火候，不是她扶楔的手在不停地颤动，就是咱举锤子的手在颤抖，咱深知她害怕，也万分担心生怕砸了她的手。为避免误伤，咱和她想了不少办法，首先用绳子绑住楔子，将其固定好，但是这样不稳定，锤子老打偏，随后又尝试用大铁钳子夹住楔子，但因楔子太重还是无法固定。

再亲不过爹妈，再近不过夫妻。还是小白丫豁了出去，果断地把两个胳膊往前一伸，用小手稳稳当当地攥住大楔子，然后命令咱放松，抡起大锤子，看准了猛劲砸下。咱也放下了包袱，集中精力将树根彻底地劈开。仔细分析是解决问题的唯一途径，绝不能浮躁，做事必须沉下心来，心无旁骛。小白丫的心比男人还要冷静、沉着，决心练出真功夫，做到眼如闪电，手如快刀。经过多次的操练，她真的练成了，百发百中。只要她喊落，咱手就落，她就松手闪开。夫妻俩终于在行动上、精神上达成默契。双方各就各位，同时双双声起、声落。随着喊声不断，大树根儿咔嚓、咔嚓地发出了嘶哑的尖叫。很快，咱们将树根一个又一个地通通劈开，它们服服帖帖地躺在地上。

看到这些，让咱想起了许多年前的往事。当年，咱老婆跟着咱可没少挨累受罪。那个时候，白天咱们一起在地里干活，晚上回家，咱只管看书，其他的不管。只有她在那边忙着抱柴火，淘米做高粱米饭，炖大白菜；当炕洞堵了不通烟的时候，她就像咱妈那样自己动手。岁月将她从小白丫变成了小黑丫；她看咱太累，主动抢大铁锹筛石子，让咱能轻松些。她无怨无悔地干最累最苦的力气活，为咱挣足了面子；那时天很冷没钱买煤烧，她便拿些高粱壳儿塞入灶坑里，让火炕始终保持一定的温度；为让咱这个看书的痴人，上炕时手脚能够暖和些，她竟然用身体事先将被窝焐得热乎乎的……

下麦窝村民孙守祥常说："妻贤夫无病，贤妻胜妙药。"看着一大堆的劈柴垛，咱的心病终于好了。看着小夫妻，人们很难想象难度这么大的活计，竟然出自咱们。然而在现实生活中，许多邻居、乡亲都亲眼见证了这一奇迹。议论道："这对小夫妻，在十分劳累、特别是在高强度筛河卵石之后，还能深挖大树根搬运回家，又闪手扶楔劈了这么一大堆柴，摆放得像小山一样。也许别人早就想做却做不到，而小夫妻却用自己的智慧和汗水，诠释了人生的精彩，实现了人生的价值。"

乡亲们看到，几堆杂乱无章的树根，在小夫妻合力下，全部被顺成了四四方方的两大堆柴垛，很快装满了三大马车拉走，卖出了一车三百多元的好价钱，用好价钱换来了木料、水泥等，盖起了新的家舍……下麦窝村的老人感慨："夫妻同心，劈柴成金。"

练成闪手扶楔的绝活后，咱的小日子红火了。小白丫属于内向型人，平常心中有喜也不轻易喜形于色。这一回，咱和众乡亲在她的脸上，终于看见了久违的微笑。

人畜和谐 “鸡猫猪狗”情未了

1985 年 6 月 1 日中午 12 点，烈日当空照，骄阳胜似火。在辽阳小屯乡下麦窝村的北街上，三头各超过两百斤重的大肥猪，左等右盼，急切盼望主人归来。三头大猪膘肥体壮，饥肠辘辘，烦躁不安。它们可不是省油的灯，合力把木头做的猪圈门给顶坏了，钻出了大院套向大街上跑去……

咱的老婆小白丫可是焦急万分。近几天，地里的农活儿特别忙碌，没顾得上给猪磨饲料，把它们饿急了，生气了。

今天早晨，她仔细一看，坏了！一大早的猪食已经断顿，只能给它们一盆刷锅水，还不够它们当水喝的呢。小白丫深感内疚，跟猪作了深刻检讨：咱们的宝贝们，你们可别叫唤啦，再忍耐一下，咱到磨米场给你们磨苞米面，等回来给你们多放些苞米面，弥补上如何？

三头大猪似乎听懂了，乖乖地回自己窝去了。小白丫立刻把带车①推到房门前，将装满三塑料袋的苞米放在车上，吱嘎吱嘎地推车到了村中的磨米场。磨米场排号的人很多，等她磨完面推车走到十字路口时，就看见了往西跑去的三头大肥猪。她犯起嘀咕，再仔细地瞧，怎么越看越像自己家的大肥猪呢！

难道它们自己跑了出来？是不是自己家的猪，一试便知。平时，每当去猪圈喂猪的时候，小白丫提前都以“喽喽”的声音，呼唤着家猪前来吃食。她像往常一样，手扶车把站在十字路口，喽喽——喽地扯着自己的嗓

---

① 带车：一般的带车就是手推车，然而作者别出心裁特制了手推车与牲畜拉的带车子。安上横头是人推车；卸掉横头，套上毛驴是驴车。人畜两用，比一般的带车体积大，铁管粗壮，因此特别沉而且耐用。

子呼唤起来……

花开两朵，各表一枝，话说猪这一头。猪在圈里长期待着，没出过大院，一出大门口就蒙圈了，不知该怎样找到主人，东转西拐，左冲右窜，越走离家越远，想是早已迷了路。正跑着跑着，忽听身后有主人呼唤的声音，转身一看喜出望外。它们不约而同地撒着欢儿，一股脑儿地奔向了主人。

小白丫一看真是自己家可爱的大肥猪，特别惊喜，称赞自己家的猪有灵气，一唤即回，它们就是懂事。她弓着腰猛劲地往家推车奔跑，想甩掉它们，看看它们有什么反应。三头猪在街上好不容易找到主人，岂能轻易被甩掉？它们绝对不彪，哈哧、哈哧地跟在主人身后跑，就像三个大保镖——左、右、中的一字排开，紧随不舍。

小白丫很瘦很娇小，力气又不大，再加上车子特别沉，累得她早已汗流浃背，满脸通红，再加上又饥又渴，真的有点儿挺不住了。她盼望自己赶紧回家，上炕歇一会儿，当她看到这么憨厚，又这么懂事的猪们，深感它们特别理解自己的心情，心里敞亮多了。她想，有的时候猪比人还强。想到此，她浑身似乎有了力量，大踏步地推着车子往家赶去。

此时此刻，三头猪很像三个乖巧的孩子，紧跟其后，一步一步往家走，嘴里还在不停地嘟囔着，再现人遛猪的奇特现象……

人能跟猪相处默契，跟鸡的感情也绝不一般。在极其困难的情况下，被逼无奈，小白丫什么招儿都使过。琢磨来思量去，决定从鸡腚往外抠钱。她从没养过鸡，只能从养小鸡逐步开始。炕头温度高，是庄稼人的“头等舱”，一向是咱睡觉的位置。为支持她养鸡，咱只好将其腾出来，专门伺候母鸡坐月子，咱由炕头移到炕梢。

那个时候，小白丫真行，白手起家从抱小鸡崽儿开始。到了歇伏母鸡不下蛋时，挨家选了二十几个被公鸡扎过蛹①的优质蛋，放在事先已经铺

① 扎蛹：受精的蛋。没受精的鸡蛋，是不能孵化出小鸡崽的。

满棉花的大盆里。她掀开炕席，将盆放在炕头上，抱过母鸡放在盆中。母鸡自然乖乖地趴在鸡蛋上，它不时用爪子轻轻在蛋堆里左右移动鸡蛋。过段时间，就会发现鸡蛋皮被里面的雏鸡，哐哐地啄了小洞，雏鸡直接由外界呼吸，尿囊膜枯萎。破壳后经过数小时的发育，雏鸡继续移动着头部，不断地破壳膜，在蛋上形成一个环状缺口，等缺口渐大，雏鸡的羽毛自然干了，它扇动着小翅膀，小心翼翼地爬了出来。还有的雏鸡啄不出洞，小白丫帮它磕个眼儿，让它自然出来。还有的雏鸡，没有孵化成功，死在蛋壳里，其中有的蛋，没被公鸡扎过蛹的便成了寡蛋。遇到这种情况，就往火堆里一扔，烧熟的蛋黄儿，发出特别的香味，受到小孩子疯抢，三下五除二便吃掉了。

小白丫饲养小鸡特别精心，精心到时时观察，甚至昼夜不睡，一旦遇见点事便及时处埋，鸡长大下蛋以后，她一个也舍不得吃，攒够一小筐，就挎着筐走到五里之外的小屯市场卖掉，换回油盐酱醋，还添置一些家庭用品，有时还能给儿子买回两个苹果，让孩子有个盼头，解解馋。

当咱每次提及她养鸡的往事时，小白丫真的有许多话要说。有一次，她下地赶着去做急活儿，当做完活儿紧赶慢赶回到家时，天已见黑。

当她推开大铁门时，家中金黄色的三十多只鸡，像小孩子似的蹲在房门前，恭恭敬敬地静候她的归来。它们看到小白丫时，群鸡突然呼啦啦地向她飞跑过来，仿佛像久别挨饿的孩子一般，纷纷要扑向母亲的怀抱。

她急忙往房门前走去，它们很乖巧地在后面一步一步跟着。当房门被打开之时，群鸡很有秩序地先后进屋。这时不用主人招呼，自己就主动上架乖乖地趴下，像训练有素的鸡演员。

看到乖巧的鸡们，她内疚地说，按往常在天黑之前，都将鸡喂好后，才能轰鸡上架。今晚漆黑，给食也不能吃，看到它们忍着饥饿，咱心里很不好受，鸡看主人太累，可怜主人太辛苦，不想给主人再添麻烦，才这么乖巧。鸡无声的举动，使小白丫心里很欣慰，也让她很自责，感动的眼泪在眼圈转悠。她自语地说：“鸡会察言观色，都理解咱的辛劳，看来动物有灵性，能跟人友好地沟通。它们有感情会体贴，让人怜爱!”说到此，鸡在扬脖倾听，张张翅膀，似乎很理解她的心情。

每每见到她回来，它们都张开翅膀向她跑来，围着她不停转悠。原以为在向她讨食，但时间久了，渐渐感到鸡原来是向她示爱，“咯咯哒”似乎在与她聊天，感激她的辛劳。看着活蹦乱跳的群鸡，似乎劳累的身体也轻松了许多，立即拿起自己舍不得吃的大白菜，哐哐地剁了起来，剁碎拌上苞米面子开始喂鸡。鸡不停“咯咯哒”，似边叨食边感恩戴德，好像在说：“谢谢，辛苦了主人，今天的美食真好吃……”

记得有一次半夜，突然间，鸡飞狗跳声音吓人（听说地震前家禽有前兆），咱老婆以为地震了，没穿外衣就急忙喊咱们往外跑，最后地震没有，只看见一黑衣人跳墙逃跑。那个时候，外边一旦有什么动静，众家禽便争先恐后“报警”。特别是咱家两只鲜红色的大公鸡，很厉害，只要大门口一露生人的影子，它俩像两条护院家狗似的，立刻脖子挺得高高的，羽毛扑腾着，竖起好大两只翅膀，“咯咯”直叫，麻秆似的腿“噌噌”地向大门口追去，吓得生人转身疯跑。

猫咪，咱家很少专门养过。虽然不是家猫，但也胜似家猫。当小白丫谈到猫时，很坦率地说，对猫的印象确实不太好。她认为：猫是个奸臣，实在不可交。当年因生活所困，顾不了那么多，只好顺其自然。虽然没养过猫，但野猫没少光顾本宅。咱在家里，就是个有名的馋猫，偏爱吃鱼，偶尔到太子河里钓几条小鱼，求小白丫烹饪一番，还不够塞牙缝的，只能让全家解解小馋而已。

馋猫最大的特点就是嗅觉灵敏，每当鱼儿一到家，猫会立即神不知鬼不觉地钻出来，千方百计非要吃到鱼不可。那时鱼很少，小白丫岂能舍得给它吃，但猫总是不死心，眯着眼睛，连连地叫唤、讨要，不管怎么轰、怎么撵，它就是要赖不想走，蹦蹦跳跳围绕你乱窜，闹得让人心烦。实在没法子，小白丫拿出剪子，剪掉些鱼身上多余的地方，像尾巴、内脏等统统给它，猫嘴像个无底洞，三下五除二，把一大堆鱼下货，统统地嚼碎吞没了。

可是，等咱们吃完鱼，猫还是赖着不走，收拾了一下，将剩下的鱼刺连盘子都给了馋猫。馋猫便咔嚓咔嚓吃完鱼刺舔净了盘子，吃饱喝足，看实在没油水了，才伸着懒腰再洗把脸，一步一步地走了，它要找个安静的地方睡懒觉去了。

记得有一阵子，咱家的老鼠闹腾得贼欢，简直成精了，大白天在众目睽睽之下，大摇大摆地在你眼前到处乱跑。等到了半夜，它们闹腾得更欢，弄出许多动静来，让人睡不着觉。

关键时刻，小白丫自然想到多次吃咱家鱼下货的馋猫，可她怎么也找不到，它去哪里了呢？怎么不来抓老鼠？

她在呼唤馋猫，可呼唤了几天，也不见馋猫的踪影。难道馋猫就像势利小人那样，若有腥味它多远都能跑来，没了腥味再怎么呼唤也不见踪影？不怪现在视频上出现了老鼠真猖狂，猫被老鼠撵得嗖嗖地跑这种不正常的现象，这就是人们所说势利的小猫的悲剧。

与猫不同，家狗可是咱们的忠臣。下麦窝村民常说：“子不嫌母丑，狗不嫌家贫。”狗是人类最忠实的朋友，很值得人们信赖。

然而意外的是，几十年来不知是怎么搞的，小白丫一旦遇到了狗，就特别害怕。狗一见到她也会向她扑来。过去，她曾经多次被别人家的狗撵过，甚至差点儿被咬着。对此，她感慨地说：“也许是家犬在天堂显灵吧，它们私下与同类串通一气，是对咱的一种严厉的追究和惩罚吧！”

40 年前，在她回娘家串门的时候，看到刚出生不久毛茸茸的小黑狗崽，蹦蹦跳跳讨人喜欢，抱回家来饲养。

当时，她一面到生产队劳动，一面忙碌家里家外，再加上带着儿子确实很累，也没有来得及照看小黑狗，让它常常饥一顿饱一顿地度日。

等小黑狗长大变成“大黑”，就将它拴在房檐下，饱受风吹雨打。当时家庭困难，人都没吃的，只能让大黑与猪吃的一样。有时它也吃点儿，有时闻闻不吃就走了。看大黑骨瘦如柴怪可怜的，后来也就不拴它了，让它自食其力去吧。大黑不嫌家贫，打打食儿就回来，为主人忠诚地昼夜守家护院，一来生人便狂吠不止……

再后来，大黑可能是饿急了，误吃了有毒的死耗子，有人发现它死在咱家的地里。小白丫闻讯，十分悲哀，低声说：“大黑呀大黑，你在穷人家中宁可饿死，也始终没有弃家离去，就是死了也死在自家的大田里，仍然照顾家。等日子好过时，希望你再获新生，咱一定好好地侍弄你。”

小白丫常唠叨：“狗投穷家，猫投富家；看耳知马性，观尾知狗情。”在当时，咱忙着没在意，后来仔细地观察，可不是吗？小白丫所言，一点不掺假。

一天夜里，一阵惊叫声把咱吵醒。“可不得了，咱家的大黑，整个牙齿往外蹿血，已经没气了。”咱老婆做梦，突然哭着坐了起来，她眼见自己掉进冰窟窿里，是大黑咬住了她的衣服拼命往上拽，拽呀拽呀，有的牙齿活动了，掉了下来往外流血……待把她拽上来了之后，大黑“哐当”一声倒在她的身边，只是一瞬间便断气身亡……

“梦”像真的一样，让她反复地说这件事。翌日上午，她哭哭啼啼地在地里选了个宝地，挖了个很深很像样子的大坑，亲手把大黑葬了，还专门给它堆了一个很大的坟丘，十分显眼。

第二年，大黑的坟丘变成了庄稼地，大黑回到了天堂，那一片苞米秆及叶子长得葱葱绿绿，秋后产出的苞米棒子，活生生长得比一般的又长又粗，让她感到很新奇……

如今，每当看到别人家给小狗穿衣服，又给小狗洗澡，侍弄它比伺候老人和孩子都上心，让她动了真情，感慨颇多。虽然她与大黑生离死别四十载，如今回想起来，两眼仍然湿润，难以忘怀，似乎在喃喃地说：“让大黑受苦遭罪，是咱一生最大的遗憾，就是对不起大黑（常让狗撵，她已经彻底怕狗了）。扪心自问，咱承认，是咱没有饲养好。大黑的悲剧，咱有不可推卸的责任。如果它能赶上今天这日子，咱也一定能把它侍弄好，让大黑成为世界上最幸福的宠物。”

以智取胜　夜深巧捉“三只手”

夜深了，一切都熟睡了，村中应该没人出来溜达了吧？

但有一人，他边走边自言自语：“做事甭急，还得四周瞧瞧，看清动手也不迟。”

他靠近花生地窃听，周围没了动静，此时已是十点①多钟，广阔的原野一片寂静。只有空中的繁星，仍然闪亮。那徐徐吹来的晚风，让人感觉既柔和又凉爽。

他见时机已成熟，迅速返回家中，拿着两个麻袋、扁担和绳索等，从家里溜了出来，准备今晚在花生地里再捞个外财。

下麦窝村人爱说：贼手贪心，得寸进尺。就在昨天晚上大约十点，他拿着这些家什，看四处无人，便选中了一块中间长着茂盛花生秧子的地。使出全身力气，甩开了膀子左右开弓，猛劲拔起了花生秧……不一会儿，花生秧子就装满了两个袋子。他将两个袋子口系实捆好，再用扁担一挑，很快挑回家放在下屋里。自己也悄悄回了房间，带着贪欲被满足了的快感进入梦乡。

第二天清晨，他用麻袋把偷来的花生角，重新包装好，用自行车驮到鞍钢弓长岭铁矿的市场上兜售。新鲜的花生角，很受矿工欢迎，出手较快，转眼间一大把票子就拿到手了。

这个没有本钱的买卖，岂能不继续做？为更有把握，今天晚上他比昨

---

① 十点：由于一天农田的劳累，人困马乏，农村习惯睡得比较早。天一见黑，一般家都熄了灯，为省电，几乎全村一片漆黑。

天晚上多等一个钟头，争取十一点动手，这样干起来顺手，能够拔出更多的花生。

想到此，他又一次悄悄地向花生地靠近，继续观察周围的动静。可在此时，突然一道电光扫射过来，在他的头顶上不停地晃悠，显然对方已经发现了他。胆儿再怎么大，做贼也心虚得很，他被吓得屁滚尿流，顺着垄沟，急速地退到道边。他弓腰回头看，只见一个黑影从地里边照光边向这边走了过来。

不好！他不由得暗自喊道："妈啊，不是鬼呀，今晚真的有人在呀！"他心慌地不敢怠慢，往后直退，弓腰转身一溜烟跑回了家……

跑者是谁？人们一定会焦急地追问。他就是辽阳小屯下麦窝村里一米八九的大个头，膀大腰圆，不笑不说话的三只手①。

那么，三只手遇见的看守花生地的主人，又是谁呢？她是老王家小媳妇，咱老婆大名王伟，幼名叫小白丫。那些年，她跟着咱在农村没少挨累受苦。她刚强不抱怨，无怨无悔，跟咱一路坎坷地走过来。

你别看小白丫这个人长得娇嫩，可干起活来泼泼辣辣从不惜力，把自己分来的一亩三分地看作命根，特别上心，精耕细作。下麦窝村人在实践中体验到："要叫地献宝，不让地长草。"她把这块薄地伺候得连一根杂草都没有，真是垄沟分明，苗秧齐整，一片茂盛。冷眼一看便知，这个小媳妇能干活儿会过日子。路过的乡亲都咋舌赞叹："你看人家小白丫，不仅人长得白净，而且连地里的活儿，也干得干净利索，没一根杂草。"

今天她照常下地耕作，忽然发现一大片地露了地皮，丢了很多花生，辛勤的劳动果实被人偷盗，心疼得要命，脑袋嗡的一声，两眼直冒金星，气个半死。

"是谁家的损贼，竟把咱辛苦一年的果实给偷了。"小白丫愤怒不止，

---

① 三只手：在农村，一般常把不劳而获偷人家东西的人称为三只手。人都有两只手可以劳动，有个别人却另外伸出一只无形之手，专门琢磨偷别人家的东西。一旦成了三只手，会让人背后戳脊梁骨，传出去很丢人，儿子连媳妇都不好娶。

心中暗想，莫非是三只手干的？这个该死的家伙！她立即决定，从今晚起，要死守在花生地里，再不能丢掉半粒花生角！她返回家中吃过晚饭，穿上防寒的衣服，拿上锋利的镰刀，手握长长的手电筒，急忙向村西下麦窝村与下崴子村接壤（潘家坟道南）的自家的责任田走去。

实事求是地讲，小白丫自幼是个胆小的小女人，怕风、怕声、怕人。此时如果没人来，她还能稳住精气神，要是有人踏地发出唰唰的响声，会吓得她心都能提到嗓子眼儿。可眼下，为保护自家的地不再被偷，只能自己给自己壮胆。

看守许久，夜也渐渐深沉下来，没听到异常声响。她正在想，贼人今晚是不是不光顾了？忽然，道边传来了轻微的唰唰声，仔细辨析，好像是人的脚步声，而声音似乎越来越逼近了。此刻，让小白丫立刻紧张起来，心里像装个小兔子似的忐忑不安。为了壮胆，她手握镰刀，拿着手电筒，哑默悄声地向有动静的方向靠去。她琢磨，肯定是三只手又来偷盗。想到此，她怒气冲冲，恨得咬牙切齿，早已忘掉了害怕，紧攥镰刀，打亮手电筒照射，心在想：今晚要让咱遇见，一定非要让他尝尝咱的厉害不可。

还没碰面，小白丫心里已经攒足了劲，只等刀刃相见。此时，三只手看到远处手电筒的光束渐渐逼近，不了解对手的具体情况时，他不敢硬闯。思来想去，为稳妥起见，三十六计走为上计，便出现了本文前面的情景。

刚打个“照面”，虽然没见真佛，但是三只手的心在颤抖，自己的魂儿先被吓跑，第一个回合当中，他彻底地输给了小白丫。小白丫只用手电筒的光进行了侦察，虽没看清盗贼的面孔，但从熟悉的背影来看，却已认定盗贼非三只手莫属。为确保自身安全，小白丫没有跟上去。

三只手虽然退去，可是禀性难移，定会卷土重来，必须加强防范才是。但今晚受到惊吓，他肯定不敢再来。小白丫收拾了一下，放心地蔫巴登地回家睡觉去了。

再说三只手，过去想偷谁家的东西，十有八九没有失算过，像去拿自己家的东西一样手到擒来。出手时从来没遇到过对手，也没让灯光给扫射过。这回无功而返，丢人现眼，憋了一肚子的窝囊气还不敢声张，让他一整夜苦思冥想。

第二天傍晚，三只手变得精明了。他拿着扇子，以浪荡公子的样子沿道而来，不时地东张西望。他来到昨晚的潘家坟仔细查看：地边种上了有近百米长的棉花，再往里走便是较矮小的绿油油的花生地。虽然以前没少查看，也没少路过这块地，都没遇到手电筒的扫射，印象没有这么深。他心想，这没什么了不起，还怕什么呢？不怕，绝不怕，三只手不住地安抚自己，那个蠢蠢欲动的贼心直痒痒，想稳也稳不住。

“看什么呢？想吃花生了？等收割后再请你到咱家吃个够。”三只手心里咯噔一下，循声回头看去，只见小白丫左手拿着镰刀，右手拿着长长的手电筒，边走边与他搭讪，让他很不自在。

“看弟妹咋说的，咱又不是小花猫闻腥味来的，看你地里的花生长得这样好，是来取经的，人勤快、地不长草能高产呀！”三只手的脸上立刻堆满了微笑，尽管他撞见小白丫没有思想准备，仍然还是油头滑脑，嘴上却来得不慢。

“你看看，不知哪个缺德带冒烟儿的，竟偷咱家两间房子那么大片的花生，回家吃了还不得噎死！”当小女人遇上了大男人时，小白丫更不惧色，还拐弯抹角地骂着说。

“真的？你说得对，真缺德。谁还敢偷弟妹的花生，这不是找死吗？吃了必定噎死！”三只手随即附和着。

“你说得很对，要让咱抓住！非用镰刀把贼小子多余的物件，从根上割掉拿去喂狗吃不可！”小白丫狠狠地说。

“对对，割掉喂狗去！喂狗去！”他假装认真，一边摆弄着扇子，一边讪笑着，散步似的离开了地头。三只手走了有十几步，回头瞥一眼小白丫，看她还在地头上叉着腰看着他，不由得心一惊：咱的小心思，莫非她看出了什么破绽？不管她，男子汉大丈夫，难道还怕她这个小媳妇不成？

他琢磨，昨晚十点多钟，你没睡着算你有种；这回趁你人困马乏熟睡之时，咱十二点再去，如同囊中取物一样手到擒来，想着想着，三只手暗自笑了起来。

这回变更了偷窃地点，实施了二次进攻。看地里没动静，莫非她今晚没来？他暗喜。但是，三只手还是小心翼翼，仍然在四周窃听。此刻，周围已没一丁点动静，只能听到庄稼叶子被风刮动摇摆的沙沙响。然而他哪里知道，小白丫今晚也更换了蹲坑地点，在附近藏身，守株待兔。

天黑风静，三只手眼睛瞪得老大：今晚可是咱的丰收夜。他刚要上前拔花生的刹那，耳边突然听到了唰唰的脚步声。从地头那边，忽然发现有人走了过来，与此同时，从三只手的身后也传出了声音：“谁？”小白丫发问。

“咱！”老太太的声音。

“哎呀，是妈妈！”小白丫不禁叫道，她又说道：“不是叫您老十二点半以后再来吗？”

“咱在担心你，所以提前来了。”妈说。

“谢谢妈妈！”小白丫感动地说。

“谢啥？当妈妈的永远惦念自己的孩子！”仍然是老太太的声音。

三只手一动不敢动，吓得头上直冒冷汗。如果自己要被一老一小给撞见，今晚可就彻底砸锅了。想到此，他比蟾蜍爬得还轻，悄悄地退出了花生地，一溜烟跑回了家。

当时不仅三只手没有料到，就连小白丫也没有料到，一个绝招还没施展，半路竟然杀出个程咬金。原来，小白丫预测，今晚三只手肯定卷土重来，找回他昨晚灰溜溜逃脱的面子。在出门之前，小白丫已将上次事情的来龙去脉向婆婆说了。婆婆特别地挂念，非要来陪儿媳不可，无法拒绝，只好让婆婆在十二点半至一点再来，千万不要来得太早。她生怕自己的抓捕行动，吓坏了老人家。为了能够获胜，小白丫早已准备了先斩后奏的狠招：准备了四块薄板，早已在上面钉上了尖钉，上百个钉子尖儿朝上，只等三只手捆好袋子，准备挑起花生走出田地前，轻轻地扔上钉板子，让其踩上嗷嗷直叫，来个人赃俱获，大功告成。可她哪里晓得，自己精心设下的捉贼大戏，却被婆婆的提前到来给搅黄了，无意之中让三只手逃过一劫。

三只手一路小跑一路骂到家："该死的老太婆，要不是你来搅局，今晚就得手了，气死咱也!"他边生气边骂，回到家里怎么也睡不着，思来想去愤愤不平：再搞不到小白丫的花生，岂不白白地多长出一只手！如果再搞不到就金盆洗手，再也不拿货了！下这么大的决心，就是要偷到花生。他琢磨，第一次十点多钟不成；第二次十二点钟还是不成；第三次下半夜两点多钟，小白丫肯定睡着了，咱趁机动手拔花生，等她醒了咱早把花生运到家了，这回事准成。

然而，事情的发展往往出人意料。三只手第三次却恰恰出了大错，他彻底地低估了小白丫的智慧。如今下麦窝村人，有才的很多，不知谁编了一套独特格言："世上谁若低估了'女人'，谁就会彻底地倒霉。"女人的力量，有时大得让人无法想象；女人的魅力之大，竟然能把龙头拉弯了，甚至给拉直了!

有人会发问："吹牛，什么样的女人，力量如此巨大?"

大家围绕这一问题，硬逼问咱，让咱快讲讲，咱说："龙头指的是皇帝的龙头。在历史上，乾隆七下江南，被美女从轿子里活生生地拽了出来，可见世上女人的智慧和力量，真的大过天。"

从战争中学习战争，从实战中学习本领，小白丫的胆子变得愈来愈大，即使一个人在田地里，也不怎么感到害怕了。在夜深人静的时候，她能够静下心来，聆听青蛙、蛐蛐等各种小动物所发出的细微声音，像在百花丛中，听到一场大型动物演唱会。她还能分辨高粱叶与玉米叶之间的音差，享受有韵律、有节拍的大自然所发出的那优雅动人的天籁之声。

三只手虽然在盗窃方面是个行家里手，在智商方面还远远比不上小白丫。在后来的较量之中，证明咱说得实在不虚。

在第三次夜间的博弈当中，三只手变换了战术，这回穿上了夜行衣，从南侧转向东侧从别人家的地里穿过，逐渐靠近了花生地。此时已过下半夜两点钟，正是人们鼾睡的时候，四周异常安静。微风拂面，小动物们早已休息了，他趴在地面窃听四周的动静足有五分钟，也没发现任何异常。他暗自笑了：聪明透顶的小白丫，你岂能胜过咱？老虎还有打盹儿的时候，何况小女人？今晚天助。他边想边迫不及待地伸手，去拔脚下的花生秧子。

再说小白丫，早已下了狠心，她不退缩不畏惧，誓与三只手死磕到底。下麦窝村人爱调侃：“十网九空，一网成功。”意思是说，再狡猾残暴的野兽，最终也逃脱不了天罗地网。

夜深人静，天色茫茫，此时此刻，只听“唰”的轻轻一声，一张早已布置好的打鱼大网，突然间从天而降，还未等三只手做出任何反应，已被牢牢地扣到网中，小白丫猛地一收网，他像个挣脱不掉的狡猾野兽，再怎么地抓挠着、撕扯着也无济于事，丑态百出，丢死人了……

大网把三只手一下子扣住，他像挣脱不掉的小狐狸

此时，会有人疑问，怎么不用钉板子了呢？对此，小白丫私下跟咱悄悄地说，怕一时放不准位置误伤他人。那个时候，正赶上娘家一亲戚捕鱼，拥有大量的纤维细网，听她发狠要捉贼，特意送来了大网，悄悄地在夜间给布置好了。

“手下留人!”

此时，有人大喊道：“都是乡里乡亲的，抬头不见低头见，还是放他走为好!”

关键时刻，一个高大的身躯突然从北边的地里，大步流星地奔了过来。原来小白丫的公爹王冠山和婆婆早已潜伏在附近，暗中保护着儿媳的安全。

小白丫看到公爹和婆婆突然出现，一时间气愤消了不少，慢慢地松了网绳……

此时的三只手魂飞魄散，无地自容。万万没想到自己也有今天的下场，像个鳖孙子似的乱爬，从网底扒了个小缝，低着头爬了出来，连连磕头，活像鸡啄米，恨不得将世上的感谢话全部说尽。

聪明仁义的小白丫领会了公爹的意思，上前说：“不用再磕了，咱们放你走。把你带来的家什都拿着，从此以后别再干这种事了。今晚的事情咱替你保密，决不食言!”三只手深知，如果让小白丫送进小屯派出所，新账老账一起算，会被判蹲几年大狱，一生就毁了。

三只手正因害怕不知如何是好，听了此话赶紧转身，灰溜溜地取走带来的家什，连连点头，一溜烟便已跑得无影无踪。

一个月之后，咱从沈阳返回家[①]中休假，听老婆小白丫绘声绘色地描述，咱感慨万分，至今难忘。穷人的孩子早当家，王家的媳妇胆子大!

下麦窝村原村主任代广振常唠：“丈夫能干妻显贵，丈夫无能妻受

① 回家：作者时任辽宁《个体劳动者报》责编、首席记者，长期住在编辑部。每个月集中休假时，才能返家劳动四天。

罪。”咱为此感到自责和愧疚。咱把小白丫如何从渔夫家借网，到周密布网精心操练等的真实材料，进行了精心整理，准备对外公开发表。小白丫连连说不，说不能这样做，得饶人处且饶人，该放一把则放一把。她诚恳地说：“替‘贼’守秘，不改承诺。为了让其改邪归正，这个事就不要让外人知晓了。”

小白丫对此事看得深、看得透、看得大气。她的话感动了咱，但最终此文并没有发表。

光阴似箭，一晃 40 年过去了。在偌大的有着两千多人的下麦窝村，再也没听到有关三只手的新故事，三只手已成为历史。咱在想，这也许是小白丫给他剁掉了一只无形手的缘故。他深知自己错了，改邪归正，这是一件有利于家乡的大好事。

现在，他只剩下勤劳的双手，成为自食其力的一个好村民。如今的年轻人永远不会知道，在昔日的下麦窝村里，曾有过这样一段的鲜为人知秘密，还曾经出现过三只手。

搬石砸脚　谁是“丫崽养”的

1969年6月10日傍晚，辽阳古城庆阳南侧的沙汽子村东地头。在社员们即将要收工的时候，生产小队队长鄢赝[①]，不知抽什么风，破口大骂：“不知哪个丫崽养的[②]在破坏生产，竟干些用锄头盖草（方言叫盖扒锄[③]）的损活儿。”

骂一句半句警示别人也就罢了，可他没完没了地臭骂不止，引起社员们的极大反感。这位鄢队长虽然是个男子，长得人模狗样的，但骂起人来其嘴奇臭无比。他老是控制不住自己的嘴，开始惹祸了：“丫崽养的就是丫崽养的，不管你藏在哪里，最终也能揪出你来。”

大家听到如此恶语都感到不满，但没有一个人搭茬儿，他感到无趣丢了面子，于是骂声抬高八度，指指这个点点那个，有的明说有的暗讽。

“姓鄢的，你别太嚣张，嘴上积点德。今天咱姓王的丫头，不吃你这一套，咱要当面鼓对面锣地与你对簿公堂，到底谁是丫崽养的你说清楚，在事实面前，大家的眼睛是雪亮的！”

此时，谁也没有料到，平时不显山不露水，只知道低头干活的咱大姐王素荣实在气不过，猛烈地开始回击。

下麦窝村人爱说离奇怪话：“世上捡什么的人都有，但没人听说还有捡骂的。可如今天突然变了，让人大开了眼界——有人竟然捡骂，还理直气壮。”有些好心人在一旁极力劝阻，以免大姐惹火上身。

---

① 鄢赝：人名为化名。

② 丫崽养的：是说没结婚小姑娘养（生）的孩子，多指野孩子，是农村骂人的脏话。

③ 盖扒锄：锄地时为省劲偷懒，将松土盖在草面上，这样糊弄人的活儿，叫盖扒锄。

“好你个王素荣，一看就知道你不是一个省油的灯。敢跟咱叫板的，恐怕还没有生出来！你竟然胆大妄为，不知好歹……”

“废话少说，狗眼看人低。你马上去检查垄，看到底是谁在干这样的损活。”还没等鄢队长说完话，姐一下子打断了他的话，他也立马停住了。

“咒骂和吵嘴能解决问题吗？用事实说话才能水落石出，那就检查垄吧。”社员们都积极响应，统统地从头开始。几十号人，同时检查是很慢的，时间很快过去了，眼看天色已晚。可还有许多垄没有检查完，社员们都嘟囔着，等明天再继续检查，天狗吃不了月亮，最后肯定能知道，到底是谁干了这件损事！

既然能明天继续检查，鄢队长也只好宣布收工。在带领社员回村的途中，他感到事情不太对劲，气还不打一处来，变本加厉，向大家正式宣布：“王素荣你不要臭美，有你哭鼻子的时候。明天中午，咱们在生产队里召开批斗王素荣破坏生产大会，全体社员同志们，谁也不许缺席，谁要缺席，就扣谁的工分。”

“如是咱干的损活儿，任你随意批斗！否则的话，说不定到时候谁在斗谁呢！”此时的姐，腰板一挺仍然不服，毫不客气地高声回敬。她提醒社员们明天一定到场，做个见证，说句公道话，以正视听。

当时的人胆量都比较小，生怕惹是生非，都想躲事。谁要真摊上事，都会被吓个半死，更甭说是上台挨批斗。许多好心人过来再度劝阻：“素荣啊，你就服软吧，向鄢队长赔个不是，再给他送点礼，也就破财免灾了。”说得很有理，要是一般人也就这样做了。

姐在气头上，愤愤不平道：“咱姓王的丫头，从来没有送礼的习惯，再说咱也没有错，为什么要低三下四？鄢队长分明是在整人，破坏社会风气。他的做法实质上就是胡作非为，欺人太甚，咱不会任人摆布，决心跟他斗争到底！大家别害怕，一人做事一人当，决不会连累任何人，你们尽管放心，只望你们都来做个见证。”

第二天上午，众社员一到地边，姐就催鄢队长先做昨天没检查完的活茬（垄台），非查出丫崽养的不可。为公正起见，姐建议大家都积极参与检查，以免某些人从中作弊。本来是小事，因鄢队长这么破口恶骂，把事情搞得沸沸扬扬。人人都瞪大了眼睛，硬着头皮一条垄一条垄检查下去。

过过锄头，不荒旱田，当大家检查姐的垄时，不管怎样反复细致地检查，还是随处都过了锄刃，深土也再度暄起，再现了真正的老式农活儿。众社员一看，活儿干得根草皆无，漂亮至极，想找点儿瑕疵都找不到。

到底是谁？查着查着结果终于出来了，大大出乎所有人的预料，让人震惊地直了眼。干这活儿的人不是什么天外来客，是刚来例假的鄢队长的姑表妹小霞子（化名），待检查结果出来定性的时候，在铁的事实面前，小霞子虽有鄢队长做靠山，也不得不低下头来。

初中刚毕业的小霞子，到生产队里干活不足十天，她依赖鄢队长的权势，滥竽充数，不料却意外地中箭，让表兄鄢队长歪打正着地当成了活靶子。此时的她无处藏身，羞愧难当，对不到20岁的小黄毛丫头来讲，打击实在太大了，她捂着小脸蛋跑回家，把自己反锁在家里，任人怎样喊叫，自始至终不开门。

真相终于大白于天下，鄢队长威风扫地，在社员们面前丢尽了面子。这时候正值收工的时候，社员们接二连三地路过生产队的擂台前。鄢队长妄想蒙混过关，不想重提昨天要开会的事情，极力保护姑表妹小霞子，不想让她上台挨批挨斗，做检查。

世上的事往往就那么邪乎，怕什么事偏来什么事。刚到擂台前，姐就拦住了鄢队长和众社员，大声道："大家先别离开这里，昨晚鄢队长宣布，开批斗王素荣破坏生产的大会，今天必须照常开，还要开得更隆重些！"姐的话音刚落，就听见鄢队长低头小声说："情况有了变化，今天的会就不开了。"

"就属你嘴大，说开就开，说不开就不开了？这回你必须说话算数！"不知从哪里来了神力，姐一边说道，一边"嗖"地蹦上擂台，显得英姿飒爽，正气凛然。她高举左手向大家招呼：父老乡亲们，广大社员同志们！

昨晚鄢队长正儿八经地宣布，今天召开王素荣破坏生产的批斗大会，现在正式开始！

惊愕！特别震惊！众社员在台下听罢，一时都停住脚步，不走了。

姐看到大家都注视台上，不禁抬高了嗓门：“咱自觉点，不用鄢队长押着上台，自己动手，请大家批斗王素荣是怎样破坏生产的……”

大家原想回家吃午饭，又怕错过这台好戏，索性都不走了，倒不是要看王素荣是如何批判自己的，而是要看鄢队长用什么方式收场。没等姐的话音落地，鄢队长预感到自己这下子人丢大了，为挽回影响，找回脸面，他连连推翻自己当初的决定：“别说了，会不开了。请你下来，请你快下来吧。”

姐可不是一般的战士，岂能被鄢队长的阴谋诡计所迷惑，她又一次抬高嗓门：“昨天，就是这位鄢队长，不知从哪里刮来了一阵阴风，公开大骂，是哪个丫崽养的干的盖扒锄的事。现在终于真相大白，请把丫崽养的人，遵鄢队长的指示押上台来，让革命群众和贫下中农见识见识如何？”

这还得了？鄢队长通红的牛脸，瞬间没了血色，语无伦次：“快下来，快下来吧，不开会！坚决不开会啦！咱说了就算，说的不算就不是队长了。”

“你拿不当队长吓唬谁？你做事正确是队长，做事不正确就不是队长。你不想当队长就推荐咱当！革命群众、贫下中农同志们，鉴于鄢赝犯有严重错误，本人又提出辞职申请，咱们就同意他的辞职，他现在就是一名戴罪的普通人。队长一职由咱暂时代理。如何？”这一下子，会场像撒了盐的油锅，噼里啪啦热闹地炸开了，台下先是零星的掌声，随后陆续响起了雷鸣般的掌声，可把鄢赝这个家伙的傲慢气焰，彻底地打了下去。

挺大个爷们儿，又是火红的队干部。此时的鄢队长非常难堪，如果地下有个耗子洞，定能钻进去。他见势不妙，鞋底下抹油想要溜掉，被姐突

大姐宣布：批斗大会正式开始了！

然的断喝声拉了回来，“鄢赝，你别溜！快把人押上台来！革命群众、贫下中农同志们，你们说句公道话，倘若押不上台来，鄢赝这小子是不是真正丫崽养的!”

“是呀，肯定是呀，没有错呀!”全场哄堂大笑。有的人笑得连腰都直不起来，冲着鄢赝不住地指指点点。

鄢赝做梦都没有想到，自己偷鸡不成反蚀把米，又招惹一身骚，原以为骂骂过一把嘴瘾，没什么了不起。在他看来，别人无足轻重，唯独王素荣是他潜在的拦路虎。为铲除后患，鄢赝想乘她羽翼未丰，先下手为强，先给她眼罩戴戴，叫她见识一下马王爷到底长几只眼，他打定歪主意，想方设法找碴儿闹事。今天让他万万没有想到的是，堂堂六尺多高的汉子，竟然败在一个弱女子手里，丢人现眼，无地自容，深晓得自己多待一分钟，会多丢一分钟丑，三十六计，走为上策。想到此，他一甩手，撂下一句狠话：“好男不跟女斗，咱不跟你啰唆，让你日后没好果子吃。”

说完，鄢赝突然一溜烟跑了，消失在人群之外。在场的人一看鄢赝落荒而逃，纷纷夸奖道：“老王家的丫头有本事，能够斗倒盘根错节的土皇帝，真是当今的刘三姐。”其实姐的智慧和魄力，有能力在特殊时期，大斗鄢赝几个回合，让他彻底地身败名裂。然而，姐绝不是那种得理不饶人的人，更不是踩别人肩膀往上爬的小人。

60 岁以上的老人，肯定不能忘却，在那个年代，谁要是被揪住小辫子，谁就会成为被批斗的对象，一辈子都会厄运横生。当时有些人给鄢赝罗列了几大罪状：第一，无事生非唯恐天下不乱，经常破口大骂群众，挑拨社员与领导之间的关系；第二，破坏革命与生产，随心所欲，让全体社员因查垄耽误了一天工时，集体经济受到严重损失；第三，大耍资产阶级权威，没经上级批准和大队同意，私自决定召开批斗大会，视革命行动为儿戏；第四，打击革命群众和革命积极分子，在没有任何证据的情况下，实施打击报复，是犯罪行为。

那时有许多人都想这样做，可是没有机会，姐有足够的机会，不但不做还坚决地反对。她站得高看得远，不想毁掉鄢赝的一生。再三强调得饶人处且饶人，多挽救一人是一人。不管别人怎么劝说，怎么鼓动，姐暗下决心，见好就收，将此事压了下去，让其不了了之。

咱在20岁左右，曾去过沙沱子姐家串门，在途中遇到村中乡亲。当他们听说咱是王素荣老弟时，立即给咱葡萄吃，还为咱热情引路。他们说："你姐是咱们队长，人又有本事。要不是你姐当年放鄢赝一把，那小子早就被整死了。"随后，咱还听了不少姐的新奇故事……

2015年10月17日晚上，咱跟姐在辽阳东小什文庙公园广场上遛弯，她讲述那段难忘的往事，让咱感触颇深。在那个非常年代，她能做出此等奇事，让人不得不刮目相看。咱好奇地问："姐，你凭什么能斗垮那个鄢队长？"

"凭什么？凭正义压倒邪恶，以理制胜！"姐直直地盯着咱，毫不犹豫地说。一些坐地户无理也有理，外来户有理也无理的事件时有发生。有人满身是理，一生弄不明白，最终只好打掉牙往自己肚子里咽。难道他们不想求真理？咱扪心自问："同样的人，同样的事，得出的结果却恰恰相反，这里的奥妙在哪里？"

不怪是一奶同胞姐弟，姐此刻理解咱的想法，她说："做什么事情必须讲道理，凭智慧，有胆量，有决心，还要有毅力去做才能成功。"

说到此，咱恍然大悟，道理来自自身，成功＝智慧＋胆量＋毅力。

四菜一汤　香味扑鼻半世纪

餐饮界有句耳熟能详的行话，叫“四菜一汤”。不同的时代，有不同的含义。“四菜一汤，项目泡汤”，这是20世纪80年代初期，下麦窝村的俗话，意思是说，再好吃的四菜一汤，不如送金银来得实在，也能让好项目跟着泡汤（黄啦）。

据传说，四菜一汤是明太祖为治理达官贵人奢侈浪费之风而首创的。新中国成立后，周恩来把它定为国宴标准，号召基层单位进一步实行。于是乎，下麦窝村人又编出新俗语，叫“干部下乡，四菜一汤”。

如今咱笔下的四菜一汤，更有深刻的含义，虽很家常却让咱念念不忘，掌勺人不是餐饮界的名流，是咱家二姐王素兰，咱亲切地称呼她兰子姐，每当凝望窗外万家灯火的时候，咱不禁想起家乡，那儿的饭菜味道和那可亲可敬的兰子姐……

蓦然回首，往事依然在眼前。1975年，兰子姐就开始做菜，做出来的菜有滋有味，喷香扑鼻，让人不能忘怀。

这不禁让咱回忆起去朝鲜的往事。30年前，在担任《中国企业报》东北特派记者的时候，曾到过辽宁省丹东市做采访。美丽的丹东与朝鲜毗邻，一衣带水，隔江相望。倘若天气晴朗，放眼江边，可以看到对面的房子，甚至连走路的行人都随时可见。看咱在不停地瞭望，陪同的有关领导立刻安排咱到邻国去看看，这让人感到出乎意料的兴奋，咱爽快地答应了。

能够有幸跨过鸭绿江，到心驰神往的朝鲜去看看，乃人生一大快事，就像儿时唱起“雄赳赳，气昂昂，跨过鸭绿江”时那样激动不已。朝鲜的景色宜人，旅游中发现，虽然他们那里很贫困，却让咱记者享受了几次高规格的四菜一汤，算是他们接待贵客的最高标准。也许是一路游览身体消耗比较大，虽然没有什么大鱼大肉，可咱还是吃得挺香的。

下麦窝村民陈跃军如此断言：不怕不识货，就怕货比货。尽管朝鲜的四菜一汤味道的确不错，可与咱兰子姐的四菜一汤相比，那就差了一大截儿，说起这事，让咱欣慰和自豪。斟一杯往事的醇酒，且听咱将昔日的逸事慢慢道来……

1963 年 3 月，已经八岁的咱，成了家中的邮递员，咱爹有事通知兰子姐，但因农忙脱不开身，只好吩咐咱前去传话，这可是肥得流油的美差，咱打心眼儿里愿意去。

当年咱长得瘦小，个头也就自行车那么高。可人小鬼点子多，用跨的方法，才能骑上自行车。别看咱长得小，骑车的技术却不差。距离姐家的东京陵北地号村足有 25 里地，也必须绕过庆阳厂区才行，所以路程又远了不少，估计骑了一个半小时的工夫，等骑到兰子姐家时，太阳挂在头顶，已是中午了。

今天是个星期天，正赶上姐夫在家。看咱来了姐夫二话不说，便拿好钱包，将兜子往自行车把上一挂，骑车到了五里之外的东京陵市场上去买新鲜菜了。

说起咱姐夫①，那可是无可挑剔，他算是咱心目中的完美人。久而久之成了受欢迎的亲戚之一。一眨眼的工夫，姐夫买菜回来了，兰子姐很高兴，小围裙一系，麻利地给咱做起饭来，时间不长，四菜一汤很快就端上了桌面。

一小筐热气腾腾白花花的大馒头，咱别说是吃，就是见也是见不着。那个白呀，抓在手里软乎乎的，简直可爱得让人无法形容。

---

① 姐夫：吴春发，在辽阳铁路段工作，他是作者家人的骄傲，说话及办事稳妥，为人老实厚道，十分招人喜爱。

那个土豆炒辣椒，土豆片切得不薄不厚，吃起来辣辣的、脆脆的特别好吃；

那个麻婆豆腐，颜色金红，豆腐软香，微辣咸鲜，又热又滑吃起奇香无比，风味十足；

那个久违的猪肉炒芹菜，肉嫩芹菜更鲜嫩，好上加好；

那个宫保鸡丁，是由鸡丁、红辣椒、花生米等炒制而成，入口香辣，鸡肉的鲜嫩与花生的香脆，完美搭配在一起，微麻辣中夹杂着葱姜蒜的香味，满屋飘香；

那个西红柿鸡蛋汤，点缀着绿色的香菜叶儿，汤盆里漂亮的鸡蛋花与红色的西红柿鲜艳夺目，滚热滚热的还散发着喷香的味道……

兰子姐端上四菜一汤，还没等咱缓过神儿来，喷香的菜味儿便扑鼻而来，让人垂涎三尺，让咱心神不定，非得立马吃掉这美味佳肴不可！

当时，一种饥饿难耐的冲动，瞬间占据了整个大脑。姐让咱坐下来，话音还没落下，咱的小屁股早就迫不及待地坐在炕沿上，先与姐夫操起筷子，大快朵颐，吃了起来。

咱们边吃边聊，兰子姐在一旁插话说：“麻婆豆腐和宫保鸡丁是谁发明的?”咱和姐夫看看菜盘，都白了白眼直摇头。

兰子姐饶有兴趣地说：“麻婆豆腐始创于清朝同治元年，有个陈氏麻婆，她通过多年的烹饪技巧，使豆腐色香味俱全而闻名乡里；在清咸丰年间，有个叫丁宝桢的进士，经过反复的研制，发明了酱爆鸡丁，特别好吃，以他们的名字命名为麻婆豆腐、宫保鸡丁，以纪念这些有功之臣。”

可见，兰子姐在研究炒这四道菜的时候，是下了一番苦功的，对工序的处理，在味道和火候上熟稔于心，可见其功底，四菜朴实无华，香气沁人心脾，再加配上热气腾腾的大白馒头，可谓人间的美味。可是，咱观察到，兰子姐为了让老弟多吃点，她自己一口也没舍得吃。

咱只记得，当时的心里特别温暖，怎么吃都吃不够。咱和姐夫也没客气，爽得很，很快将四菜一汤扫荡一空了。

从此以后，在咱的脑海中久久存留，挥之不去，难忘其味，时时还想再吃再品。这些也是一种奢望而已，咱深知那可是兰子姐家省吃俭用，从牙缝里挤出来专门做给咱吃的。

眨眼间已时隔52年，当年的兰子姐，已是五个孩子的妈妈。当年家中上有老下有小，八口人一直在艰苦的农村生活。她虽然只读了六年书，但全家依靠她一人精心操持家务，咱时常想念心善的兰子姐，她做的四菜一汤更是咱美好的、永远抹不掉的回忆。

光阴似箭，岁月荏苒。52个年头过去了，弹指一挥间。在这半个多世纪的岁月里，咱的足迹几乎遍布了整个世界，体会到了世间的人情冷暖，吃遍了人间的山珍海味，一切都像浮云，没有留下太深的印象。

特别是咱多次到人民大会堂开会，多次用餐，曾经多次吃过毛主席定下的国宴四菜一汤、江泽民同志定下的国宴三菜一汤、二菜一汤，其中还颇有些来历的烤芋头、玉米面窝窝头、土豆丝、腌咸菜等，但至今没有给我留下太深刻的印象，独有兰子姐的四菜一汤，让人回味无穷。纵使千帆过尽，许多都已物是人非，但在咱的心头留下了那段刻骨铭心的亲情。

2015年5月，咱回老家又见到兰子姐。在酒桌上，面对满满一桌子美味佳肴，再次提及当年的四菜一汤，兰子姐颇有感慨地说："那时实在太困难，好的东西见不到，可老弟来咱们也算是尽力了。"

此时此刻，那质朴的情感和血浓于水的亲情，再一次充满了姐弟的心田，彼此眼泪汪汪。咱们深知，在那最艰难的岁月里，那真金白银也难换的四菜一汤，曾留下了多少最真、最甜蜜的回忆，让人浮想联翩，这份同胞间的真情，足以让咱一辈子珍藏。

祸起萧墙　敢叫“老天爷”不下雨

过去，每当咱站在中国石油辽阳石化公司的北侧，在那一片洼地的高岗上，看着眼前此起彼伏的一片片稻海时，复杂的心情油然而生，真是忆往昔峥嵘岁月稠。

这是一片十年九涝的大洼地，每逢雨季来临时，四面八方涌来的雨水便汇集于此。凡是走过这片地的人，无不诅咒这片凹地形成的烂泥坑。

然而一旦雨季过后，阳光明媚，天晴日暖，积聚的水很快便会自然消失。在较深的坑里，不但有积聚的水，还会孕育一些小鱼小蟹子之类的生灵，这里便成了孩子们捉鱼摸虾的天然乐园。

1998 年，就是这片没人看上眼的烂泥塘，却偏偏意外地被一个美女看中。她想创造奇迹，要在这片洼地里捞上人生的第一桶黄金，以便将来为两个可爱的女儿①买世界上最时髦的嫁妆。

拥有人生这样美好憧憬的她，不是戏说，确实是大家公认的美女。美女不是别人，正是咱三姐王素玉，小名“小玉子”。

那年头，三姐做事泼辣，头脑清晰，敢想敢干，还不到 40 岁，正是意气风发、挥斥方遒的大好年华。当亲戚们知道她要承包这块洼地时，本该大力支持她，可事情恰恰相反，大家纷纷站出来，一百个不赞成，一万个坚决反对，都千方百计阻挡她承包。

可她通过实地考察，说出了自己充分的理由。这块 20 亩地是建辽化

① 女儿：作者胞姐王素玉拥有两个天真、可爱、聪明的孩子，老大叫赵丽丽，老二叫赵杰杰，后继有人，血脉相连，素玉虽死犹生。

取土遗留下来的水塘洼地，劣势颇多，它像刺猬一样好看但终究碰不得。同时也有优势，一是这块凹地肥沃无比，不用施多少肥就可以丰收；二是租金特别便宜，几乎等于白白送给她；三是有两个可爱的女儿，渐渐长大急需用钱，必须给她们俩攒些嫁妆……即便家人知道了这些不利因素，还是坚持阻止三姐承包。原因很简单，不管撒什么种子，怎么算计，一旦遇到天灾水涝一切都是徒劳，谁也承受不起这样残酷的打击。

当时，咱兄弟姐妹的争论非常激烈，谁也说服不了她。姐很倔，始终坚持自己的想法，最后没辙便使出激将法，让她知难而退："你承不承包是你个人的权利，咱们阻挡不了你，但也没有能力帮助你。日后如果产生不良后果，均由你一人承担。你不要找别人帮忙，干脆一句话，你出了事神仙也救不了你，更帮不上你什么大忙。"换作一般人，肯定会偃旗息鼓，就此作罢，也就没有了日后那些悲壮故事。

姐可是不一般的人物，不仅人长得特别漂亮，而且从小就胆大，敢打敢拼是个女汉子，这一点让人挺服气。有一次，咱们居住的屋角处，不知怎么爬进一条有小胳膊粗的大花蛇，凶猛异常，能把人吓个半死。一般男子都吓得浑身哆嗦，咱也不知怎样处置它。姐闻讯从外边跑进来，随手拿个锄把，哐哐一顿暴打，将直吐信子的大花蛇给活活打死了。还拿锄把一下子挑起蛇身将它送到大墙外，挖了一个深深的坑将蛇埋了，然后像没什么事儿似的该干啥还干啥。咱在一旁直愣愣地望着她，惊讶得直伸舌头，三姐太厉害了。

那年代，咱刚到北京工作不久，刚买楼房安置小家庭，在经济上勉强自给自足，平时又常常被报社派到全国各地采访，任务繁重，一时半会儿还帮不上她的什么大忙。姐理解咱的工作，从来没有责怪咱，还鼓励咱勤奋工作，多出成果。

下麦窝村人感慨地说："要有伯乐支持小玉子的话，她不仅可以当一个总经理，还可以成为一个很了不起的企业家。只可惜与丈夫性格不合，长期拉锯直至离婚。她孤苦伶仃独木难支，没个人帮扶，想怎么做就怎么做，做对了可能发家，做不对可能毁了自己的前程。”

她不仅胆大敢干敢为，而且精力也特别充沛，这一点是天生的，谁也比不了。她可以连续几昼夜想事与做事，像吃了灵丹妙药似的从来不知道什么叫疲倦。

她像是一张弓，只要开弓就没有回头箭，在她的生活字典里，从来没有“打退堂鼓”四个字。租地的事情一旦决定下来，她就会动用一切可以动用的设备，攒足了所有的力气，去征服这片谁都认为绝对不行的大洼地。在选地、育苗、春耕、插秧、放水等各个环节中，精益求精，做得十分出色，显示出了特殊的才华和实战能力。

下麦窝村老人都记得，在那一年的夏天，天气特别干热，烈日当空，连一丝风都没有。道边过往的行人都在驻足观看，只见一大片绿油油的稻田地里，一个小媳妇在猛劲拔草，累得大汗淋漓，活像从水里捞出来的一般，行人好奇询问：“你为何这般拼命地大干?”她拨起长头发不假思索地说：“咱那两个孩子都在长大，为她们多攒些钱，这需要大把大把的票子，当娘的不想法子，不干累活怎么能行?”

当时姐不分昼夜地劳作着，终于到了秋天，那一片金黄色的稻穗有的很饱满，一部分稻粒儿还是瘪瘪的。虽然她敢让老天爷不下雨，但大部分稻地虽然没被水淹，可还是严重歉收。追根溯源，是该授粉时而没有及时授上粉，该扬花时而没有扬出花……尽管如此，投入与产出也就是打个平手，几乎是白忙活没有利润。对此，姐也不灰心，仍然信心十足地干下去。

人算不如天算，这几年老天爷突然赏脸，干打雷就是不下雨，天旱得很，只是下过零星几场小雨而已。面对这几场小雨，只要雨水一来，姐都能及时地把水引走，对稻田没有造成太大的损失，这一年的产量比前一年提高了不少。对此人们都说姐是活神仙，是菩萨下凡，上能测天下能测地，能掐会算，能耐大了，有的人简直把她捧上了天。

尽管那个时候，咱们的经济能力实在有限，但也没少帮助过她。当亲兄热妹遇到困难时，岂能见死不救，还是有人出人，有钱出钱，都在全力以赴无私地相助，让她收回成本，能够多攒点钱。

当年她还拉上了一腚沟的饥荒，又着急又上火，可咱们都劝她顺其自然，千万不要急于求成，只好说不等钱用。姐的钱都压在稻子上，手里又没现金。虽然咱当时很忙，但忙里偷闲，咱帮她往外卖稻子、催欠款等，忙得不亦乐乎。

承包土地虽然没有较大的丰收，毕竟是个小成功，也算是开启了创业大门，对此当时姐还是很自豪的。但随后的麻烦事接踵而来，让她一时招架不住，出现了谁也不想看到的情况，终于造成了人间悲剧。

追根溯源，她与丈夫长期不合，因琐碎事情吵闹不止。她常说，丈夫经常把她关在家里，让她待在家里侍候家中老小。丈夫工资较少，抽烟、喝酒、打麻将，又交了些朋友，每个月都花个精光，哪里有钱养家糊口？只有走出去琢磨挣点钱，生活才有保障，丈夫却不这么想，不给生活费还让她料理家务，对此她坚决反对，非要出来不可。两人争吵不断，吵架成了家常便饭，还逐步升级，乃至出现家庭暴力，最后迫不得已离婚了。

对于姐与姐夫之间的种种矛盾，咱实在不了解，但在心里判断也许姐说的做的全在理。从表面上，咱家人总是站在姐夫的那一边，总是一边倒地一直在劝姐，一切要按姐夫的安排去办。特别是爹严厉训诫：“嫁鸡随鸡，嫁狗随狗，你活是赵家人，死是赵家鬼。”姐有千条理由，娘家人不予支持。那个时候，姐的正义无处伸张，气不打一处来，只见她悔恨自己无能，用拳头直打自己的脑袋甚至撞墙，撞得头破血流。

如今咱老婆王伟还清楚地记得，姐有理无处诉，有冤无处申，憋气上火闷死啦。她常说：“丈夫不要咱，但好女不嫁二夫郎。说到做到，她还很年轻，没有再次出嫁。”

下麦窝村民丁树华有所感悟，男要搂拉妻富贵，妻要搂拉活受罪①。

---

① 受罪：如果男人要强，日子会过得很好；如果女人再要强，而男人不争气的话，也是瞎子点灯白费蜡，日子肯定也过不好。

由于家庭矛盾复杂，再加上她家里家外受尽了窝囊气，昼夜忙碌休息不好，精神长期压抑，越来越糟，甚至出现神志恍惚，经常产生幻觉。这时有些江湖骗子乘虚而入，不断地吹捧她，在她身上打歪主意。说她是菩萨转世，能让人逢凶化吉，说她道行极深是大神仙会神机妙算，还说她能挣到大钱长生不老，等等。

从此以后，姐像换了一个人似的，地也不种了，整天神神道道，要漂洋过海，游走四方，有时谁也找不到她，有时突然出现，又突然离开，咱们兄弟姐妹着急上火，积极筹集资金为其治病。那个时候，咱省吃俭用拿出两千元，四处奔波为她治病。大姐、二姐、老姐她们都离三姐很近，她有时神出鬼没地突然出现，在某家大吃大喝一顿，每顿能吃上一小盆，像一年没吃饭似的。吃饱喝足大闹一通，然后突然说有大仙找她商量大事。一挥手，她像腾云驾雾一般，无影无踪了。

之后，她又告诉咱们她没一点儿病，都是别人有病，她自己动手不断熬药，自己先尝然后给别人抓药熬药。姐说，她抓的药能给别人治病，还能给自己治病。为治病她尝试不少中草药，误品误尝，她在 2002 年 1 月 26 日因病身亡，享年五十晋一。盛年辞世，怎能不让咱心碎？看着姐的遗体，咱们兄妹悲恸欲绝，哭成泪人。

当时，咱在北京采访企业家，离辽阳较远。闻讯赶回去，待心急火燎地赶到辽阳新城时，姐的遗体已经火化，没有看见姐最后的遗容，是咱终生遗憾。

泪如泉涌，咱再也见不到那英姿飒爽的姐了，再也见不到那热情、熟悉、富有人格魅力的姐了……咱疯跑到楼顶的最高处，大声疾呼：“姐——你不能走，决不能走！咱有能力养活你一辈子！权当你出了一趟远门，咱企盼你早点归来，早点归来……”

咱知道，姐最牵挂的是她的两个孩子，咱想为她孩子做些实事，好好地写写她们。经多方联系，终于在 2016 年 3 月 29 日下午，在辽阳火车站的站台前，见到姐的大女小丽及二女小杰的丈夫。

亲人相见，分外亲热，得知姐的两个孩子都很有出息，咱为之高兴。但出于种种原因，截至发稿，尚未见到姐妹俩与咱再联系，咱很想借此机会表达一下深情厚谊，但终未如愿，这不能不说是目前的一大遗憾。

时至今日，谨以此文深情缅怀咱那苦命的同胞三姐。三姐呀，每当咱想起或提起你时，都泪如雨下，控制不住感情，作一首小诗吧，以此哀悼：

香消玉殒尽仙归
驾鹤西游唤不回
姐弟至亲频入梦
苍天涕泪我心悲

孝顺感人　再现“卧冰求鲤”

1999年9月的一天，一位老者的嘴唇因心火大被烧得发紫，还起了一连串的大水泡，让人心里着急发慌。

只见一位50岁左右的女人，急忙从外边赶回，用盆端着像白银似的冰块进了屋。她撸起袖子洗净了双手，将冰块放在菜板上，一边砸一边温柔地说：“马上砸碎让您含着，都说冰块能够迅速退烧。”说罢便抡起大锤子，开始砸冰块，一边砸一边暗自掉眼泪，看到爹这般遭罪，她心里也特别难受，但在表面上还得笑脸面对……她小心翼翼地将碎冰盛入碗中，轻轻地扶起老人，耐心地用小匙子，一匙接着一匙慢慢地将冰送入老人的口中。

近几天，老人的高烧总是不退，浑身烧得像个大火球，不管怎么吃药，温度也降不下去。女人不断用冷毛巾为老人擦拭，高烧还是不退，苦劝去医院治疗，可老人说什么也不去，急得她团团转。忽然间，她急中生智想起了冰块，果断地骑上自行车，去了30里之外的辽阳冰库买了回来。

此刻，几小口冰块下去，体内熊熊燃烧的烈火，一下子被袭来的凉意给逼退了。老人勉强说出话来：“真爽啊，再来一碗吧！”

“别急啊，吃多了会激着，等一会儿咱再给您。”

说话间，老人喃喃道：“小菊子，难为你啦。”

“爹在说啥呢？女儿有做得不好的地方，您尽管多训斥好了。”女人一边砸冰块儿一边说。

这位女子很平凡，1953年9月生于辽阳小屯下麦窝村，属蛇，读了六年书，雅号小棉袄，幼名小菊子，本名王素菊。由于长期操心、劳累，人消瘦了一大圈。

体内烈火被冰块逼退，爹说：“真爽啊，再来一碗吧！”

她就是咱一奶同胞的老姐，年龄比咱长两岁。她从小到大都呵护咱，咱对她十分敬重。这不，在咱兄弟姐妹六个人当中，她是心地善良的优秀女性。一年前的今天，咱爹经深思熟虑，最后专门让老姐过来侍候父母。

只有痴心的父母，难得孝敬的儿郎，下麦窝村老人常这样说。人人都知道，久病床前无孝子。可咱家的老姐是忠孝之人，再苦再累再脏也从来没有埋怨过，甚至没有说过一句牢骚话。

在写家史的过程中，追踪采访老姐的时候，她总是摇头摆手不肯讲述。她说：“你非让说点什么？可咱真没啥可说的。”为此，咱三番五次回辽阳拜访她，她被咱逼急了生气地说：“抠大便、吸痰液都是很脏很脏的事情，会让人反胃的，不能写在纸面上。”言外之意，这些琐碎事情，怎么能上大雅之堂呢？

孝敬父母的感人逸事，怎么就不能真实地去撰写？有小必有老，能给小孩接尿搂屎，为什么对给老人抠大便、吸痰液等孝顺的事情就要回避呢？姐的事情是在传递人性的正能量，更应受到全社会的尊重，不但要写，还要大力地写。

下麦窝村人常说："家有一老，视为宝。"咱清楚地记得，在大连咱们的家里，父母没少教育咱们，在侍候父母时，咱也曾经帮父母抠过便，但咱是小巫见大巫，惭愧得很。

爹的便秘现象是常有的，也是非常痛苦的。几乎每天如厕，蹲得腿根儿都发软，脑袋都发麻，却怎么也便不出来，有时痛苦的直叫唤。这时候，咱妈就会过来用手往外抠，当时的便硬得很，怎么也抠不出来。见此情形，姐二话不说挽起袖子，让妈上床又让两个女儿到另一边去。独自一人，愣是一小块一小块地取出来，用了很长的时间……妈和孩子始终在另一旁耐心地等着，咱感动地流下了眼泪。

照顾老人，心要格外细致，手也要格外轻微。要用眼睛仔细地观察，还要用心去深刻领会。像老人打喷嚏，姐不用问就知晓打喷嚏有几个原因，应该怎么去办，该不该吃药，吃多少、吃几次、吃几粒……

有一天姐从外边买菜回来，想起爹曾有"撅腚不服"许多逸事，如今还是有服不服的劲，誓与疾病死磕，要自己努力把它抠出，人老岁数大真不饶人，身弱多病没什么力气，已经是心有余而力不足了。姐放下菜筐，都没来得及挽起袖子，跑上前去帮爹一起抠大便，多次抠大便让她总结了一套经验，那就是把筷子削成尖，用筷子尖拨弄硬块，使其松弛散碎再行分解，再将小块慢慢地小心翼翼地，一块一块地取出。

姐对咱说："现在，老人便秘是普遍的现象，主要是老人胃肠道动力不足，还有肠道刺激不足，肠壁应激性差等原因。"

老人的咳嗽是老病，常犯，姐不但不烦还让他放声地咳嗽，一旦有痰就马上吐出，要大胆地大吐特吐，一吐为快。姐还准备了几个手绢，如果爹来不及就往手绢上吐，吐完痰立刻换洗，用开水煮，再拿到外边让太阳暴晒，彻底地杀菌再用。

姐深知痰液中携带细菌，她提倡用力吸气后大声咳嗽，把痰液排出来。还为此准备了几个痰盂放在各处，供随时吐痰用，再通过痰液了解病情。如果痰液有点儿血丝，表明咳嗽的老病加重了，她照顾就更周到仔细了。

就在爹离世的前两天，一口痰液没有及时吐出来堵住了气管，一口气没上来，脸憋得通红像个红萝卜，姐在爹即将窒息的关键瞬间，立刻嘴对嘴地用尽全身力气，将堵在喉咙中的痰液，彻底地吸了出来。

爹的肺病不断加重，后来送到医院，检查出已经到了肺癌晚期。爹疼痛难忍，姐又急又上火，想尽各种办法，仍然无济于事。没办法，最后根据医院诊断书购买了哌替啶，每天拿出两支注射，尽量地减轻爹的痛苦……

爹要什么，姐也千方百计给予满足。那时候，老人什么也吃不下去，姐费尽心思，用大枣、红豆、红薯、莲子、百合等，熬煮风味各异的营养小粥，用小羹匙半勺又半勺地将营养粥送入老人的口中。

姐的两个孩子小岩、小红耳濡目染，她们都是孝敬老人的好孩子，以妈为榜样，对姥姥和姥爷也特别好，历来不惹老人生气，可见孝敬老人的精神，对后代的影响是多么大，又是多么深刻。

在咱的印象中，姐的长相平凡，说话平凡，做事平凡，但在孝敬父母方面却不平凡，姐像一滴净水，若不深入了解，可能被大海彻底地淹没了。她率先辛苦地送走了爹，然后又送走了妈。咱们的爹妈，在她的精心侍候下，走得都很安详。姐还说，最理想的死，是预想不到的死。咱们的爹妈都做到了。这都是姐的大功大德所致。

下麦窝村老话常说："流水不停，行孝莫等。"至今姐还牢记，在人生难熬的最后一天，爹突然想要吃芹菜馅儿饺子。姐很高兴，立即骑自行车到小屯市场选最嫩的芹菜，选最嫩最好的猪肉包了饺子。热气腾腾的饺子端上桌，姐慢慢地扶起爹。此时的爹，仍然习惯将毛巾平平整整地挂在胸前，然后勉强张开口，颤颤巍巍地拿起筷子，努力地一小口一小口吃着饺子。

可惜昔日钢铁一般的硬汉，如今在爹的身上再也看不见了。想着看着岂能不让姐伤心落泪？此时，姐拿起筷子，慢慢地喂给爹芹菜嫩肉馅儿的饺子。

爹爱吃饺子，费了老大的力气，颤抖着吃了半天，才勉强吃掉一个半饺子，然后再怎么咬牙也吃不下去了。这是爹有生以来，吃的最后一顿美味饺子了。

2016 年 4 月 2 日下午 3 时许，姐痛哭着叙述着往事，深情地说："现在特别眷恋亲人，每当咱想起爹妈之时，心里很是难受……"

农历的八月初二，当时咱真切地看到，爹品味了 83 载人生的艰辛，生活的苦短，于 1999 年 9 月 11 日晚上 8 时 38 分仙逝了……咱是多么地想将人间美味奉献给爹，可老人家不再需要了……

尽孝廿载　万事孝为先

爹，是咱一生最崇拜的偶像！大阳①从辽阳老家打来电话说："咱最牵挂的是爹。"这是阳隐藏多年的心里话，恰如春风吹入了咱的心田。

阳是咱看着长大的孩子，说话总是带着憨笑，露出一排洁白的牙齿，怪有意思的。

在人们的印象中，阳是特别勤快的乖孩子，常起早贪黑到地里劳作，还跟他三舅学过制作砖瓦，也去小屯水泥厂打过工……

火炕很长时间没烧了，炕面潮湿，睡了容易得病。阳听说爹出门将要回来，火速跑去烧一烧，去去潮气。

儿是爹的厚棉袄。在爹的眼里，孝顺的儿是爹的护身符，从阳关爱爹的许多细微的小事中，均能透视爹言传身教产生的巨大影响力。

逢年过节，阳牵挂的人是爹。为一家人团圆，阳与爱人商量，把爹接过来。爱人很明事理，虽然身体欠佳，但很支持丈夫这样去做。

阳恭恭敬敬去接爹，盼尽快来家过个团圆年。儿子孝顺，当爹的自然高兴，然而他爹却不大愿意去打扰，想得很多，自己自由惯了，心里自有主张，对儿说："今年就不去了，等明年再说吧。"

阳耐心地劝了半天，也没劝动，又恳请爹去自己家。做爹的心里特别高兴，表面上则佯装发怒："不许这样，说去就去说不去就不去！"为不让爹生气上火，阳只好顺着老人。

---

① 大阳：小名阳，本名王忠阳，农民，属猴，八年文化，1968 年生于辽阳小屯下麦窝村，系作者胞兄的长子。

下麦窝村人常常说前三十年看父爱子，后三十年看子敬父。阳要包饺子，先想爹最爱吃什么就包什么馅儿的，待饺子煮好，调好蒜酱又怕饺子变凉，左一层右一层地包严实，小跑给爹送去，爹吃得香，阳也满意地笑了。

阳常想，世上最大的恩情，莫过于父母的养育之恩，值得用赤诚的心去体会。

阳是很有心的人，他深知父母过着面朝黄土背朝天的生活，更深知从小到大，爹妈很不容易，一把屎一把尿地把自己拉扯大，吃苦受累很不容易。自己长大了，爹妈又省吃俭用为自己盖房子、娶媳妇，还给自己照看下一代。爹妈把一辈子的心血和爱，全都花费在子女身上。近些年，自己有孩子之后，深知做父母的艰辛和不易。不养儿不知父母恩，如今母亲不在了，爹年迈，还有多少好光景？“在家敬父母，何必远烧香”。难道咱还不如乌鸦、羔羊吗？咋的还不能坚持侍候老爹最后的二三十年？

阳老实厚道，从小没离过这个温暖的家，在爹的羽翼下长大。下麦窝村人感慨地说：“老猫炕上睡，一辈传一辈。”爹是大山的脊梁，鲜艳的旗帜，爹的举止言行时刻在影响下一代。他总在想，儿像回报爹二十一次问话时那样，只有孝顺才终生无价。阳常想，世上有不孝的儿女，少有不慈祥的爹娘。

当夜幕降临的时候，阳时常睡不着，拿出王典家族珍藏的故事，仔细地研读。深研王典、王冠山、王世国三代人，从他们身上，学到了不少做事的风范。以《王家祖训》为座右铭，时刻告诫自己，今天和明天都应该是这样的：

勤劳自励永耕耘　粗茶淡饭苦中甜

一世赤诚仁义信　终生纯朴孝慈廉

吃亏是福增寿禄　礼让他人天地宽

祖训功德垂千古　王典家业代代传

阳还特别地重视王典家族十六字的祖训，字字牢记：

心领祖训

勤俭持家
集中做事
实力说话

下麦窝村民说：温和老者，顺者为孝。阳处处顺从，已经养成了一种特别的习惯。为孝敬爹手脚变得勤快，做到了任劳任怨、问寒问暖，挤时间多陪爹唠家常。他爱听老爹讲故事，常常听着入了迷，有时已经很晚竟忘了睡觉；爹看儿胖乎乎的微笑似的脸蛋，喜欢得不得了，感觉自己也年轻了许多，像孩子一般手舞足蹈，竟忘了自己已是七十开外的老人。

阳离爹家近，经常过去看看。看窗户是否忘了关，看到爹睡熟了被子没盖好，立马盖好，看到门锁没锁，立即锁好。

每天再怎么忙，阳都会放下手中的活儿去看看老爹。他注意到爹的胃口不大好，让爹去医院治疗，爹就是不肯去。他二话不说，马上到药房买些药及时备好。有一次，可能是东西没有吃好，爹拉肚子，病情很严重，阳服侍左右，叮嘱爹按时服药，自己亲自下厨房，十分精心地做不重复又少油的素菜。不仅做得好吃，还干净，让爹特别安心。他一连三昼夜陪同，直至爹病愈才松了一口气。爹喜笑颜开："家有万贯财产，不如有个孝顺儿子。"

2015 年秋季，咱回老家探亲访友，看到哥家房前屋后成熟的苹果、黄梨、葡萄等，很是高兴也很自豪。哥说："阳眼里总有活儿，手脚从来不歇着。"水果挂满枝头就是甜香，都是孩子们先后栽的，经过精心培育，才有了硕果累累和满院的勃勃生机。

当咱专访阳，提及他爹对他的褒奖时，他微笑的脸一下子红了，像刚遇见陌生人的大姑娘那样可爱，两手摆弄着衣角，不知如何是好。

眼下正逢开春，正是育苗、播种的大好时机，阳自家再怎么忙，也要跑到爹家，挥起锄镐，铲锄荒草，把房前屋后的田地，一一地精心种上，把一切都伺候的好上加好。

一切的伟大，都来自百姓的平凡，人做一件好事并不难，难的是厚德方可载物。做一辈子平凡的好事才称得上圣人。

厚积薄发　二宝的“小九九”

归梦如春雨，轻悠故乡行。翠柳环绕，民风淳朴的故里，让人心情大好，让下麦窝村高高飘扬，芳名远播。

家乡名字的由来，慈母曾跟咱说过，跟农家的一句谚语——老婆孩子热炕头有关。提到窝，无论是古人还是现代人，都会有股暖意。站在村中任何一个高处，放眼环顾四周的景色，都会迸发出许多乡愁。如果爱听村妇唠叨乡情，会让人更加迷恋家乡。“快来看那窝人，长得溜光水滑，吃什么都是那么地香……”下麦窝村传出泥土的气息，朴实的乡情扑面而来。

发展乡村经济，聪明的下麦窝村民，占天时、地利、人和，早已跨入现代社会的大门槛。众鑫食品经销店的开张，带动了一方米面粮油、烟酒糖茶、日用百货、便民邮政、代交话费等业务，让乡邻足不出村，即可买到称心如意的商品。

进店一眼便可以看到，醒目的几个字：“本店从不赊欠，免开尊口。”十字告示，让人感受到小店的独特，无意之中提高了小店的知名度。热情的店主，向消费者介绍新进的商品，多是些烟酒糖茶、小食品，大的商品如电视机等家电也可代购。商品既经济又实惠，远处来的回头客也不少，看来小店的生意还不错。店主是位中年男子，不瘦不胖，中上等个头，给人的印象精明干练，看起来是村中的活跃人物，细致探究让人意识到，买卖精细的大有走马分油的本领。虽然店是他开的，可在营业执照及烟酒许可证上，却写着女人王秀君的名字。一般人不会关注这些，咱进店就注意到了，王家特别重视女人的家庭地位。

恩爱有加，小两口像一个人似的，夫唱妇随。秀君人长得漂亮，从小就深受父母的疼爱，当个小老板娘绰绰有余。她给人的第一印象，就像著名京剧《沙家浜》中智勇双全、巧与小鬼子和汉奸周旋的阿庆嫂，能说会道，诚而有信，人缘和口碑特别好。有这么个女强人支撑，小店能不火吗？真正的店老板是咱二侄宝儿①。他纯朴笃实厚道，从小就精明透顶，言语虽然不多，但心中有数，素有小九九的美誉。

提起小九九这个人，下麦窝村民都说他脑袋瓜转得特快，考虑问题精明周全，富有超前的战略眼光。原住在村西北角，与胞兄王宝阳同住在一个大院套，各住两间大平房。他与胞兄商量，买下胞兄居住的两间房，扩充一倍面积，把两间扩成四间，自己又独门独院，显得宽敞气派。按照常理应该满足，可心里总有小九九的他，嫌地方小，为提升一步，和爹协商用四间大平房，和爹的三间小房置换。从表面上看宝儿傻透了，四间大平房换成小三间，更何况爹的前后院套的面积尚小，在一般人的眼里，宝儿怎么算计也是吃亏。

然而，人称小九九的宝儿心甘情愿吃亏，坚持互换。爹住在老宅，从心里备感舒坦不愿互换，既然孩子需要，老人还有什么可说的，爷俩不用商量，顺理成章，宝儿很自然地迁到了老宅。

小九九不是一般人，胸有成竹，到老宅不久，就筹划起新的事情：从东墙盖起新房，紧接着操起王家传下的经销店，很快打开了局面。小九九从小是种田人，转身变成个体户，做起光彩事业，规模逐步扩大，将整个小院都盖上房子，让人感到店面宽敞，将经销店发展成为全村最大的综合性商业网点，商品琳琅满目，大麦（流行语兴隆）吉祥。

在做买卖的过程中，他讲究仁义道德，诚实守信，足斤足两，童叟无欺。他认为价高门前必冷落，利薄顾客才盈门。

---

① 宝儿：幼名，本名王忠宝，辽阳小屯下麦窝村人，作者胞兄王世国次子。1971 年 12 月生，属猪，念过九年书。

几年后，他将后院的老宅改做库房，将新盖的经销店门房重点装修一新，有电脑、休息室、餐厅、卧室、洗手间、淋浴等，设施配置齐全，成了一个小康之家。

咱论阅历，谈经验，都比宝儿多，可智慧和眼界不如晚辈宝儿。特别值得高兴的是，小九九后生可畏，即便咱们这些长辈早早地被拍在沙滩上也愿意。时代变了，对能人不服还是不行的。

咱从小就很喜欢忠宝，曾领他到抚顺采访。按下麦窝村王成志的话说：“不种千顷田，难打万担粮。”他一面办好经销店，一面种好自家田和承包别人的地，讲究用高产高效的耕种方法，多种耐旱、耐涝高粱、玉米，又育苗栽西瓜、地瓜或种些白菜等。在有限的土地上，多种经营，挖掘更大的潜力。他还走街串巷卖过豆腐、倒腾过鸡鸭、筛过河卵石、摇过元宵等。

“邻居好，赛元宝，处好乡邻胜过宝。”听说小九九的人缘特别好，交际又广。在村子里，谁家有个大事小情，他遇事就帮，率先赶到还挺卖力气，在乡邻之间和谐相处。下麦窝村民都说宝儿的人缘特别好，竞争村主任应是没问题，可他谦虚得很，一直往后退。

嗖嗖的凉爽小风不断地吹拂，让人感觉特别惬意。宝儿虽然拥有成功的经验，但经常多干少说甚至不说……他的美德让咱激动不已，不由得为他赋诗一首，表达对他的钟爱。

槐花飘落泪
河柳挂乡愁
心中小九九
总是在心头

后发制人 “三张牌”诠释孙子兵法

下麦窝村人说：“在市场经济的激烈博弈中，要想经商能够旗开得胜，不妨看看咱独家的三张牌。这三张牌以全新的视角，以邪压邪的打法，在关键的时候和特殊的场合，也许能派上大用场。”

下麦窝村人常说：“道高一尺，魔高一丈。”咱儿忠巍[①]立足商海，展示了独特的看家本领，巧妙灵活地战胜了竞争对手。

想当年，忠巍不想接老子的班坐享其成，而是另起炉灶，准备经商。咱深知修树趁早、教子趁小，从小就向他灌输新的理念：你看美国总统的儿子，未满18岁就被老子踢出家门，自己谋生，你呢？忠巍认为父亲这样教育很对，暗下决心好好干，绝不让老爹失望。念小学四年时就从下麦窝村迁到大连市，跟咱住在一起。一晃十年闪过，当忠巍站在自家的大落地窗前，眺望无际的大海时，心中升起一种强烈的经商欲望。大学期间，边上学边利用业余时间打工赚钱，从中体会创业的艰辛，毕业后在大型国企当技术员，感觉有劲使不出，不久便辞去条件优厚的工作，开始正式下海经商。

起初，连一点儿经商的门路都没有，不用说找什么经商的诀窍。考虑到这一点，他盯住市场选择了鞋业，鞋是人们的必需用品，一手收钱一手付货，其收入比较稳定。他把想法告诉了家人，儿媳周薇很高兴，把自己听说的事情告诉他。入行的门槛虽低，但鞋业的竞争异常激烈……面对风

---

① 忠巍：简称巍，系作者之子，大学文化，属猴。1980年生于辽阳市文圣区小屯镇下麦窝村，商战十载，成绩斐然，现任中企传媒社的法定代表人。

险，小两口还是统一了思想，决心在鞋业中闯一闯，杀出一条属于自己的血路来。

人要真用心，万事不再难。刚开始，他天天痴迷于研究怎么能把鞋卖好，怎样锻炼自己的表达能力；多看些《时尚》杂志，多上网跟踪行业资讯，多观察鞋的流行趋势，多征求消费者的意见。做到干一行爱一行，专一行能一行，市场需要什么产品，就力争上什么样的货源。不久，因经营特点明确，小店受到消费者的喜爱。

然而，随后竞争越发严峻起来。有一次，为给儿助阵咱来到了新特嘉鞋店，看到刚摆上货架的新款鞋，没过两天工夫，同行也将同款摆在了货架上。竟然有人明目张胆地抢生意，这种不守行规的劣迹现象叫跟风。

怎样能摆脱跟风，使自己免受其苦和经济损失？忠巍冷静观察从容应对，跳出传统的局限，紧盯活跃的市场，做到你跟风咱更新，对自己的经营进行严格管理，精心挑选货源，上质量过硬的产品；在商品陈列上特别讲究，让消费者看到新款的优势；要求员工实打实地做好产品介绍，让消费者产生购买的欲望。经过多管齐下，消费者竖起了大拇指点赞，让损人利己的小人不知所以。

有一次，在开设分店时，发现该商场经营路子比较落后，有很多可以开发的潜在商机，忠巍率先在商场门口摆出新的展位，一个夏季的销量很可观。

在创建新店时，经过全面考察，忠巍发现消费者可以讲价的店面里的商品很畅销。然而，附近没一个像样的定价店，忠巍抓住这一商机，率先成立定价店，在商品质量上狠下功夫，突出店面信誉。以独特的经营方式，刚开业便一炮打响，吸引了很多消费者，生意也日渐兴隆。

运作上的创新和两步高棋，让商场领导和同行刮目相看，他们纷纷说：“忠巍使出的这两招，真的好厉害，后生可畏！”

在与同行激烈的竞争中，忠巍发现有人常在模仿自己，总像幽灵一般，窥探自己怎样上新货，怎样摆货……其中有一摊主最难缠，品行恶劣，忠巍想用他做个典型，小试牛刀。这个人大脸盘，秃顶，长着满脸胡子，像《水浒传》中的鲁智深。但做事方式却与仗义疏财的鲁智深恰恰相反。他姓苟，做事特别狗气，是个很狡猾的奸商，正儿八经的生意不会做，专靠窃取他人的智慧，从中谋利。他经常挖别人的墙脚，已有好几家的商铺，被他欺负，最终经不住连续亏损而倒闭。他虽然赚了一大笔不义之财，但也得罪了一大帮人。

几年来，忠巍熟读几部经典著作，巧妙地借用了毛泽东四渡赤水①的循环战术，认为只有跳出大怪圈，出奇制胜，才能战胜“商敌”。

经过精心策划，最终打出三张牌：第一张是，用货真价实的牛皮鞋做饵，摆上“李亢（化名）牌”新鞋，新鲜漂亮很是抢眼，立即受到欢迎。

苟见状控制不住自己的欲望，以破零钱为借口，过来紧套近乎。说是破钱，暗地里贼溜溜的眼睛，死盯着“李亢牌”来回转悠，琢磨怎样跟风。此时的忠巍，可不是初来大连专找电子游戏玩的毛孩子，而是位心有城府的地道商人了，他的心里，早有了应对办法。

苟紧跟着模仿，马上回店组织货源，没到两天他的“李亢牌”大摇大摆地摆上了货架，款式和质量与忠巍的货色一模一样，再细看连价位也一样，连卖法也如出一辙。忠巍看在眼里，暗自思量，他抢咱的生意，真是个孙子。

迫不得已，只能甩出第二张牌，充分利用自家店在商场位置靠前的优势，在货架上另外摆上了新款的李亢牌，与前面的鞋型一模一样，让人不解的是，在价格上却便宜了一大半，聪明的消费者在其他店转来转去，最后却还是选择回到了新特嘉鞋店，把称心如意的新鞋买走了。

这是怎么回事？消费者一直不买苟家的跟风鞋，他的鞋店从此越办越臭，急转直下。

---

① 四渡赤水：1935 年红军长征途中浓墨重彩的一笔。毛泽东指挥红军，出其不意四渡赤水河，一举粉碎了蒋介石的围追堵截，使得红军绝处逢生，最终扭转乾坤，这是毛泽东军事指挥成功的经典战例之一。

苟看在眼里，却记在心上，立即托人退回这批货，以迅雷不及掩耳之势，迅速地进了“新李亢牌”，妄想继续抢夺别人的生意。他进的“李亢牌”全是冒牌货，价格也特别低。一时间苟又占了上风。

下麦窝村人说：“市场上的竞争，实质是真与假的竞争。真有真道，假有假货，真货被假货击垮的现象屡见不鲜，市场上的水深不可测。”

被逼无奈，忠巍打出第三张奇牌，一手拿假货，一手拿真品，以诚相待，主动地告诉消费者，教会他们如何辨别真伪。发布公告：童叟无欺，欢迎鉴别！那真是心诚则灵，不怕不识货，就怕货比货。这一招真的厉害，果然奏效，消费者很快又流转了回来。

看忠巍的货很是抢手，人流又多，气得苟两眼发蓝，心肝直疼，不得不立马随之降价。这一次他失算了，败局已定。对消费者进行辨别真伪的免费培训，唤起了消费者潜在的自我保护意识，他们眼睛更加雪亮。假货一旦被揭露，便在价格战中失去了优势，苟可谓是搬起石头砸了自己的脚，他的生意一下子滑入了低谷。

对此，消费者坦言：“新特嘉鞋店公平有道，假货就是假货，真货不怕识别，忠巍的鞋店一点儿也不掺假，咱们从心里信得过。”两店近在咫尺，而新特嘉鞋店的消费者中，许多都是回头客。

随后，苟的鞋店彻底黄了，正验证了下麦窝村那句乡土名言：“歪门邪道一旦走，害人坑已必自毙……”

从此以后，苟的名声臭了，只好携家带口背起行李卷，离开大连，狼狈不堪地回了老家……

从此以后，忠巍的品牌在消费者中树立起了更高的威信，一顺百顺，买卖更加红火了。

红薯媒婆 “一个地瓜”巧换两套房

“小君子，一个小媳妇，用一个地瓜换回两套房!”有人故意大声说道。话里有话，听得出来，他们对这件事产生了怀疑。

2015年10月的一天，是个秋风送爽的好日子。咱拜会了辽阳诗人高天佑，在路经小屯村时，听到众人在议论动迁一事，褒贬不一，说什么话的人都有。别的事咱可不听，对君一个地瓜换回两套房的新鲜事却十分关注。

君是咱的亲侄女，家位于古城辽阳城东的黄金地段。这里有小屯石嘴山新石器时代的遗址，集军事、政治、经济于一身，是小屯镇政府所在地，又是最繁荣的重要乡镇之一，具有上百年历史的辽阳千山水泥有限公司就坐落在南山脚下。这里是本溪至辽阳的必经之路，镇中心的十字路口，南北、东西两条路延伸至各地，是市区10路、35路、36路公交车的终点站。这里热闹非凡，说它是黄金宝地，实至名归。

车站北侧200米的道西有户人家，咱站在门口往里望。首先映入眼帘的是高高的大墙，中间那扇铁皮造的大门前，站着一个很乖巧的小女孩，她扬头问道：“您找谁呀?”当她知道找谁时，转头就喊：“妈妈，咱家有客来啦。”

随着声音，一个眉清目秀，脸上带两个酒窝的小女子出现了，她十分高兴地说：“老叔来了，快进屋坐呀!”她就是君，寒暄几句咱说：“刚才路过你家西面的拆迁区，听到有人正在谈论你一个地瓜换回两套房的事，咱孤陋寡闻，这是真的吗?”

君先是一愣，然后绽开微笑，爽快地说：“确实有那么一码事，但没像他们传得那么邪乎。”

“到底是怎么一回事?”咱刨根问底。她是咱看着长大的，从小就勤快，孝敬父母，为人实在，不玩心眼儿。办事认真稳妥，做人做事十分低调。她不愿讲这事，咱做了半天思想工作，她才慢慢地向咱讲述了一个地瓜到底是怎样换回两套房的事。

“卖地瓜啦——”小屯街上，来了一个小媳妇，拖着长腔，不停地叫卖。

她是君，30多岁，人长得年轻，细嫩的脸颊白里透红，充满着青春的活力，那甜甜的喊声比地瓜还甜。她手里只拿一个大地瓜当样品，其他地瓜放在道边车上。她很自信，自家产的地瓜就是好吃，干爽沙甜好像西瓜，不用摆在市场上每天也能卖十几筐。

听到甜甜的叫卖声，一位叫郝梅①的人问道：“是红瓤的地瓜吗?”

“是的，不红不要钱!”

“你敢打保票?”

“敢！咱是达子村老张家的，下麦窝村老王家的姑娘。叫君，行不更名，坐不改姓。”

“下麦窝村的王世国你可认识?”

“认识，他是咱爹!”

“怪不得长得像呢，原来你们是父女!”

说着说着，君被让到院里。院内敞亮，密集的深绿色的大葡萄架，已将整个大院套，全部覆盖了。君像到了自己家一样，备感温馨，又特别亲切。

郝阿姨看在眼里记在心上，不由得试问：“你喜欢这院?若喜欢卖给你怎样?”此话让君没个思想准备，然而君就是君，为人办事干脆果断：

---

① 郝梅：为尊重原房主，用了化名。买卖房屋大事，郝梅夫妻均有参与。在行文时，为方便读者，称为“郝阿姨”，敬请原房主见谅，特向二位的大力支持表示谢意!

"你能卖咱就能买!"君的果断让人咂舌。

郝阿姨实在，富有大将风度，看院子和多年培育的大葡萄架，感慨万千。"好吧，让咱跟家人商量后再回复你。"

下麦窝村人说："君子一言，驷马难追。"过了一周，君主动登门，寻问这套房整体出售的具体事宜。郝阿姨一看，来真的啦，爽快一口价："十万块！少一个子儿也不卖。"

"九万五！多一个子儿也不出!"君摇晃着头，挺直腰板态度强硬。

棋逢对手，双方僵持不下，似乎走进了死胡同，只好暂时搁下。君心胸开阔，再加打心眼儿里喜欢这旮旯，隔几天又来看房子，从院里到院外，转了一圈又一圈，恋恋不舍。

有人听说房子要十万块，少个子儿也不卖之后，连连摇头说："这旮旯是个烂地方，哪儿值这么多的钱？给六万就不少了。"

说实话，平民百姓能赚到十万血汗钱，实属不易，是多年一点一滴省吃俭用攒下来的。这还不够，还得借钱，君伸手向娘家大哥借了五万，同二哥借了两万。

有人说，全部家产投在这套房上，万一房不值钱，将如何跟家人交代？君深思熟虑后，依旧坚持自己的决定，她的丈夫张兵有远见、有眼光，坚决支持。过去七嘴八舌，遇事没辙，如今是七嘴八舌，遇事定砣。君很快采取行动，找亲戚从中周旋。

再说卖主郝阿姨，她的内心充满矛盾。这房让她出手实在舍不得。当初情急之下，在君面前开出天价，其实心里还没拿定主意，是真卖还是不卖，以怎样的价格来卖。本想将她一军探探路，再从长计议，可她万万没想到，一个小媳妇竟然如此一路追来，让人没了退路。既然话已出口，木已成舟，该咋办就得咋办。

郝阿姨在小屯是位响当当了不起的人物，哪能说话不算数？再说也是卖了个天价，不由得感慨："不怪说下麦窝村老同学行，孩子更行，将门出虎子，一代强一代。"翻来覆去权衡利弊，最终只好签订房屋买卖协议。

双方皆大欢喜都是赢家，地瓜当了大媒婆的故事，经民间艺术家的演绎从此传扬开来。

一个小女子能有这般魄力和胆识，说明胞兄教女有方。君所作所为，验证了咱爷爷王典的名言：“三分读书，七分实践。”只有在社会大学堂中毕业，才算是真正的毕业，才是实用人才。

君对这里情有独钟是有原因的。房子整体占地面积941平方米，建筑面积280平方米。当年院中葡萄、韭菜、芹菜等副业纯收入8000多元。葡萄最多的年份，收入在9000元以上，一般年头在3000元、5000元不等。出租房屋，每年收入在3000元至6000元，加起来每年经济收入颇丰，这让君乐得合不拢嘴。

君透露：前两年有人给50万没舍得卖，眼下这里动迁，能得到100多平方米的房子，还能获补50万元，这么丰厚的资产，使不少人觊觎。她说：“咱绝不稀罕，不想再动了，喜欢这里接地气的黑土地。黑葡萄、绿芹菜、宽韭菜，很喜欢过老婆孩子热炕头的休闲生活。”

细听着君娓娓道来的故事，天色不知不觉黑了下来，屋里的灯光更加明亮。君做的美味佳肴摆了一桌子，一下子满屋飘香，咱还想追问她更多的故事，她急了：“饭菜快凉了，老叔赶快吃吧!”

啃起家乡细嫩的苞米棒子，吃着土豆拌茄子，细细品味，仿佛让人回到了当年。咱拿起一个红彤彤的沙瓤大地瓜，干爽，吃在嘴里直起沙、不粘牙，香甜可口，味美独特。不怪说君不爱离开这接地气的旮旯，如今让咱也深深爱上了它。

时间过得真快，在将此稿送审时，咱欣然获悉，这次动迁款加厚了，君换回的绝不是一套房，而是一下子分到两套新楼房，还获得了十分可观的补偿款。

顽童稚语　小苹果有“说法”

喜爱孩子是长辈的天性，再没心没肺的人，说起自己的孩子时，也会一往情深，喜爱有加。可咱与众不同，对孩子从来不护短，好就好，坏就坏，特别偏爱那些明事理、有思想、有创意、懂得感恩的好孩子。

咱孙女叫小苹果，本名王蕴涵，幼名涵涵，可以说是孩子中的优秀代表之一。疼爱她，欣赏她，这是因为她虽幼小，却有童真的人生感情。

“宁可不长大，也不让奶变老!”涵一会儿搂搂爷的脖子，一会儿亲亲奶的脸颊，看到奶越来越多弯弯曲曲的白发，突然冒出这么一句闪光、动人的童真稚语，让咱一下子愣住了，这孩子真是个小机灵。

四岁的时候她就非常机灵，白嫩的圆脸蛋儿，镶嵌着一双忽闪忽闪的大眼睛，有着明星周迅般的灵气，满脑子总是十万个为什么。常问得咱们无言以对，只好查阅资料，让花甲老人养成了爱思考，随时能解答即兴的提问的习惯。小苹果成熟得比较早，特别是有些事情，聪明劲超越同龄人。

有时咱会开玩笑地问：“奶和姥，你觉得谁对你最好?”她很快地回答：“都好!”自从记事起，开始学独立，只要自己能做的事，不麻烦别人。别看年龄小，懂的事情还真不少。看到奶一天比一天老，小苹果说：“宁可用自己老不长大作代价，永远停留在四岁，来换取奶永不衰老。”对四岁孩子来说，能说出这么孝敬老人的话语，实属不易。一句话里，体现出她的天真无邪和对奶永恒的爱。

“爷，您的办公室墙上挂的大照片是谁呀?”涵善于发现，又善于提问。这不，小苹果又发现一个新问题。

“黑白大照片的镜框里，是你爹的爷和奶，是你的太爷太奶。”咱做了肯定的回答。涵的提问看似简单，仔细品味，确有很多学问。记得当年，爹领着妈到了国营照相馆，让摄影师照一张两人合影和各自的单独照片，放大洗了两套，给咱兄弟俩各一套。当时工作很忙，没在意照片的深层含义。现在经过孙女的提问，惊醒了梦中人。假若没有这张珍贵的历史照片，后来人怎能够看到太爷、太奶的形象？

在抚养涵的几年里，发现她有许多特点：睡觉总爱搂着奶的胳膊，甚至喜欢枕着胳膊睡；不管走到哪里，总是紧拉亲人的手不肯放；性格内向，知道也不说；寡言少语，总是怯怯的。小苹果心里总有一杆秤，知道该做什么，不该做什么。

有一次，涵和奶做起了藏猫猫的游戏，一个在门里，一个在门外。玩着玩着，她不小心把门锁上了。奶没带钥匙，两人隔着门，这下可急坏了涵，她急得大哭起来。奶更急出满头大汗，担心她在屋里害怕，着急地说“别动！奶去找人开锁。”她抽噎着答应了，安静地待在屋里。过了好大一会儿，门才被锁匠打开。此时，她正乖乖地坐在她的小车里，耐心地等着奶。

见此情景，奶悬着的心才放下。真懂事，不哭不闹，很小的时候就这么懂事，不像有些孩子整天闹个不停，让人心里闹得慌。到星海公园和知心幼儿园玩游戏，别的孩子玩的游戏她不去玩，别的孩子不玩的游戏她去玩，别的孩子过来抢她玩的游戏，她主动让出，显得格外懂事和有风度。有些娱乐设施危险，只要告知，不管她多么想去玩，马上停止了不玩。想买什么，只要大人说出不买的理由，她也不闹腾，就会同意不买……

很小的时候，她睡的床特别软，让她总是爬不起来。奶想了个招儿，在地板上铺好棉褥让她学着爬，她很听话学着爬，不教自通，很快就会爬行了。紧接着，奶拉着她的手，连连说：“站、站、站。”她果真站立起来，在尝试地迈上几步之后，大人很快便松了手，她也慢慢地学会行走，走起来坚决不用大人搀扶，非要自己独行不可。

此情此景，奶说道：“这孩子骨骼真硬，身体强壮，没费劲就会走路。”刚开始外出带她玩，奶生怕她累着，非要背她走。她使劲地躲闪坚持自己走。小苹果还能看出一些门道，奶与她玩时，她看奶累得实在不行了，就不让奶领她玩；看奶困急眼了，就让奶去睡觉，不再打扰。她便自娱自乐起来。

有一次，咱正专心想问题，她跑过来反复摘掉咱的眼镜，怎么赶也不走，还把咱的眼睛弄疼了。咱假装生气，举起手来吓唬她，她立刻“哇”的一声哭了，跑过去扑到奶的怀里告状：“爷要打宝！”当奶哄她时，她就不哭了，还用小手指过来说：“奶不用管咱，爷生气了，您快去哄哄爷吧。”奶不由得笑了：“爷是大人，不用哄，是跟你玩哪，爷怎能舍得打小苹果呢?”对此，奶很感慨地说：“她开始体贴关心爷啦，看来咱没白疼她，她过早地懂得感恩，可见她心地纯洁。”

随着时间的推移，她越来越聪明懂事，小学一年级就玩出了新花样，只见她站在大家的面前，昂首挺胸，一本正经地演说起来：

> 各位观众，我是大连双语小学的主持人涵，今天主讲宝与奶的故事。去年冬天北风刺骨，有一次，在放学回家的路上，咱好羞地尿了裤子，当时没有干净的裤子换，冻得浑身发抖。奶顶着严寒，把咱举到她的脖颈上，让咱骑着奶，奶边走边给咱讲笑话逗咱开心，顿时浑身都变暖了。奶有高血压，累得呼呼直喘粗气。只见她脖颈上，竟然冒起大汗珠子，汗水蒸发，尿液的味道把咱熏上了天。哈哈，哈哈哈，真的好玩，你们说好玩不好玩?

下麦窝村人说：“就怕奶奶老，不愁孙女小。”乖巧懂事、聪明伶俐的小孙女，她发愁，咱也愁；她乐呵，咱快乐……真是新娘看来时，孩儿看幼时……

在本书即将付梓之际，小苹果投来作文《撅腚不服的洪荒之力》，在此分享一小段：

汗水蒸发，尿液的味道把宝宝熏上了天

他是顶天立地、血气方刚的硬汉子，每当听到他的励志故事，咱就心潮澎湃，备受鼓舞。他是撅腚不服、有洪荒之力的人，他就是咱爷王世安。

王世安三个大字是王家自豪和骄傲的名字，是摧不垮、压不弯、永远向前的旗帜，是咱和小弟王靖豪心中的楷模，更是咱们最可爱、最崇拜的棒爷！

不忘初心　“浪子”传承燕青拳

近几年，咱感觉世界变化太快，没想到的事情太多，其中咱大外甥王仲元①（艺名浪子云海，昵称小元子），系中国武术协会会员、国家武术二级裁判员、辽阳市武术协会秘书长、辽阳市燕青门武学研究会会长，多次荣获国内外大奖，可以说是德艺双馨的“武林高手”。

说起小元子，他眼大有神，绰号大眼珠子。人们曾说，因他的眼珠特别大，令人关注，还发生过一段难忘的逸事。

过去，在辽阳城东曾有个20多岁的混世魔王，比小元子大四五岁，人长得特殊——眼睛斜得厉害，他听说大眼珠子比他有能耐，心中一百个不服，老想找个机会让大眼珠子尝尝他的厉害。说来也巧，有一天傍晚，两人不期而遇。混世魔王一看大眼珠子，心火立即直往上冒，不容分说上去先来个通天炮，妄想给大眼珠子来个下马威。可不曾想，却被大眼珠子抓住了手腕，啪啪地抽了两个大嘴巴，抽得他仰面朝天，满口流血，喊爹叫娘落荒而逃。

小元子的故事，要提起还真不少。他从小听父母说，有个别的外国人总瞧不起中国，说中国人是东亚病夫。他听后异常气愤，怒目圆睁，握紧拳头暗下决心，一定要习武强身，为国争光。有了志向，他便把自己习武强身的想法和父母说了一下。父母心中大喜，全力支持，在他九岁的那一年，把他送到第一位师父刘利云家中习武。他天资聪明，勤奋好学，师父

① 王仲元：是本名，乳名王军，作者同胞大姐王素荣的长子，汉族，1957年10月生于辽阳金库委祺仓北胡同，属鸡，大学文化，武术大师。

所传的武术要领一点就通，一学就会，一日练出十日功，十日练出百日功，长年累月从不间断，十二岁舞刀弄棒就小有名气。

那时候，小元子常去他大姑父和表哥家玩，其中续房姑妈亲姨父也常去大姑父家串门，论辈分小元子应叫他姨姥爷。姨姥爷（关立平）是山东济南人，经常让小元子打拳给他看。

有一天大姑父说：“小元子，你知晓姨姥爷也会打拳吗？”

“他也会武术？”小元子惊奇道，“姨姥爷给咱指导一下如何？”

姨姥爷说：“拳是好拳，但是劲力不足。”小元子不服，大眼珠子一转笑道：“姨姥爷看咱练得到底怎么样，能练一练让咱瞧一瞧？”

姨姥爷微微一笑：“今天晚上正好有月亮，咱领你去一个僻静地方，把咱这一生技艺传授给你。不过想学你得答应咱一件事，不许在任何人面前，显露你跟咱学过。如果显露了让咱知晓，就不让你再练咱的拳术。”

这天晚上，在入夜之后。姨姥爷悄悄地把他领到一个四周无人的僻静地方说：“你小子看好喽！”便亮开架势，打了一套飞沙走石般的拳脚功夫……小元子看得目瞪口呆，说道：“您真棒！”姨姥爷微微一笑说：“看咱这个老头子练得咋样？”小元子赶忙说：“白天咱失礼了，您老莫怪，您老练的是什么拳？咱想学，求您教教咱。”姨姥爷说：“这是燕青拳。早就看出你是一块练武的好料，咱膝下无子女，特想把咱这毕生所会技艺传授给你。”紧接着又说，“那你怎么还叫姨姥爷？”小元子大喜，抱拳连连施礼，当即将姨姥爷的尊称改为关师父。

时光飞逝，转眼间小元子到了参加工作的年龄，他被三姑父朴殿全安排到一家公司电工班当临时工，恰好和他的师叔张俊国分到了一个班，俊国是他第一位师父刘利云的师弟。叔侄俩原先相处就好，五六年后再相逢，关系自然比以前更加亲密，茶余饭后，俩人一起习武，切磋技艺。

下麦窝村老人常调侃：“嘴上没毛，办事不牢。”不管小元子怎样聪明，毕竟还是个孩子。有一天，小元子无意中打了一套拳。外行看热闹，内行看门道。俊国一看，立即眼睛一亮说道：“小元子，这趟拳打得不错，可不是刘师兄教的呀。”人小经不住再三追问，小元子迫不得已，将所学燕青拳的由来和盘托出，俊国说：“既然此人深藏不露，咱得专门拜访一下。”小元子郑重地说：“咱答应师父保守秘密，一时高兴才露了馅儿。咱俩处得不错，就把这个秘密都告诉了您。咱师父每天挺忙，去拜访就露馅了。”他以为俊国只是说说而已，没放在心上。

第二天上午九点，俊国去拜访关大师。有人正在牛车旁边干活儿，俊国上前问关大师在否？老者一口济南腔，当即说：“咱就是关立平，你是哪一位?”俊国回道：“咱是仲元师叔，听说您是世外高人，特来拜访。”说话间，俊国上前与关立平握手。关立平礼貌地伸手来握，明看着是握手但在实际上，俊国用右手擒住关立平的手腕，想用顺手牵羊之功，将关立平摔倒；而关立平借势，使用了一记“金龙绕玉柱”，用手指点他的肘部麻穴，使其瞬间大感半身发麻，险些倒地，被关立平一把扶住，俊国后退一步，连连抱拳说：“仅此一招就领教了，多谢关大师手下留情。”

两人相见恨晚不打不相识，自此成了武友。俊国下午回去把这件事说了一遍，吓得小元子好几天不敢去练功。直到有一天，关立平到小元子家找，问他这几天为啥不去练功。小元子老实说：“咱把学拳的事儿告诉了师叔，师叔给师父添麻烦了，怕师父怪罪下来，没敢去。”关立平说：“俊国说这五六年的光景，你功夫大有长进，大为赞赏，为师心里高兴，为有你这样的徒弟而自豪，师父破例，今后你可以公开练燕青拳了。”

有师父这句话做定心丸，小元子卸下了包袱，比以前更加用功。有一次，小元子应邀来到了下麦窝村表演，只见他拿起木棍是兵器，放下木棍是拳脚，舞棍生风龙蛇跃，拳脚如飞似闪电，村民们热烈鼓掌，赞不绝口，大显了燕青门武功的神威，让村民大开眼界。

然而，天有不测风云，关大师突然仙逝，让小元子伤心欲绝。如今师父西去多年，回忆昔日师父的音容笑貌，谆谆教导，依然历历在目。为缅怀关立平传艺授业的恩典，他将自己的艺名冠以“浪子”二字以资纪念。他化悲痛为力量，将恩师口传心授的绝技武术，整理成文字资料，让关立平以另一种生命的形式，永世长存。

有一次，他到朋友家玩，偶遇武林高手逍遥派掌门人段宏伟大师，他突然眼前一亮，诚拜师父，又在逍遥门中勤学不辍，并走出了辽阳，受大连剑桥鹏程专修学院的聘请，担任保卫科长、武术教练。他与师弟孙洪涛、蒋云龙、马成龙同心协力，联手为700学子进行武术培训，取得了骄人的业绩。

在此期间，他应邀参加国内外武术大赛，英勇善战，一路夺冠，受到辽阳市武协主席马士良和副主席万书艳的赞赏。马主席多次对其进行点拨，使其武术技艺不断攀高。在武协换届选举中，经马主席提名，王仲元全票当选辽阳市武协秘书长。

有一年，咱回老家辽阳还专门去了一趟仲元家，正赶上他给徒弟做示范，只见他身轻如燕巧变换，闪展腾挪快似电，招招凌厉，密不透风，让人看到了真正的功夫。室内兵器林立，锃明瓦亮，夺人耳目。刀枪剑戟、斧钺钩叉、镋镰槊棒、鞭锏锤抓、拐子流星，是带钩的、带刺的、麻花的、拧劲儿的。兵器何止十八般……书房摆满了参加比赛获奖证书、奖杯、奖牌，每项荣誉的背后，都见证了获奖者王仲元付出的努力与艰辛。

不忘初心，方得始终。面对今天的成绩，他谦虚地说：“在刘利云、关立平、段宏伟三位恩师的悉心传授下，咱才有今天的小成就。特别是关大师，把燕青门武功绝学倾囊相授，让徒弟终生难忘。”

仲元感慨地说：“为继承大师的终生遗愿，造福人类，咱卧薪尝胆铆足劲，重任在肩向前冲，不敢怠慢，早已撸起袖子加油干，为的是让燕青门的武功发扬光大。”

深挖宝藏　小媳妇跑坏了“三台车”

2016年6月的一天，在辽阳开往大连的软席列车上，一位姓窦的老爷子聊起市场竞争的往事来，感慨万千，话锋随即转到了养车和“撬活”上。

对别的事儿咱不感兴趣，若提起养车的事咱可格外关心。这是因为，咱的大外甥女小娟子[①]在做这方面生意，而且非常成功，她就是靠养车起家的专业户。

当窦老爷子提到“撬活”一事时，咱就有意引导他，让他多讲些这方面的新鲜事，以便掌握更多信息，更好地助小娟子一臂之力。

“撬活”已经成为辽阳下麦窝村带头人、村主任陈玉光的专有词语。在市场竞争中冷不丁听到“撬活”一词，还以为它是贬义词，其实它是个褒义词。像老婆背后说老公：瞧咱家的那个死鬼，可能干了，一晚上很多遍。外人听后以为发生了什么事，其实不然，是在夸耀自己的老公厉害。若要具体解释：咱当家的是个好样的，借着月光抢活儿往前干，一个晚上能连续不停在培垄，竟然能培成很多条垄沟。

这时，窦老爷子详细讲述了一个“撬活”的往事。故事的主人公是个小媳妇，人称小娟子，她的大名叫什么咱可不晓得，只知道她人长得很漂亮，精神头十足，很多人都认为她身体棒又有经济头脑。近水楼台，她邀请自己的三妹小萍子[②]当得力助手。姐妹俩都是小媳妇，办起事来都能独

---

① 小娟子：吴秀娟，乳名小娟，作者二姐王素兰的长女。1964年生，辽阳东京陵上瓦沟村人。为人厚道，生性刚毅，是当地很成功的女企业家之一。

② 小萍子：吴秀萍，作者二姐的三女儿。1967年生，出生于辽阳东京陵上瓦沟村。人敞亮，说话办事特别爽快，是个外向型敢想敢为的女干将。

当一面，一点儿也不含糊。她们思维活跃，干活效率相当高，想要做的事情十有八九能办成。

真是无巧不成书，故事中的主人公就是咱家的小娟子。为了更多地了解生活中真实的她，咱稳稳当当地坐在一旁不露声色，全神贯注地静听窦老爷子娓娓道来。

窦老爷讲道，前些年，沈阳推出筑路、建小区楼房等一系列惠民工程，需要大量的基础材料，公司负责人想方设法四处寻找低价位、高质量的进货渠道。

众所周知，辽阳地区是全国矿产资源开发较早的地区之一，铁矿、铜矿、石灰岩等资源特别丰富，蕴藏着大量的建筑业所需求的原材料。辽阳地处崇山峻岭之中，那时交通不便，信息又不畅，辽阳货真价实的材料找不到更好的“婆家”，实在让人发愁。正像下麦窝村高人刘志岐老师所说的那样，真是拿着大猪头都找不到庙门到底朝哪儿开。

头脑灵活的小娟子牢牢地抓住这一发财机会，深入研究，决定借辽阳到沈阳的距离优势，做起近水楼台先得月的产业——运输石料的生意。

擅长“撬活”的小娟子，想出一招儿，她和小萍子带着自行车去沈阳，先把自行车存放在自己的挂斗车上，等到繁华的沈阳岔道，才把自行车取下，随后骑上车子，奔波于各大建筑工地，想尽一切办法，收揽各种新鲜活源。可是她们哪里知道，许多活儿早在工程开工之前，就被别人抢先揽走，好事岂会留给她们？面对激烈的竞争，面对僧多粥少的严峻考验，她们必须有足够的耐心和勇气，警告时刻挂在耳边：在任何时候任何情况下，绝不能灰心丧气，必须两腿不停，寻找别人忽略掉的商机。

那时正值炎热的盛夏，中午更是骄阳似火，烤得人全身上下火辣辣地疼。她们顶着火红的太阳，暴晒在烈日之下，不停下寻找机会的步伐，制定可能实施的供求方案。

下麦窝村种瓜大户王世杰曾经说过：女人既是面包做的，也是纯净水做的，岂能不怕火球似的太阳暴晒？然而等米下锅，心中有火的小娟子，无暇顾及这些，整日东奔西跑，与太阳同行，拼死拼活地寻找新的活源。有人看到异常感动，多多少少会分给她们一点剩余的羹水。这舔碗边似的羹水，岂能满足她们的大胃口？小娟子开动脑筋，下决心非要撬开建筑行业这扇很难松动的大铁门不可。

听内行人说，那时正是小娟子最艰难的时期，也是人生最煎熬的时刻。每晚躺在炕头上，彻夜难眠，辗转反侧，像放电影似的，脑海里总出现一幕幕画面：小葛子用手段撬走她们的活，又多给别人回扣；老濮头走上层，给主管送大米[①]竟然露了馅儿，曝出大新闻；还有阿滕子偷鸡摸狗，用旧发票顶账赚钱的丑事……她不愿这样做，而是制订了自己的行动计划。

于是，在往来于辽阳与沈阳的公路上，悄无声息地出现了一支不大不小的产、供、销一条龙——铁娘子挂斗运输团队。

先是“明”。明人不做暗事，一事一议，实实在在，讲究公平合理，账目清晰，彼此双方都做个明明白白的生意人。十立方米货就拿十立方米的钱，不贪不占，多给一个子儿也不要，少给一个子儿也不行。这样才能建立良好信誉，需求方与供应方才能建立起长期合作共赢的关系。

再说“争”。在市场竞争中，支持货真价实，人人平等，优胜劣汰，大力提倡“八仙过海各显神通”的精神和“不管白猫黑猫能抓到耗子就是好猫”的竞争理念。有一次，老濮的建筑原材料质量特别差，为了牟取暴利，走上层关系，哄抬物价，动了歪脑筋。别人得知后，只能背后大骂，不敢出头收拾他。小娟子不惯毛病，起大早跟踪老濮，左转右拐跟他进入马路弯儿，看到老濮正与刁工暗中勾结，让她抓个正着。她想，县官不如现管。于是，小娟子出现在刁工的面前，当着老濮的面，毫不顾忌地对刁工说：“咱的原料质量比他的好得多，价位也低。”这一

---

① 主管收到送的大米，嫌大米不值钱就送别人了，可别人意外地发现，在大米里藏了十捆人民币（十万元）。送礼送露了馅的事，成为当时的新鲜事。

公开让人难堪。刁工十分聪明，预感到小娟子敢当面揭穿他们以假乱真的鬼把戏，但也预测到与小娟子合作是个双赢事情，心想，与她做这个买卖很划算。从此以后，刁工再也不敢收受别人的礼金，再也不买老濮的假冒伪劣材料。这块叫人眼馋的大肥肉，自然而然地落入了小娟子手中。很快，刁工成了小娟子主要的需求方。此战获胜，增长了小娟子的威信。她很快地总结了这一实战经验，举一反三，有力地推广下去，得出了丰硕成果。

小娟子很注重双赢，凭借智慧、诚信、吃苦耐劳精神和产品质量，在各个工地上一次又一次开拓了新天地。最令人佩服的是：她想在前，做在前，扎实推进，不管做什么事，都讲究质量与速度。

从表面上看，小娟子很是轻松，可实际特别辛苦，时刻赶在别人的前面。她不惧冬季严寒和夏天酷暑，挨蚊虫叮咬，起早贪黑已成为家常便饭，如果没有恒心和毅力，是绝对做不成的，按行话来说，干这一行，赚的全是辛苦钱、挨累钱、血汗钱。至于喝了多少苦水、遇到多少危险事，只有她自己心里最清楚。别的咱不说，仅仅几年间，她所走的路可以围绕地球转多少圈儿，谁也数不清楚……可咱用铁的事实证明，她整整跑坏了三台崭新的小轿车。

讲到这里，咱试问在座的兄弟姐妹们，倘若换成你我他，谁能做到这个份儿上？可咱十分自豪，敢于叫板说，很难有人做到！

列车急速行驶，窗外，辽南大地春意正浓。在不知不觉中，车很快到达了大连。许多乘客静静地听着窦老爷子的讲述虽默默无语，但心中早已升起敬佩之情，对几年跑坏三台新车的“拼命三郎”的精神，肃然起敬。

作为亲娘舅，咱还是首次听到小娟子的这个故事，十分感慨。咱被小娟子经商弄潮儿的拼命精神深深打动，同时更加惦记她的身体。此时，咱不由得想操起手机，嘱咐她几句：“美好的生活是无限的，钱多钱少差不离就行了，可千万别把自己累倒了，多多注意身体。”

棵山

嗨！小媳妇们为“撬活”跑坏了三台新车

少女怀春　大香热恋“美月”

古城辽阳，逸事颇多，大香[①]热恋美月的故事，到处流传。

每当遇到甜蜜微笑的大香时，咱发现她特别愿说一些新鲜的话题。也就在今天，咱万万没有想到，她能滔滔不绝地叙述她与美月昔日的情缘。

2016 年春季，咱赴辽阳美月啤酒厂，想拜访老厂长高广铎[②]，打听他的踪迹，一无所获。然而昔日的美月，已经一去不复返了，取而代之的是华润雪花啤酒（辽阳）有限公司。门卫小伙说：“时光流逝，其人其事早已淡出，但对广铎真挚情感，依旧镌刻在咱的心坎儿上。”

然而，下麦窝村的老人唠叨，灯不点不亮，话不说不透。如今经大香提起，美好的记忆似电影再现。1997 年 3 月的一天，香突然找到咱，恳求引见高厂长，做买卖啤酒的生意。咱一愣神不由得心突突起来：女孩家能行吗？再说厂长能批吗？看咱没反应，香诚恳地说：“别看咱没干过，您能批下许可证，咱就能经营好。”爽快的香，很血性。

细高个子的高广铎，是位了不起的企业家。为人讲究诚信，办事果断，在辽阳有很高的威信。他说：“下设批发部门，是专门针对集体的。王大记者对宣传企业有贡献，这个面子厂里必须给，争取合理合法才行。”

香虽然柔弱如水，做事却非常干脆。咱走后，她深入研究了美月，兴趣不由得大增。

---

① 大香：是乳名，本名王秋香，系作者大姐王素荣的长女，1960 年 10 月生于沈阳，属鼠，读过九年书。

② 高广铎：中国改革开放后第一代创新型企业家。他经营的美月啤酒非常出色，是当年辽阳市的利税大户。

语言是把金钥匙，开启对美月的回忆：有天晚上，他在电视上看到中国女排勇夺冠军，兴高采烈，想要畅饮庆贺一番。有了灵感，大胆创新，跳出辽阳地域限制，让啤酒的清爽味美，传遍四方。女排与美酒的融合激动人心，让人夜不能寐，他眺望浩瀚的蓝天，繁星点点，一轮明月高高挂起，令人心旷神怡，好不快活。此时畅饮一杯美月，岂不美哉，有这样的心情，格外爽快，脱口而出：“美月呀，美月真美!”从此，“美月”品牌的啤酒，率先在辽阳打响，很快成为知名品牌。

后来见到高厂长时，他告诉咱，你大外甥女可不一般，像个优秀男职工。对美月的执着，厂里特别支持，将她挂靠黎明公司上。香成为独立送啤酒的专职人员，凭这点，说明厂方已经对香有了高度的认可。

当年没有经济基础，又没有经营史，怎能把经销这个活儿做得风生水起？每当遇到困难，有美月情结的香便把啤酒拿到手中，从上到下细细观察，精心琢磨销售方法。边看边想，仿佛看到美月在微笑，不管在怎样的条件下，都要鼓起勇气，决不能半途而废。美月仿佛悄悄地对香说：“别愁，要借鸡下蛋。”这让她一下子来了灵感，从邻居家借来了一台三轮车，骑车到啤酒厂，一次往返 18 里地，她从来没喊过累。

当卖出第一车美月啤酒足足赚了 20 元钱时，香异常激动，十分珍惜，幸福与快乐难以言表。在睡觉前，她把美月放在床前，时时在看，时时在交流，躺在床上，美月的芳香让她陶醉。说来也怪，对任何人都不能说的私房话，她却一股脑儿地向美月倒出，无事不聊，无话不谈……

一大早，亲切的声音来了：“该起床了。”她总感觉美月在床前催促，她在天没亮之前就起床梳洗打扮，顾不得吃早餐便骑上三轮车，飞快地赶到啤酒厂的大门口。当时的大门口没有任何人，自然排了第一号。门卫老头看她这么要强，主动帮她照看三轮车，让她赶紧去吃早餐。

从此每一天，美月时时陪伴，让她感到温馨快乐。美月的微笑，给她无穷无尽的力量；美月的魅力，让她对生活充满无限的憧憬。人虽累得腰酸背痛，心里却特别舒畅。

那时候，街上做买卖送货的人不多，一般都是男士。香风尘仆仆，骑着人力三轮车飞奔的样子，成了古城一道亮丽的风景线，羡慕的目光纷纷投来……此时对她来说，光有干劲儿还是不够的，必须讲究实效，实干加巧干，拼命往前干。很快，她将从邻居家借来的那台三轮车物归原主，她买了属于自己的专用三轮车。

过了一段时间，将一台发展为三台，为扩大销量，她又购买了夏利车。有了夏利，销量和众多渠道加大拓宽，由市内的六道街、三里庄，逐步扩大到辽化、小屯、西三里等。

水涨船高，收入颇丰，她发现这个活儿来钱快，想邀请亲戚加盟，让他们也能尽快摆脱贫困。

市场销路大开，美月的买卖如火如荼，随之抢饭碗的竞争对手，也逐渐增多了，明争暗斗，擦枪走火，时有发生。其中就有五次釜底抽薪的典型斗殴事件，惊险的镜头不断闪现。

一清早，有位好心人给香报信，说在中心路一带的老户，被老国头釜底抽薪了。正值盛季，每送一箱毛利润能赚一元五角。这一带拥有一百多个老户，一下子全没了，损失惨重，那么多时间培育的心血全都白费，这岂能让人甘心？

老国头是个地道的奸商。在明面上竞争不过，就在暗中使坏，偷摸地给人回扣，宁可每箱少赚一元，也要与香死磕。这样一来，香的老户被老国头暗中撬走不少。查明原因，香找老国头算账。双方心知肚明，老国头虽当面承认自己不对，但在暗中更加使坏。

下麦窝村的人常侃：“冰冻三尺，非一日之寒。”多日的矛盾集结，终于爆发了一场战争。当日下午两点多，双方为争夺客户，先打起了嘴仗。说着论着，话语过激，正在逐步升级，老国头无理争不过香，抢先搬起啤酒箱子，猛地向香的头顶砸来……

香急速地躲避，终于爆发了怒吼：“光天化日，竟敢动手！”面对强手，香毫不客气拿起啤酒瓶反击。公路旁边，互不相让，你来我往瓶子飞舞，双方大打出手，酿成血案……

尽管香人缘好，会办事，但干这行当的如雨后春笋般与日俱增，让香实在招架不住。更何况孩子念书，人手不够，利润薄……仅干两年的美月生意，在1999年3月底，不得不放弃。

过关斩将 小门捷出手不凡

早听说17岁的小门捷①有内秀，人特别聪明，很爱研究，特别对化学课程的书籍情有独钟，百读不厌。

2015年8月的一天，当回辽阳看望大姐时，大姐高兴地向咱首荐自己的孙子王昱民。这孩子哪里是小门捷呀，简直拥有大门捷的派头。个头高，体形大，是个大小伙。初次见面，他毫不客气，聊起天涯海角以及宇宙飞船……特别聊起化学功课，眉飞色舞，看来他知识丰富，果然名不虚传。

当时咱很忙，只能听他只言片语，回来很后悔。今赴辽阳，咱及时地见他，听他遨游化学王国的新鲜事。

他善于表达，成熟老到，爱聊一些化学课题，把咱拉入了他的特长领域。他学化学是缘于一次刻骨铭心的打手板游戏。

在读小学的时候，他像一棵小草那样萌芽。他和同学一样贪玩电子游戏，整个班级42人，他是个调皮捣蛋的主，如果要按学习成绩排个名次，恐怕要排到23名以后。

到了初中，却发生了一件让老师打了手板的事。虽说只是把n写成m的一个字母之差，却令其醒悟。同样都是同学，别人却不写错，为什么偏偏自己写错？偏偏在同学面前被老师打了手板？这不是丢人现眼的事吗？他是很要强的孩子，自尊心受到了伤害。跑回家钻进自己的房间，生起闷

---

① 小门捷：父母根据大科学家门捷列夫而起的学名，本名王昱民。2000年10月生于辽阳市白塔区，属龙。他是作者大姐的大孙子。

气来，一边胡思乱想，一边翻书，一边发泄无名之火。

冷静下来细想，是自己不争气，挨手板还能怨谁？经过激烈的反思，挖到了根源，还是自己不努力，怨谁也没用。死板的学习于事无补，得找个窍门。

兴趣是成功的金钥匙。班主任栾姗老师的一番话让他铭记在心。下麦窝村人常说："听君一席话，胜读十年书。"他开始找兴趣，找窍门，找到化学的力量，处处有化学，处处用化学，从此家里多了一个懂事的孩子，教室里多了一个认真听讲，勤奋好学的学生。一转眼，初三的上学期开始了，课程表上增加了化学课程，这让他高兴极了，好像自己向着大门捷的道路靠近。幸运的是，栾是教化学的，这让他更有动力。

课堂上，随着老师对化学课的深刻讲解，他对化学产生了极大的兴趣。他想，栾老师太有才啦！从远古人类的制陶、冶金、酿酒、染色等技艺跟化学的密切联系，到化学的基本元素，化学在生活中无处不在。

啊呀！化学贡献太大，太有意思了，人们的生活一天也离不开它……他入迷了，一拍大腿，暗自连连叫好。

独具慧眼的老师，发现他对化学课产生了极大兴趣，因势利导："以后这门课难度越来越大，要持之以恒，千万不能放松……"谆谆教诲，他牢记心间。下定决心，一定要攻下化学这座堡垒。除课堂上认真听讲、积极思考、大胆提问外，还特别注意提高自己的动手能力，每堂实验课都实际操作。

下麦窝村人说："处处留心皆学问，功夫不负有心人。"经过半学期不懈努力，他实现了自己的承诺，化学成绩名列前茅。听说本年级有个学霸，同学们都怕、都躲，他不怕也不躲，敢跟他较量一番。一次期中考试，他得100分，学霸得了98分，他旗开得胜，为全班争得了荣誉，老师给予了极大的鼓励。

在努力学好化学课的同时，他及时总结完善，把自己的体会与认为行之有效的一些学习方法，记在笔记本上；也把方法应用于其他课程，让其他课程的成绩同时得到提高。初三整个学期结束时，他的综合学习成绩稳居前五名，在接下来的中考中，化学 77 分（80 分为满分），以优异的成绩，潇洒地步入了高中。

等到了高中，化学课开始变得更难。这也让他有了危机感，他时刻铭记大门捷的快乐名言：生活，便是寻求新的知识。他鼓足干劲，渴望寻求更多、更新的化学知识。要问“大门捷”究竟是何方神圣？1869 年，著名化学大师、俄国科学家门捷列夫（大门捷），依照原子量的定理，创立了世界上第一个元素周期表，作出了具有里程碑意义的巨大贡献……

哎呀，咱们的小门捷醒悟，振奋精神开始追赶大门捷了……不知何时家长进来，一边关切一边命名“小门捷”，小门捷这个新名字，从此叫响。

为深入采访小门捷，咱及时电话专访了栾老师。老师对他给予了较高的评价。老师说：“小门捷特别稳重、踏实。班上安排作业，别的同学干着急完不成，他不但不急，而且还能有条不紊地完成，解题的思路开阔、灵活并且主动帮助同学解难题……”他坚定地说：“面对顽固的守敌，早做好了破敌准备，闯关夺隘，再鼓一把劲儿，誓做当今版的化学猛将！”

咱欣然获悉，在这次期末考试中，小门捷出手不凡，一下子抓到了头彩，考了最高分，成了全校的头名状元郎。

对此，小门捷感慨：“倒数不气馁，后来敢居上。”

好个不骄傲的小门捷，从此一鼓作气，终于考上了大连交通大学！

石破天惊　大牲畜“突死”之谜

1971 年 6 月，下麦窝村发生了一起震动很大的“六一八”大案。

彪悍的 76 头大牲畜，刹那间死在各个生产队的院落里……

人们记得牢，那天晚上，阴云密布，天黑得像锅底一样，突然电闪雷鸣，刹那间暴雨倾盆让人惶恐不安，仿佛有什么不好的事情将要降临。

黑夜里，本村一个正与女孩热恋的小伙子，不知何故扎死女孩。这还不算，他从生产队里偷出农药，毒死大小牲畜共 76 头……

这就是当年的“六一八”重大刑事案件。

翌日清晨，虽然风停雨止，但受风雨的影响，天气阴沉雾大，湿气重，压得人喘不过气来。

一些社员匆忙奔跑的声音惊醒了咱，不知发生了什么事，为看个究竟，咱爬起就往街上跑。只见有人边跑边喊：“可不得了啦，咱队大牲畜嘴里直冒白沫，还有的早就死了！”来自四面八方的社员，都往大队部跑去，纷纷报告这一事件。

“哎呀，这可怎么了得？死了这么多大牲畜，真要人命啊，让咱怎么活？”撕心裂肺的哭声远远传来，只看见表哥刘志峰经过大门口，边哭边向大队部走去。一辈子爱马如命的咱大舅，常用的枣红马，有人曾出五千元高价要买，他都没舍得卖，如今眨眼的工夫，连个告别都没来得及，就彻底地倒下了。大舅搂着马的脖颈，哭得像泪人，已经死去活来地哭了好几个小时，让人肝肠寸断。

村中乱作一团，哭喊声此起彼伏连成一片，有的社员吓得浑身直打哆嗦，腿颤抖得都站不起来。

不知谁在高喊：“不许喝水！快看水井有没有下毒！快把全村大小井口都封上！快，快，快呀……”

咱是五小队的人，知道这事后一下子蒙了，撒腿跑到自己队的马号（小队部）看个究竟。刚一迈进大门，看到大牲畜东倒西歪，四腿朝天，眼睛都瞪得老大，龇牙咧嘴，仿佛向天喊冤叫屈。

咱愤怒不已，心想是谁这么狠心？毒死咱队的牲畜！抓住他非千刀万剐不可！怎么办？咱要去大队部问问，抓到投毒犯没有？要抓住，咱发誓第一个拿刀宰了他！想罢，返身往大队部跑去。

“社员同志们，咱来看望你们来了……”此时，咱家大门口的大道上，只见一个身材魁梧的人，从一辆吉普车里走出，向社员们挥手喊话。

咱不由得停下，只见他大步流星地向咱走来，有的老乡没见过这个场面，有点儿害怕躲开了。咱初生牛犊不怕虎，不但没躲闪还迎了上去，与他亲切握手。

他对社员高声说：“真的对不起，咱来晚了！你们有什么要求尽管提！”当时没人认识他，竟然没有一个人敢与他对话。后来，咱从别处得知，他是赫赫有名的辽阳市武装部部长刘芳。

很快，准确的数字统计出来，全村六个生产小队，一夜被毒死的骡、马 56 匹，牛、驴 20 头，总计大牲畜死亡 76 头。除了第一小队侥幸外，其余五个小队的大牲畜全都被毒死。

下麦窝村是国家重点产棉村，经多年防虫治理，棉蚜虫抗药能力增强，只能用剧毒农药防治害虫。经打听，大牲畜是用氟乙酰胺药毒死的，毒性大。

经化验，水井没被投毒。跟小伙搞对象的女孩很快被人发现，在离村前不远的大河泡东侧地里，被人用石头砸死。杀害女孩的小伙子在西双庙后山野猫洞旁的松树上，自尽了。他被认定为第一嫌疑人，是“六一八”大案的真凶，这两件大案就这么结案了。

死去的大牲畜，其肉绝对不能食用，全部拉到了西山的太河寺，将它们扔进东侧烧瓦时遗留的窑地大坑里深葬了，没留下任何“后遗症”。

一方有难，八方支援。很快外地支援了不少大牲畜，被分配到各小队。全村广大社员，在大灾大难面前表现得异常坚强，成了英雄。一个月后，笼罩全村的阴影慢慢消散，一切恢复了往日的平静。社员们众志成城，化悲痛为力量，顾全大局，积极应对突发事件，没误工时，农田没减产，照常向国家交纳公粮，为社会主义建设继续出力。

试问，今天你为何又重新提到这个大案？许多读者肯定会追问。咱可以敞开心扉地告诉大家，咱们的家乡，在漫长的历史文化的长河中，曾经发生过让人刻骨铭心、永生难忘的特殊事件。历史上没有过多地记载，结论是否令人信服，大家自有评判。这在辽阳市小屯镇的历史长河中，不得不说是留有缺憾的，这是一块有瑕疵的美玉，谁能让它变得更完美呢？

后 记

裸露底细 勇曝家族“秘闻”

很多内容都是家丑，过去不能启齿，打死也不能外泄。但王典家族敢于挑战世俗，如今赤裸裸地呈现出原汁原味的故事，这是对苦尽甘来的人生进行的总结。

问：世安公，您为何要写这部关于家族的书？书名的创意从何而来？

答：思维改变命运。人生苦短，要和舒心的人在一起。一本永恒的纪实传奇，一组永不褪色的经验故事，就是家族珍藏的经典。最底层的老百姓，最艰苦也最有生活。他们写书太难，难于上青天，就是写出来也很难找到出版机会。咱要为草根百姓写书争光。要务实也要创新，从咱自家做起，最终写成了这部书。当时，咱想了百余个书名都不称心。偶然从一墙之隔的大连黑石礁小学升国旗、唱国歌这一场景受到启发，一种紧迫感、危机感、使命感油然而起，于是“最后的吼声”系列就此诞生。咱经过参考作品、收集材料，思路大开，才想出了《裸山》《裸河》《裸松》三部曲的书名。咱想，作为历史的记录者应敞开心扉，希望通过中国财富出版社有限公司的平台，让作品落地生根，接地气、添生机。按下麦窝村人的话说，压弯的谷穗才有分量。咱记得，在参加一次省级领导干部的会议时，咱遇见了刚退休的老领导，他说写家史不如写丑史，谁家门口没有臭粪堆？咱的观点很鲜明：丑事、非丑事都要写，如实地写，狠狠地写，这才是货真价实老百姓的故事。

问：过去有句“丑事家家有，不露是高手”的名言，而王典家族敢于亮丑，泄露家中私密，是出于怎样深层次的考虑？

答：“丑事家家有，先亮是高手。”尊重事实，坦诚相待，才能被人信赖，丑事才能不丑不丢人。王典家族的历史是公认、公开、真实、珍贵的。出书是想激励人们积极向上，但有些极个别的事，还是应该向读者交代一下。有些有损他人形象的情节，咱尽量回避或不写。就是写了也是低调处理，让知情人深感容人之量、宽人之心。要保护当事人的隐私权和名誉权，这是做人的基本准则。有的人物和情节，运用文学艺术手法进行了适当创作，不要对号入座，如有雷同，纯属巧合，遇到权当看戏罢了。有位当事人看了初稿，没找到自己的名字，希望写上留个念想，他说：“心应该敞亮些，希望自己的事被写出来，让后人吸取教训，这也是做了件好事，如实写绝对没有关系。即使暴露了一些阴暗面，也无损于太阳的光芒。”实事求是地说，是有极个别人不希望别人家有出息的孩子出村，甚至出现了压制、扣留孩子出村的现象，这些个别人代表不了心胸开阔的众乡亲。写下麦窝村是真诚的感恩，实心实意为家乡扩大知名度。愿优秀的村干部多起来，多支持年轻人走出去，到外边闯出一番新天地并有所作为。

问：谈到此，我们想了解如今您真实的想法，您对使王典家族受到过不公正的待遇或者使家族蒙冤的人心存怨恨吗？

答：从来没有想过这个问题，也没有这种深仇大恨。常思己过，是一种根植于内心的教养。处世多让一步乃为德，待人宽厚一些乃为福。人与人之间难免有些磕碰，都是鸡毛蒜皮的小事，哪有牙齿不碰舌头的，根本没放在心上。做人要有大海般的胸怀，多看人家长处，冤家宜解不宜结。六尺巷让出三尺又有何妨？做人要低调，做事要高调，即便有人在背后打黑枪，但还是要相信枪是意外走火。王典家族的人无论过去还是现在，都是堂堂正正的，都会着眼于未来的发展。如果本书能体现人生智慧，让人有所警醒和启发，写书的目的就达到了。先辈们在九泉之下，也会感到欣慰的。文章千古事，得失寸心知。弱小的王典家族，在一个多世纪的漫长岁月中，以扎实的根基，以永远打不倒的气势延续至今。为勿忘乡愁，从咱做起，正式记录家史，以铭、以醒、以志、以励。谨以此书，献给王典家族所有离世和健在的家人们，献给一直关照支持王典家族的父老乡亲！

本书不能说由咱一人所著，也凝聚着《中国企业报》社长吴昀国，中国财富出版社有限公司社长王波，著名作家、辽宁省作家协会主席滕贞甫，著名作家、辽宁省作家协会副主席周建新，著名作家、辽宁省作家协会原副主席邓刚，经济学家、企业文化家钟祥斌，著名媒体人、世界创富企业联合会常务副秘书长刘永泰，凭国画《美好家园》荣获全国教师书画大赛一等奖的著名画家高君，以及李桂莲、管延波、刘延辉、陈玉琦、王治勇、土继东、曲玉珍、牟英敏、赵延新、张永成、杨金锐、李杰、王文其、傅振才、于江、孙桂芝、于淳善、丛大川、张力、龚晶、顾振阳、刘晓晗、李东辉、蔡培荣、张泽、张吉福、张国仁（排序不分先后）等各级领导、企业领袖、作家、学者、文友、乡亲（还有贡献之大，不留姓名者）的智慧和心血，他们给予了极大帮助，有的还担任起“责任编辑”，因此，本书是大家心血的结晶。本书还特邀了辽阳市、文圣区、小屯镇、下麦窝村、庆阳特种化工等处的有关人员，对本书给予严格审定。集体的智慧和力量，才是本书成功与读者见面的基础。

问：世安公，写书是好事，听说您却陷入苦恼，让人感到奇怪。这次，您能否推心置腹地与我们交流一番呢？

答：跟书同行，才能走得更远。世间有许多黑暗和亮点，咱抓住其中微小的亮点，咱的一生就不会留遗憾。当本书即将收官时，咱深深感悟到：人生倘若不拼不搏，一帆风顺等于白活。人活着就要做些有意义的事，做有意义的事才是活着，没做事等于提前谢世。咱这个土疙瘩在顺境中学到的很少，在逆境中却学到很多。经历改变命运，文学享受人生。忆往昔，感慨万千。过了大半辈子，终于老儿子娶媳妇，万事大吉了。可让咱自豪、让咱激动的是，本不能做成的事终于做成，书终于要问世了。这小小的成就，让土疙瘩兴奋，想美餐一下，庆贺一番。

然而，耳边也常常响起这样的声音：

> 把我们的血肉，筑成我们新的长城。中华民族到了最危险的时候，每个人被迫着发出最后的吼声……

这熟悉奋进的歌声，让人心跳加速，慷慨激昂……白驹过隙，弹指一挥间。

人生转眼数十年
奋发图强莫等闲
回首往事萍踪叹
是非荣辱心坦然

《裸山》再现风云史
沧海逐浪话桑田
王典家族藏轶事
敢亮家丑天下先

对此，咱感叹不已。早起多长新知，晚睡多增一闻，满怀收获的喜悦的同时土疙瘩又发愁了。要知道，土疙瘩为此早不愿再提及过去那些往事。

问：您革故鼎新，让晚辈汗颜。您能否透露一下《裸河》的一些内含？

答：家史只有细嚼深研，才会尝出其中味道。《裸河》比《裸山》深刻得多。《裸河》是人生太难，难似上青天的真人真事，是在不可能的情况下，怎样千辛万苦获得成功的故事。书中的土疙瘩，变成了金疙瘩的故事让人浮想联翩……这是金疙瘩独特的自传，看他是怎样冲破层层阻力，独闯天下。他就地挖金，擅长做无本生意，一步一步成为商战高手、强手。他深受打击，吃尽人间疾苦，有许多难言之隐。他有过百次自杀的念头……多次遇挫，终不气馁，动力来自何方？身边美女弃他而去，让人心寒，如何战胜情敌，战胜自我？文化偏低，又是怎样一步一步走进知识的海洋？特别感谢曾对咱特别刻薄的人，是他们让土疙瘩在逆境中成长。

问：当《裸山》一书成功收笔，世安公您还有哪些感慨的话要讲吗？

答：在多年的实践中咱体会到，走得太舒服的路都是下坡路，若是走得很吃力的路肯定是上坡路，咱专捡上坡路走。以人为镜可以正身。如今咱之所以有小小的成功，是因为有许多伯乐和诤友，他们不断地敲打咱。读者和网友就是咱的诤友、贵人。咱裸露胸怀，敞开心扉，就是想真诚地欢迎更多伯乐早日到来并赐教。咱即使身处寒冬腊月，内心深处也会涌动一股温馨和暖意，让人珍惜一辈子。

为架起读者与作者的友谊桥梁，特公布联系方式。

电话：18841172798，18841172939（微信同手机号），13322237057

新浪微博：中企传媒 A

QQ：3606193731

邮编：116023

通信地址：大连市沙河口区海源街 22 号 2－301

邮箱：wsa18841172798@163．com

联系人：周薇老师

王世安

2020 年 5 月 28 日于辽阳